Paddy Clarke Ha Ha Ha

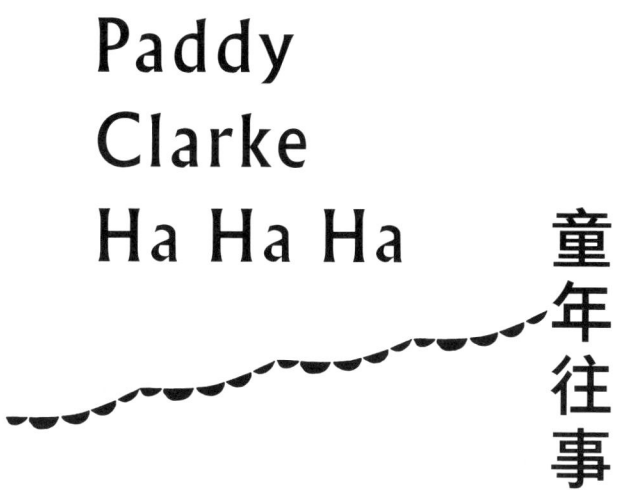

童年往事

Roddy Doyle

［爱尔兰］罗迪·道伊尔————著

郭国良 彭真丹————译

上海译文出版社

谨以此书献给
罗里

我们走在大街上。在一扇门前，凯文停了下来，用木棍使劲敲门。这是奎格利太太家的门；她总是向窗外看，却从未发出过什么动静。

——奎格利！
——奎格利！
——奎格利！奎格利！奎格利！

利亚姆和艾丹急忙逃到胡同里面去。我们没说话，他们也没说话。他们的妈妈，欧康纳太太，已经不在人世。

——这真是太棒了，不是吗？我说。
——是啊，凯文说，爽极了！

我们谈论着没有妈妈管制的自由惬意，弟弟辛巴德却开始哭起来。在学校，利亚姆与我同班。有一天，他把自己的裤子弄脏了，散发出一股气味，如刚开烤箱时那炽热的气浪，朝我们袭来，但班主任却无动于衷。他没有大声指责利亚姆，也没有用皮手套什么的敲他的桌子，而只是让我们趴在桌上睡觉。等我们睡后，他把利亚姆带出教室，过了好久才回来。但那天利亚姆没有再回学校。

詹姆斯·奥吉弗小声说道，——如果我把裤子弄脏了，他肯定会杀了我。

——是啊。
——这太不公平了，詹姆斯说。

——确实不公平。

我们的班主任，亨尼西老师，很讨厌詹姆斯。他背对着我们在黑板上写字时，会突然说，——奥吉弗，我知道你在下面又有小动作了。别让我逮到你。甚至某一天早上，詹姆斯·奥吉弗因为腮腺炎待在家里没来，他也这么说。

亨诺（亨尼西的简称）把利亚姆带到教师卫生间将他打理干净，接着带他到校长办公室。因为他家里没人，校长就开车把他送到了他姑妈家。他姑妈家在莱黑尼。

——亨诺老师整整用完了两卷卫生纸才把我弄干净，还给了我一个先令。

——他才没呢。不然，拿出来给我们看看。

——喏，在这儿。

——这才三便士而已。

——其余的钱我花了，利亚姆说。

他从衣袋里拿出剩下的一袋太妃糖给我们看。

——这就是。

——给我们吃一颗吧。

——我只剩四颗啦，利亚姆边说边把那袋糖放回口袋。

——没劲，凯文说着，推了一下利亚姆。

利亚姆就回家了。

今天，我们从建筑工地上回来，还带回许多六英寸长的钉子和几块木板，准备做几只小船。我们不断地把砖头丢到满是水泥的沟渠里，艾丹却跑开了。我们能听到他气喘的声音，于是也开始逃。有人在追我们。可我得等辛巴德。我停下来回过头看，却发现根本没有人在追我们，但我什么也没说。我抓住辛巴德的手就跑，一直跑到赶上其他的人。我们穿过田野，跑到路的尽头停了下来。我们都笑了，对着篱缝大声喊叫。然后我们钻进篱缝，看有没有人赶上来抓我们。结果，辛巴德的袖子被刺钩住了。

——有人来了！凯文说着，快速地穿过篱缝。

我们把辛巴德一个人丢在那里，假装都逃走了。我们听到辛巴德啜泣的声音。我们蹲伏在离我们最近的房子的门柱后面。这是奥德里斯科尔的家，在路的前面，被篱笆围着。

——帕特里克——辛巴德呜呜地哭着叫我。

——辛——巴——德——凯文拖着声叫。

艾丹把手指放在嘴里吹口哨。利亚姆往树篱上扔了一颗石子。

——我要告诉妈咪，辛巴德说。

我放弃了。我把辛巴德从树篱里弄出来，用袖子帮他擦鼻涕。我们要回家吃晚饭了，星期二是肉馅马铃薯饼。

夜深人静的时候，在自家的后花园里，利亚姆和艾丹的爸爸会对着月亮嚎叫，但不是每天晚上都会叫。我从没听到过，可凯文说听到过。妈妈告诉我，他那么做是因为他太思念妻子了。

——是在想欧康纳太太吗？

——是的。

爸爸也这么认为。

——他总是这么悲伤，妈妈叹道，可怜的人。

但凯文的爸爸却说欧康纳先生是喝醉酒才这么嚎叫的，而且他从来不叫欧康纳先生的名字，只叫他修补匠。

——你也不想想这是谁说的，当我把凯文爸爸的话告诉妈妈时，妈妈说。然后她又说，不要听他说的话，帕特里克，他是在和你开玩笑。你想，欧康纳先生到哪儿去喝酒呢？巴里镇没有酒吧。

——不是的,莱黑尼有三家。

——那可有好几里路远啊!妈妈说,可怜的欧康纳先生。然后就没再说什么。

凯文对利亚姆说他看到利亚姆的爸爸抬头望着月亮像狼人一样嚎叫。

利亚姆说凯文在撒谎。

凯文让利亚姆再说一遍,可利亚姆不敢说了。

晚饭还没准备好,辛巴德却把一只鞋丢在了建筑工地上。妈妈说过不准我们到那里玩,所以辛巴德就和妈妈说他不知道把鞋丢在哪里了。妈妈打他的腿背,想抓住他的胳膊,但因为辛巴德总是跑在她前面,所以她根本抓不住他。而且他又一直哭个不停,所以妈妈就放弃了。

辛巴德可真是会哭啊。

——你把我一整天的好心情都给弄没了,妈妈对辛巴德说。

她也快要被惹哭了。

她说晚饭后我们必须出去找这只鞋,我还要跟辛巴德一起去,因为我本该将他照顾好的。

我们会不得不走出家门,在黑暗中穿过篱缝,越过田野,去垃圾堆、沟渠和看守人那里找。妈妈让我们去洗手。我关上卫生间的门,找辛巴德算账。我狠狠踢了他一脚。

在妈妈给辛巴德穿干净袜子时,我不得不照看睡在摇篮里的迪得丽。她擦干他的鼻涕,盯着他的眼睛看了好一会儿,然后用指关节擦去他的眼泪。

——好啦,好啦,不哭,乖孩子。

我很担心妈妈会问辛巴德出了什么事,然后他和盘托出。我照着她的样子摇着摇篮。

我们烧火堆。我们经常做这种事。

为了不让套头衫留有烟味，我把它脱掉了。尽管这有点冷，但关系也不大。我还找了个干净的地方放。我们在建筑工地上，这里一天一个样，不过有个用栅栏围起来的地方，建筑工人把挖土机停放在那儿，砖头也放在那儿，还盖有小屋可以在里面坐着喝茶。在小屋的门外，总会有一大堆面包皮，而且这些面包皮周围还沾有果酱。透过铁丝网，我们看到一只海鸥在不断地尝试着要叼起一片面包皮，但面包皮太长，而海鸥的嘴太短，它应该从中间叼起，这时又一块面包皮从小屋里飞了出来，正好打在海鸥的头上。我们听到屋里一阵阵的狂笑声。

我们会去建筑工地，但那已不再像从前那样了，只剩下一块空地，到处是垃圾、破碎砖头和轮胎印痕。有一条新铺的水泥路，新工地就在那条路的尽头。我们回去寻找我们曾经用木棒写在水泥地上的名字。可惜它们都已经被磨平了，什么也没有了。

——啊，可恶，凯文说。

巴里镇到处都是我们的名字，不管是马路上还是小径上。如果你也想这样，你必须在晚上等到全部人——除了看守人外——都回家后才可以开始行动。然后当他们在早上看到留下的名字后已经太晚了，因为水泥都已经变硬了。我们只写自己的基督教名，以防这些工人在巴里镇街道上挨家挨户搜寻一直在他们水泥地上写名字的男孩。

这里不止一个建筑工地，有好多好多，所有房子都是不同风格。

我们曾经把利亚姆的名字和地址用黑色的记号笔写在一个房子

刚粉刷好的墙上。不过后来倒也相安无事。

有一次,妈妈闻出了我身上的烟味。她先是看到了我的手。她抓住了一只。

——看看你的手,她说,你的指甲!我的天哪,帕特里克,你一定是又想讨鞭子打了。

接着她闻了闻我。

——你都在干些什么啊?

——灭火。

妈妈重重惩罚了我。可最坏的事莫过于等着爸爸回来看妈妈会不会告诉他。

凯文有火柴,一盒天鹅牌的。我喜欢那些盒子。我们用一些厚木板和树枝搭成一个棚屋,还从商店后面拿了两个纸箱子。我们把纸箱子撕碎,放到木材下面。等木柴自己完全燃烧起来,要花很久的时间。现在还是白天。凯文划了一根火柴,我和利亚姆四处观望有没有人过来。这次就我们三个。艾丹在他姑妈家。辛巴德在医院里要切除扁桃体。凯文把火柴放到纸板下,等到纸板点燃后才松手。我们看着火苗把纸板吞噬,然后跑去躲了起来。

我是真的不知道如何划火柴。要么是火柴划断了或点不着,要么是我划错了,划在火柴盒的另一边,再要么我点燃了火柴却又过快地放手了。

我们躲在一间房子的后面。看守人一来我们就逃。我们离树篱很近,准备好了逃跑路线。凯文说如果他们没有在工地上当场抓住我们,他们也不能对我们怎么样。如果他们在路上抓住我们、打我们,我们可以将他们告上法庭。我们待的位置不能很清楚地看到火。我们等着。其实这里也不算是房子,只是几堵墙,是六幢房子连在一起组成的。大公司正在这里建房子。我们等了一会。我忘记拿套头衫了。

——天呐天呐。

——什么事?

——我的毛衣!

——什么?

——紧急情况,紧急情况!

我们沿着墙边爬行;但也不是一直都这样,因为这样太花时间了。我放套头衫的地方旁边有一个障碍物,我跑过去,用它作掩护。我蹲在后面,吃力地喘着气,随时准备冲出去。我向后看了看;凯文小心地站了起来,四处看了看,又蹲了下来。

——可以了,他轻轻地说。

我深吸一口气,从后面跑出来冲向套头衫。没有人叫喊。我一把从那堆砖头上抓过衣服,弄出的声音如同炸弹爆炸一般。我赶紧又溜回到后面去。

火烧得很旺,浓烟滚滚。我捡了一个石子朝火堆扔。凯文又站起来,观察有没有看守人。风平浪静。他示意我可以过来了。我猛地冲上去,快速地蹲下,跑到房子旁。凯文拍拍我的背。利亚姆也拍拍我的背。

我把套头衫系在腰上,把袖子打了两个结。

——过来,伙计们。

凯文从我们的掩藏地后面跑了出来,我们也跟着他,围着火堆跳舞。

——喔——喔——喔——喔——喔——

我们把手放到嘴上吹口哨,像印第安人一样发出声音。

——咿——呀——呀——呀——

凯文把火踢向我,火架恰好倒了。此时那已称不上是火堆。我不跳了。凯文和利亚姆也停了下来。凯文要把利亚姆弄到火堆里,对他又是推又是拉。

——好了,不要这样。

我去帮凯文。可利亚姆要动真格了,我们也就适可而止。我们玩得浑身是汗。我心生一计。

——看守人是下流坯!

我们跑回房子的后面,大笑着,都喊起来。

——看守人是下流坯!看守人是下流坯!

我们好像听到了什么,凯文则真的听到有动静。

于是我们拔腿就逃,跑过空旷的田野。我成Z字形向前逃,低着头,这样子弹就打不到我。我从篱缝掉到了沟渠里。我们还打了一架,不过只是推来搡去。利亚姆想打我的肩却猛地打到了我的耳朵,非常疼。于是他只好让我还击他的耳朵。他把手放到口袋里,这样就不会拦我。

因为有小虫子落在脸上,我们从沟渠里爬了出来。

辛巴德不肯把打火机燃料放到嘴里。

——这是比目鱼甘油,我告诉他。

——这不是,他说。

他扭动着不肯,但我还是坚持让他吃。我们在学校操场上,棚屋里。

我喜欢比目鱼甘油。当你用牙齿咬开塑胶,这些甘油就充满了你的嘴,像墨汁渗入吸墨纸。温暖的感觉,我喜欢。塑胶的味道也很好闻。

星期一，学校操场归亨诺老师管，但他每次都是站在很远的地方，看谁在打手球。他很疯狂；如果他走到我们这边的棚屋里，会当场抓住很多人。如果一个老师抓住五个人在抽烟或捣乱，他就可以得到工资津贴。这是弗鲁克·卡西迪说的，他叔叔是老师。但亨诺老师只看手球比赛，有时他也会脱掉夹克和套头衫过来一起玩。他很厉害。当他击球时，球像子弹一样快，要等它打到墙上你才会注意到。他的汽车上贴了一张标签：想长寿，玩手球！

辛巴德的嘴闭得很紧，嘴唇都被咬进去了；我们根本打不开。凯文往他的嘴里塞原子燃料丸，还是不行。我掐辛巴德的胳膊，一样没用。这真是太丢人了；在众人面前我竟然拿弟弟没办法。于是，我一把揪起他耳边的头发，把他拎了起来；我就是想让他感到疼。现在，他把眼睛也紧闭上了，眼泪流了出来。我又夹住他的鼻子。他张嘴喘气了，凯文就把半个原子燃料丸塞到他的嘴里，接着利亚姆用火柴点燃了原子燃料丸。

我们说好要让利亚姆点火，以防我和凯文被抓住。

火焰就像一条龙一样喷出来。

比起火柴，我更喜欢放大镜。我们常常花上一整个下午，用放大镜引燃割下来的一小堆一小堆杂草。我喜欢看青草慢慢变了颜色。我喜欢火苗在青草上一闪一蹿的样子。用放大镜可以让你拥有更多的控制权。它的使用非常简单，同时也更加需要技巧。如果阳光充足，你甚至不用手就能够把一张纸弄穿，你需要做的是在纸的每一个角上放一块石头来防止它被风吹走。我们有时候会进行比赛：点燃，吹灭，再点燃，再吹灭。最后把纸烧掉了一半的人不得不让另一个家伙在下一轮烧到自己的手。我们有时会在纸上画一个人，然后在他的身上烧出一个个洞，比如手上，脚上，就好像耶稣基督。我们在他身上画很长的毛发。他的小鸡鸡往往会被留到最后。

我们在荨麻丛中辟出一条条路来。妈妈一直很想弄明白，在阳光明媚的好天气里，我穿着粗呢大衣、戴着露指手套出去到底是要做什么。

——我们去对付那些荨麻，我告诉她。

那些荨麻非常粗壮；真是些庞大的家伙。挂在它们芒刺上的蜂房同样巨大。如被刺到，即使不痛了也会痒很久。荨麻在商店后面的田野里占据了一个大大的角落，那里除了荨麻，没有别的东西生长。当我们向四周挥舞棍棒的时候，一不留神就把它们打翻了，这时我们只得把它们彻底捣毁。荨麻的汁液四处飞溅。我们挥舞着木棍和棒球棍，在荨麻丛中开辟出了很多条小路。当我们回家的时候，那些路已经彼此相连在了一起，而荨麻丛则已经消失不见。棒球棍变成了绿色，而我的脸上扎有两根刺。我得脱下我的羊毛头罩，因为我的头实在非常的痒。

我盯着面包屑。爸爸伸手拿放大镜，我让他拿走。他看着自己手上的绒毛。

——是谁给你的这个？他问道。

——你啊。

——哦，对，是我。

他把它放回去。

——好家伙。

他把大拇指在厨房餐桌上使劲摁了一下。

——看看你能不能看到手印？他说。

我不确定。

——指纹，他说。——大拇指的。

我把椅子移得离他更近了些，然后用放大镜看他大拇指摁过的地方。我们一起透过镜片向下看去。我只能看到桌面上黄色、红色的斑点，比平常的大。

——看见什么了吗？他问。

——没有。

——你和我来，他说。

我跟着他走进了客厅。

——晚饭马上就好了，你们俩要去哪里啊？妈妈问。

——很快就回来，爸爸回答。

他把手搭在我的肩上。我们向窗边走去。

——站上来，这样我们才能看得到。

他把扶椅拖过来让我站上去。

——快点。

他把威尼斯风格的百叶窗拉了起来，对它们说：

——让开些，别挡了道。

他把百叶窗的束带系好后还稍微托住了它一小会儿，以确保百叶窗不会落下来。

他把大拇指压在玻璃上。

——现在看一看。

那印子变成了一根根线条，弯弯曲曲的轨迹。

——你做做看，他说。

我把大拇指压在玻璃上，很用力。他扶住我，以免我从椅子上跌下来。

我又看了看。

——它们是一样的吗？他问。

——你的比较大。

——除了这个呢？

我不说话了。我不确定。

——它们是完全不一样的，他说，没有人的指纹是一样的，你知道吗？

——不知道。

——唔，现在你知道了。

几天后，拿破仑·索罗在他的公文包上发现了指纹。

我抬头看了看爸爸。

——跟你说过的，他说。

我们没有对畜棚做什么。我们没有放火。

畜棚被留下了。大公司买下唐纳利的农场之后，唐纳利在索兹附近买了一个新的。他几乎把所有东西都搬到新农场去了，除了房子和畜棚，以及畜棚的气味。下雨天里，那味道异常的难闻。雨水让堆积多年的猪粪重新散发出恶臭。畜棚又大又绿，当里面堆满了干草的时候，实在棒极了。在那些新房子建起来之前，我们从后面偷偷进去过。这么做很危险。唐纳利有一把枪和一只独眼狗。西塞尔，狗的名字。唐纳利还有一个精神失常的弟弟，艾迪叔叔，他负责喂养那些小鸡和猪。每当有小汽车或者大卡车从屋前驶过，把大石块和小卵石弄得一团糟，他就会去把它们耙理平整。有一次妈妈正在粉刷大门，艾迪叔叔刚好路过我们家。

——愿上帝怜爱他,妈妈自言自语道,可声音大得我都能够听见。

一天我们吃晚饭的时候,妈妈提到了艾迪叔叔。

——愿上帝怜爱他,我说。爸爸拍了拍我的肩膀。

艾迪叔叔长着两只眼睛,但和西塞尔有一点像,他也有一只眼睛蒙了起来。爸爸说这是因为艾迪叔叔有一次透过一个钥匙孔看东西的时候被热气熏到了。

假如在你做鬼脸或者假装结巴的时候,呼吸的气流突然改变,或者有人在你的背上重重拍了一下,你就会永远保持那个鬼脸或者结巴的状态。十四岁的狄克兰·法宁——他的父母因为他抽烟正打算把他送到寄宿学校去——就是一个结巴,这是因为有一次他在戏弄一个结巴的时候有人在他的背上猛拍了一下。

艾迪叔叔不是结巴,可是他只能说两个词——真棒,真棒。

我们在做弥撒,唐纳利一家在我们身后。莫罗尼神父说,你们可以坐下了。

我们原是跪着的,于是坐起来。艾迪叔叔说,真棒,真棒。

辛巴德突然笑起来。我看了看爸爸,让他确定那不是我干的。

你可以爬上草垛,然后刚好可以进到畜棚里去。我们在一捆捆成堆的干草上一级级向下跳。我们从来不会弄伤自己;这很好玩。利亚姆和艾丹说米克舅舅——他们妈妈的兄弟——也有一个和唐纳利一样的畜棚。

——在哪啊?我问。

他们不知道。

——畜棚在哪里?

——在乡下。

我们看见了老鼠。其实我没有见到，是我听到了。但我说我见到了。凯文见过很多。我见过一只被轧扁了的。它身上还有轮胎的压痕。我们试图点燃它，但行不通。

我们在畜棚顶。艾迪叔叔走了进来。他不知道我们在那里。我们屏住了呼吸。艾迪叔叔转了两圈，出去了。一束阳光射在门上。这是一扇波形滑动钢门。整个畜棚都是波状钢的。我们待在这么高的地方，都可以摸到房顶。

畜棚逐渐被一些房屋骨架包围。外面的路正在被拓宽，巨大的管道成了小金字塔状，堆在沿海边的马路上。这条路将成为通往飞机场的主干线。凯文的姐姐费罗米纳说，这个畜棚就好像是房子们的妈妈一样照看着它们。我们说她是一个傻瓜，可它真的像；它看上去确实很像房子们的妈妈。

三个消防队员从镇上赶来救火，可是没救成。整条路都被水淹没了。这件事情是在晚上发生的。第二天早上我们醒来的时候火已经灭了，妈妈说我们不许接近那个畜棚。她紧盯着我们，以防我们不听她的话。我爬到苹果树上，可是什么也看不见。它其实也不太像是一棵树，虽长满叶子，从来都只结长满斑点的苹果。

我们听说他们在畜棚的外面发现了一盒火柴。而这是住在小屋里的帕克太太告诉妈妈的。帕克先生为唐纳利工作；开卡车，每周六下午陪艾迪叔叔去看电影。

——他们会掸掉上面的灰尘来获取指纹，我告诉妈妈。

——对，没错。

——他们会掸掉上面的灰尘来获取指纹，我告诉辛巴德，如果他们在火柴盒上发现你的指纹，他们就会来逮捕你，把你丢到阿塔纳的少年管教所去。

辛巴德不相信我，可还是信了我的话。

——因为你嘴唇的缘故，他们会让你玩三角铁，我告诉他。

他哭了；我讨厌他。

我们还听说，艾迪叔叔在大火里被烧死了。是隔壁第二家的拜恩太太告诉妈妈的。她小声地说起这件事情，然后她们为自己祈愿。

——或许这样最好了，拜恩太太说。

——是啊，妈妈这样答道。

我非常非常想去畜棚里看看艾迪叔叔，如果他们还没有把他抬走的话。妈妈让我们在花园里野餐。爸爸下班回到家。他去上班要坐火车。妈妈起身和他讲话，还不让我们听到。我知道她在和他说艾迪叔叔的事。

——真的吗？爸爸问道。

妈妈点点头。

——他走在那条路上碰到我时可没有告诉我这个。他只会说真棒真棒。

安静了一小会儿，突然他们俩大笑起来。

他根本就没有死。他甚至没有受伤。

畜棚不再是崭新的了。它坍塌变形了。房顶就像一个罐头盖那样弯曲着，来回晃动，嘎吱作响。大门被拖到一旁，倚着墙。全黑。其中的一堵墙已经没了。其他墙上的黑漆掉落下来，整个棚屋变成褐色，显得陈旧。

所有人都说是大公司新建的房子里的某个人做的。后来，大约在一年之后，凯文说是他做的。可是他并没有做。这件事情发生的时候他正在科尔顿跟着一个旅游队度假。对此我没有说什么。

天气很好的日子里，我们可以看见畜棚房顶下面的尘埃。有时我回家后它们躲在了我的头发里。起大风的日子里，会有整块的物体掉落下来。房顶下方的地面变成了红色。畜棚就这样一点点消失了。

辛巴德向妈妈保证。

妈妈把他的头发从前额向后理，用手指当梳子不让头发掉下来。她几乎要哭出来了。

——我该试的都试了，她和他说，现在再给我保证一次。

——我保证，辛巴德说。

妈妈开始给他的手松绑。我也哭了。

她把他的双手绑在椅子上，不让他抠嘴唇上的痂。他尖叫起来。脸涨得通红，然后变成紫色，而尖叫声没停过。他没有吸气。辛巴德嘴唇上结满了痂，是因为原子燃料丸。整整两个星期，他看上去就好像没有嘴唇一样。

她握住他的双手，放在他身体两侧，让他站了起来。

——让我看看你的舌头，她说。

她仔细检查着他的舌头，想看看他到底有没有说谎。

——好吧，弗朗西斯，她说，没有斑点。

弗朗西斯就是辛巴德。他把舌头缩了回去。

她松开他的手，可他没有走开。我走到他们身边。

你冲下码头，起跳，大声叫——大海深处的旅行，谁能够在身体触到水之前叫出最多的字，谁就算赢。从来没有人赢过。我曾经有一次说到了倒数第二个字，可是凯文，作为裁判员，说我在说出倒数第三个字以前屁股已经进到水里去了。我们相互扔着石块，却不打中对方。

我躲在餐具柜的后面，看见海里的景观都被一只肥胖的水母给吞了下去。那可真吓人。一开始我并不介意它，只用手指堵住耳朵，爸爸跟妈妈说那十分可笑。可是，当那只水母好像把潜艇包围了的时候，我向餐具柜爬去。我趴在电视机前面。我没有哭。妈妈说那只水母已经走了，但我还是不肯出来，直到我听到广告的声音。然后，她把我带到床上，还陪了我一会儿。辛巴德已经睡了。我起来喝了一杯水。她说下个星期不再让我看，可是她忘了。总之，到了第二个星期，一切都一如往常，电视播放了一个发明一种新式鱼雷的疯狂科学家。阿德迈尔·内尔森给他一个盒子，盒子载着他撞毁了潜望镜。

——没用的家伙，爸爸说。

他没有亲眼看见，只是听到了。他的眼睛都没离开书过。我不喜欢这样，他是在嘲笑我。妈妈在做些编织活儿。我是唯一一个停下来看的。我告诉辛巴德这非常的了不起，但是我不会告诉他为什么。

我和爱德华·斯万维克一起在海滨玩水。他没和我们大多数人去同一所学校。他去镇上的贝尔维迪尔学校。

——斯万维克一家只要最好的东西，当妈妈告诉爸爸她看见斯万维克太太在商店里买人造黄油而不是黄油的时候，爸爸这样回答道。

她笑了。

爱德华·斯万维克必须身穿颜色鲜艳的运动夹克，系领带，玩橄榄球。他说他很讨厌这样，但他每天是自己坐火车回家，所以也不算太糟糕。

我们打水仗。我们不再大笑了,因为我们这样玩已经很久了。马上就要退潮了,我们要赶紧撤回去。爱德华·斯万维克突然向我打了个水浪,里面有一只水母。一只巨大的、透明的水母,有粉色的血管,而身子中部是紫色的。我高高举起手臂,移动身子,可它还是擦到了我身体侧面。我尖叫起来。我推着水走向阶梯。我感觉到那只水母袭击了我的后背,我以为我感觉到了。我又大叫了一声,我没办法不叫。海滨底下的路崎岖不平,不像沙滩。到了阶梯处,我伸手抓住围栏。

——这是一只僧帽水母,爱德华·斯万维克说。

他绕过那只水母,走了很长一段路回到阶梯上来。

我上到第二级台阶,查看伤痕。如果不从水里出来,就感觉不到被水母蜇过的疼痛。我肚子旁边有条粉红色的痕迹;我能看见。我已经从水里出来了。

——我不会放过你的,我告诉爱德华·斯万维克。

——这是一只僧帽水母,爱德华·斯万维克说。

——你看看。

我把伤口给他看。

他已经走上平台,趴着栏杆看那只水母。

我把泳衣脱了,没披毛巾。这里只有我们俩。那只水母仍然漂在那里,就好像一把流动的伞。爱德华·斯万维克在寻找石头。为了找到几块石头,他下了几级台阶,但就一两级,他不会再回到水里。我没有办法把T恤穿上,来遮住前胸后背,因为我全身湿透。T恤粘在肩膀那。

——它们的刺是有毒的,爱德华·斯万维克说。

现在我终于把T恤穿好了。我把它扯起来,免得那块伤痕消失掉。我已经开始感觉到疼了。我把湿衣服里的水拧到栏杆上。爱德华·斯万维克在朝那只水母掷石块。

——打它!

他没有打中。

——你这个没用的家伙,我说。

我用毛巾把湿衣服包了起来。这是一条柔软的浴巾。我本不应该拿着它的。

我沿着巴里镇街,一直跑,一直跑,跑过小木屋,那里住着一个幽灵和一个嘴臭没牙齿的老太婆;跑过商店;当我离家还有三个大门之远的时候我开始哭;绕到屋后,跑进厨房。

妈妈在喂小宝宝。

——你怎么了,帕特里克?

她在我的腿上寻找伤痕。我把T恤掀起来,让她看那块伤痕。现在我是真正的痛哭了。我想要一个拥抱、一些药膏和绷带。

——一只水母……一只僧帽水母伤了我,我告诉她。

她摸了摸我的肋骨。

——这里?

——好痛!不对,看,斜着的那道印子。它的毒性非常强。

——我看不见啊……天,我看见了。

我把T恤拉下来,扎进裤子里。

——我们应该怎么办呢?她问我,要不要我去隔壁房间打电话叫救护车?

——不,药膏……

——好吧,就这样。伤口会被治好的。在我们涂药膏之前,我可以先喂迪得丽和凯西吗?

——可以。

——非常好。

我使劲把手压在侧面,好让那个伤痕不会消失。

海滨是一个抽水站。后面有一个平台,要下很多级台阶才能到达。海潮涨至最高点的时候,水会漫过那个平台。一大半的台阶都被淹没。在抽水站的另一边也有台阶,不过那里总是非常的冷,石块也更大、更锋利。想要翻过它们走到水里去是非常困难的。码头其实并不真是一个码头,只是一个水泥管道。水泥很粗糙。总有一些小石块从中刺出来。想一口气冲到尽头是不可能的。走时要小心,不能踩得太重了。在海滨下面玩很难尽兴。那里有很多海草、黏土和石块,得一直小心观察水面下的情况。真正好玩的其实只是游泳。

我很擅长游泳。

而辛巴德根本不会下到水里去,除非有妈妈陪着。

凯文有一次在码头潜水的时候把头撞了,不得不去杰维斯大街缝针。他是和他妈妈还有姐姐一起坐出租车去的。

我们当中有一些人并不被允许在海滨下面游泳。如果脚指头被石块割到了,会患上小儿麻痹症的。一个从巴里镇街来的男孩,肖恩·理查德死掉了,人们推测是因为他喝下了一大口海边的水,也有人说是他咽下一大块硬糖,卡在气管里了。

——他自己一个人待在房间里,艾丹说,而他自己又不能拍打自己的背把它弄出来。

——为什么他不下楼到厨房里去呢?

——他不能够呼吸了啊。

——我可以拍打自己的背,你看。

我们看着凯文使劲拍打他自己的背。

——还不够重,艾丹说。

我们全都试了一下。

——那全是胡说,妈妈说,别管它们。

她接着又柔声说:

——那个可怜的小孩得了白血病。

——什么是白血病?

——一种可怕的病。

——喝水会让人得这种病吗?

——不会。

——怎样才会得呢?

——喝水不会。

——海水呢?

——喝什么水都不会。

海边的水没问题,爸爸说,大公司的专家检验过了,它真的一点问题也没有。

——是啊,妈妈说。

我外公芬纳甘,她的爸爸,在那家大公司工作。

亨诺老师之前,教我们的是沃特金森小姐。她带来了一块茶布,上面印着《独立宣言》,因为当时距 1916 年[1] 整整五十个年头。茶布的中间印有《独立宣言》的文字部分,四周则是当时的七位签署人。沃特金森小姐把茶布固定在黑板上,让我们一个一个上前仔细看一

---

1. 指 1916 年的"复活节起义"(Easter Rising),由爱尔兰共和派(Irish Nationalists)发动。共和派成员于 4 月 24 日当天宣告爱尔兰共和国成立。起义虽以失败告终,但被视为爱尔兰独立道路上一块重要的里程碑。

看。有些男孩子们上去看时还为自己祈愿。

——是不是很好看啊，孩子们[1]？她不断地向过来看的每一对男孩子们发问着。

——是啊[2]，我们回应她。

我注意到写在底部的名字。托马斯·J. 克拉克是第一个名字。克拉克，和我的姓一样。

沃特金森小姐用她的教鞭[3]指着《独立宣言》上面的每个字，把整个的《独立宣言》读给我们听。

——在这至关重要的时刻，爱尔兰的儿女愿为共同利益牺牲自我，爱尔兰民族必须用勇气与纪律证明，爱尔兰民族值得拥有这一庄严的命运。代表临时政府签字的有托马斯·J. 克拉克，肖恩·麦克戴尔玛德，托马斯·麦克多纳，P. H. 皮尔斯，阿莫尼·希恩特，詹姆斯·康诺利，约瑟夫·普伦科特。

沃特金森小姐读完之后开始鼓掌，所以我们也跟着鼓掌。我们开始大笑。她瞪了我们一眼，我们不敢笑了，不过还在继续鼓掌。

我转过头对詹姆斯·奥吉弗说：

——托马斯·克拉克是我的爷爷。把这话传下去。

沃特金森小姐用她的教鞭敲着黑板，说：

——起立[4]！

她让我们在课桌旁原地踏步走。

---

1. 原文为爱尔兰语 Nach bhfuil sé go h'álainn。
2. 原文为爱尔兰语 Tá。
3. 原文为爱尔兰语 bata。
4. 原文为爱尔兰语 Seasaígí suas。

——左——右——左——右——左——[1]

临时教室的墙壁都被我们震动了。临时教室就在学校的后面。你都可以在那下面爬行。正面墙上的油漆被太阳晒得很薄,一碰就会脱落。我们一直没能在学校里拥有一间真正的教室,水泥墙的那种,这情况延续到一年后,亨诺换成了我们的老师。我们很喜欢在这个临时教室里原地踏步走,因为每当这个时候,都能感觉到脚下地板的跳动。由于下脚太用力,我们经常步伐不齐。每次沃特金森小姐觉得我们看起来很慵懒的时候,就让我们原地踏步走,一天要做好几次。

这次我们边踏步,她边读宣言:

——爱尔兰的所有国民:以上帝和将古老民族传统传承下来却已牺牲的老一辈们的名义,爱尔兰,通过我们这一代,号召她的儿女来到她的旗帜下,为民族自由而奋斗。

她不得不停下来,因为我们的踏步乱成一团。她敲打黑板。

——坐下[2]。

她看起来很生气也很失望。

凯文举起了手。

——老师?

——什么[3]?

——帕迪·克拉克说他的爷爷是那块茶布上面的托马斯·克拉克,老师。

---

1. 原文为爱尔兰语 clé—— deas —— clé deas —— clé——。
2. 原文为爱尔兰语 Suígí síos。
3. 原文为爱尔兰语 Sea。

——他是这么说吗？

——是的，老师。

——帕特里克·克拉克。

——在，老师。

——站起来，让我们看到你。

我慢慢吞吞地站了起来，好像过了几个世纪。

——你的爷爷是托马斯·克拉克？

我微微一笑。

——他是吗？

——是的，老师。

——这个画上的人？她指着茶布角上的托马斯·克拉克问道。他看起来确实像个爷爷的样子。

——是的，老师。

——你爷爷住在哪里，告诉我们？

——克朗塔夫，老师。

——上来，到我这来，帕特里克·克拉克。

立刻，教室里鸦雀无声，只能听到我走路发出的嗒嗒声。

她指向托马斯·克拉克头像下面的一小段文字。

——给我们读一下这段话，帕特里克·克拉克。

——在1916年5月3日，被英国人处……呃……处决。

——你说说被处决是什么意思？德莫特·格林姆斯，不要以为你抠鼻子我不知道！

——是被杀的意思，老师。

——没错。这是你住在克朗塔夫的爷爷，是吗，帕特里克·克拉克？

——是的,老师。

我假装又看了看那幅画。

——我再问你一遍,帕特里克·克拉克,这个人真的是你爷爷吗?

——不是,老师。

她在我的两只手上各打了三下。

我回到座位的时候,连椅子都没办法坐下,因为我的手疼得什么都做不了了。詹姆斯·奥吉弗用脚帮我把椅子推开,椅子却当啷一声倒在地上,我心里嘀咕:完了,她又要教训我了。我把手压在腿下面。我不敢蜷缩起来,因为她不准我们那么做。我双手疼得好像被砍掉了,很快变成一种针刺的感觉。手心已经开始不断地流汗,湿漉漉的。教室里安静极了。我向凯文看过去,想咧嘴笑,可疼得牙齿在打架。我看见在第一排的利亚姆转过头来,等着凯文看向他那里,等着和他会心一笑。

我喜欢我的爷爷克拉克,远胜于喜欢我的外公芬纳甘。爷爷的妻子,也就是我的奶奶,已经去世了。

——她去了天堂,爷爷说,享受着快乐的生活。

每次我们去看他,或者他来看我们的时候,他都会给我半克朗(英国旧制五先令硬币)。有一次,他还骑着自行车来看我们呢。

一天晚上,电视里正在播放《马尔特和马尔基》,我把餐具柜的抽屉翻得乱七八糟。最下面的一个抽屉里面塞满了照片,我把它推回去的时候,最上面的一沓从抽屉后面掉到了餐具柜下面。我拣起它们。其中有一张是爷爷和奶奶的合照。我们已经有很多年没有去过他那里了。

——爸爸?

——什么事,儿子?

——我们什么时候去爷爷那里啊?

爸爸看起来好像丢了什么东西,又找到了,但那东西并不是他想要的。

他坐直了,盯着我看了一会。

——爷爷已经死了,他说,你不记得了吗?

——不记得。

我真的不记得。

爸爸一把把我举了起来。

爸爸的手很大。手指很长,但是并不胖。我可以感觉到那皮肉下面的骨头。他一只手晃着椅子,另一只手拿着书。他的手指甲很干净——一个除外——指甲边缘的白色部分都比我的长很多。指关节上的皱纹就好像一堵墙上的纹路,那些砖块间的水泥。其他地方倒没有多少皱纹,不过每个毛孔都像一个坑一样,每个坑里长着一根毛。浓黑的体毛从袖口里面露出来。

《裸者与死者》。这是那本书的名字。书皮上面有个穿着军装的战士。他的脸很脏,是个美国人。

——这本书讲的什么?

他看了看封皮。

——战争,他说。

——这本书好看吗?我问。

——好看,很好看,他说。

我看着那个封皮点了点头。

——这个人在里面吗?

——在的。

——他在书里面是什么样子的?

——我还没读到他呢,回头再告诉你吧。

第三次世界大战开战在即。

每天,在爸爸下班回家的时候,我为他买报纸,周六的时候也是同一个时间去拿。妈妈给我钱,是《晚报》。

第三次世界大战开战在即。

——开战在即是快要到来的意思吗?我问妈妈。

——我想是吧,怎么了?妈妈问。

——第三次世界大战快要来了,我告诉她,看。

她看了看报纸上的头条。

——噢,亲爱的,那只是报纸上的说法,那些人总是很夸张,她说。

——我们会加入战争吗?我问她。

——不会的,她答道。

——为什么?

——因为不会有战争,她说。

——第二次世界大战的时候你出生了吗?我问。

——嗯!她回答,我当然出生了。

她正在准备晚饭,露出忙碌的表情。

——二战是什么样子的?

——不是特别糟糕,她说,你可能要失望了,帕特里克,爱尔兰当时没真正参战。

——为什么没有呢?

——哦,太复杂了,反正就是没打,爸爸会告诉你原因的。

我正在等他的时候,他从后门进来了。

——瞧瞧!

第三次世界大战开战在即。

他读着。

——第三次世界大战开战在即,他说,还是来了。

他看起来没有大惊小怪。

——你准备好枪了吗,帕特里克?他问。

——妈妈说不会有战争的,我对爸爸说。

——她说得对。

——为什么?

他有时喜欢这些问题,可有时一点兴趣也没有。当他喜欢这个问题的时候,如果他正斜着在椅子里面坐着,他就会把腿盘起来。他现在就这么做了,身子向我靠近。他最开始说的一些话我没听到,因为目前的情形正是我所期待的——他盘起腿,身子朝我倾——这正是我所想要的。

——以色列人和阿拉伯人之间的战争,我听到他这么说。

——为什么?

——他们不喜欢对方,他说,基本上吧。恐怕又是老掉牙的故事。

——为什么报纸上说第三次世界大战的事情?我问他。

——首先,为了能卖出报纸,他说,像那样的头条能让报纸畅销。不过同时呢,美国人在为犹太人撑腰,俄国人在为阿拉伯人撑腰。

——犹太人就是以色列人。

——对,是这样的。

——那阿拉伯人是什么人?

——其他的所有人。所有他们的邻国,约旦,叙利亚……

——埃及。

——好样的,你懂得啊。

——希律追赶圣族的时候,他们逃到了埃及[1]。

——是这样的。那里总是有木匠[2]的工作。

我没有完全明白他所说的,但这种话妈妈不喜欢爸爸说。但是她不在那里,所以我笑了。

——现在犹太人占上风,爸爸说,冲破了一切阻碍。祝他们好运。

——犹太人总在星期六做弥撒,我告诉爸爸。

——是的,爸爸说,他们去犹太教堂。

——他们不相信基督。

——是的。

——他们为什么不相信?

——唔……

我等待着答案。

——人们相信不同的事情。

我想要的不止这些。

——有些人相信上帝,有些人不相信。

---

1. 《圣经》中说,智者预言耶稣将成为救世主,犹太国王希律大帝(Herod I the Great)得知后甚为恐惧,下令屠戮耶稣诞生地伯利恒城(Bethlehem)所有男婴,为躲避危险,圣族(The Holy Family)带着刚出生的耶稣逃往埃及。
2. 传说中耶稣的义父约瑟夫(Joseph the carpenter)是一名木匠。

——共产主义者就不相信,我说。

——是啊,谁告诉你的?他说。

——亨尼西老师。

——真是好样的啊,亨尼西老师,他说。

我知道他下面将要说的话是一首诗里面的一部分,他有的时候会这样做。

——他们依旧凝视,依旧在想小小脑袋为何能承载它所知道的一切。有的人相信耶稣是上帝之子,有的人却不这么认为。

——你相信,对吧?

——嗯,我相信。怎么了,亨尼西老师问过你?

——不是,我说。

他的脸色变了。

——以色列民族是个伟大的民族。希特勒曾经想要把他们赶尽杀绝,几乎已经做到了,可是看看现在,他们活得多好。人口不比别人多,武器不比别人先进,什么都不如别人,现在竟然处于领先的地位。有时候我觉得我们应该搬到以色列去。你想去吗?帕特里克?

我知道以色列在哪,它的形状就好像一支箭。

——那里很热,我说。

——呃,是啊。

——但是那里冬天也会下雪。

——是,一个不错的组合。不像这里,永远是下雨。

——他们不穿鞋,我说。

——他们不穿吗?

——他们穿拖鞋。

——就和你那个伙计一样……他叫什么来着？

——泰伦斯·朗。

——没错，泰伦斯·朗。

我们都笑了。

——泰伦斯·朗，

　泰伦斯·朗，

　不穿袜子，

　真臭，真臭。

——可怜的泰伦斯，爸爸说，不管怎样，我是支持以色列的。

——第二次世界大战是什么样子的？我问他。

——很漫长啊。

我知道日期。

——二战开始的时候我还是个小孩，而结束的时候，我都快要完成学业了。

——六年的时间呢。

——是啊，漫长的六年。

——亨尼西老师说他在十八岁以前都没有见过香蕉。

——我想也是。

——弗鲁克·卡西迪曾自找麻烦，问亨尼西老师猴子们在战争的时候吃什么？

——他怎么回答的？爸爸在大笑之后问。

——他打了他。

他什么也没说。

——六年。

——够呛。

——弗鲁克自己没想过这个问题,是凯文·康罗伊让他这么说的。

——那他被打是活该。

——他哭了。

——都是因为香蕉。

——凯文的哥哥加入了 F. C. A.[1],我说。

——是吗,这将使他挺起腰板。

我不明白什么意思,他的背本来就很直。

——你加入过 F. C. A. 吗?

——F. C. A.?

——嗯。

——没有。

——在——

——我的爸爸曾经是 L. D. F. 的成员。

——L. D. F. 是什么?

——地方防卫部队。

——他有枪吗?

——我想有吧。但不在家里,我想。

——当我够大的时候,我想加入那个组织。可以吗?

——F. C. A.?

——是啊,我可以吗?

——当然。

---

1. The Fórsa Cosanta Áitiúil(爱尔兰语:民兵自卫队),成立于1946年,前身为二战时期成立的地方防卫部队(the Local Defence Force,简称 L. D. F.)。F. C. A. 于2005年解散。

——爱尔兰经历过战争吗?

——没有。

——那克朗塔夫战役[1]呢?

他笑了,我等着。

——那不是真的战争。

——那它是什么?

——那是战役。

——有什么区别啊?

——唔,我们——战争时间长——

——那么战役比较短。

——对。

——布莱恩·博鲁国王为什么在帐篷里面?

——他在祈祷。

——可那是帐篷啊,你从来不在帐篷里面祈祷的。

——我饿了,你呢? 爸爸问。

——我也饿了。

——我们吃点什么?

——杂烩吧。

——好。

——煤气怎么能把人杀死?

——它有毒性。

——是怎么毒死人的呢?

---

1. The Battle of Clontarf,1014 年 4 月 23 日,由爱尔兰国王布莱恩·博鲁(Brian Boru)率领的军队在都柏林北郊克朗塔夫地区与维京人激烈交战,最终将维京人打败。

——你不能吸进煤气。肺会受不了的。怎么会问这个呢?

——那些犹太人是被煤气毒死的。

——哦,他说,是的。

——如果爱尔兰打仗,你会去参军吗?

——不会有战争的。

——也许会,我说。

——不会的,他说,我认为不会。

——第三次世界大战即将开战。

——不要管那个。

——你会在意吗?

——会的。

——我也在意。

——好啊,还有弗朗西斯呢。

——他太小了,我说,他们不会允许他参军的。

——不要担心,不会有战争的。

——我不担心。

——好的。

——我们曾经历过一场与英格兰人的战争。

——对。

——那是战争,我说。

——唔,不真的是——我倒希望是。

——我们赢了。

——我们彻底击败了他们,让他们尝到了我们的厉害,他们会永生难忘。

我们都笑了。

我们共进晚餐。很温馨。杂烩吃起来刚刚好。我坐在爸爸旁边，辛巴德的椅子上。辛巴德没有说什么。

——那不是阿迪达斯，是阿帝达斯。
——不对，是阿迪达斯。
——不对，是帝。
——迪！
——帝！
——迪！
——笨蛋，是帝！
——迪迪迪迪迪迪迪迪！

我们几个都没有阿迪达斯足球鞋。我们都期待圣诞节的时候能收到。我喜欢可以安装鞋钉的那种。我把这个愿望写给了圣诞老人，虽然我不相信他存在。我写信给他纯粹是因为妈妈让写的，因为辛巴德要写。辛巴德想要一个雪橇。妈妈在帮他写信。我的已经写好了。信已经在信封里面装好了，但是她还不允许我封口，因为辛巴德的信也得装在里面一起寄出去。这不公平。我想要一个属于我自己的信封。

——不要抱怨了！妈妈说。
——我没有抱怨啊。
——你现在就在抱怨。

我真的没有抱怨，只是我觉得把两封信放在一个信封里很愚蠢。圣诞老人会以为那里面只有一封信，他只会送给辛巴德礼物，而我却没有。不过反正我也不相信有什么圣诞老人。只有小孩子们才会相信。如果妈妈再说我在抱怨，我就告诉辛巴德让他不相信圣诞老人,这样妈妈就得花一天的时间说服辛巴德去相信了。

——我认为圣诞老人不会带雪橇到爱尔兰的,她对辛巴德说。

——为什么不会呢?

——因为这里几乎不会下雪,你永远也没有机会用上雪橇的,妈妈说。

——冬天下雪啊,辛巴德说。

——只是偶尔下下,她说。

——山顶上有的。

——那可有好几英里呢,她说,很远的。

——我们可以开车去。

妈妈没有发火。我不再等待。我走进厨房。如果你把信封放在暖壶的蒸气上蒸一会,你就可以打开信封后再合上,不会有人看出来。我需要站在椅子上才能够将暖壶的插头插上。我需要检查暖壶里面还有没有足够的水。我没有拎起水壶,只是打开壶盖向里面看了看。我从椅子上下来,把椅子拉回原处。我不需要椅子了。

我回到客厅。辛巴德还是想要雪橇。

——圣诞老人应该送给我想要的东西,他说。

——是这样的,宝贝,妈妈说。

——那么——

——可是他不希望你失望,她说,他希望给孩子们那种经常可以玩的礼物,妈妈说。

妈妈的语调没有变化;她没打算教训他。

我回到厨房。桌子上有圆圆的湿点点,是牛奶瓶里洒出的奶渍。我把信拿出来,放在离湿点点很远的地方。我舔了舔信封上的黏条,用力按下去。蒸气这时候从暖壶嘴里面冒出来。我慢慢等着黏条变干。越来越多的蒸气冒出来了，还发出很大的声音。我拿着信封，使足够多的蒸气能熏到它，同时又很小心不让自己被烫到。但是举得太近，信封变湿了。我举起手，把信封侧放在蒸气上。不一会，信封耷拉下来，好像睡着了一样。我踩到椅子上，拔了插头，放回它原本所在的茶壶旁。茶壶上有日本鸟，它们的尾巴被绑在一起，放在嘴里衔着。信封有点湿了，我拿着它走进了后花园。我将拇指指甲放到封口的下面，稍微翘了翘，信封被抬起来了。我的方法以前成功过。我又轻轻按了黏条，还有黏性。成功了。我回到厨房里，冷，有风，天色也暗了。我不怕黑，除非天黑的时候又刮风。我把信重新放进信封。辛巴德快写完了。

——L，e，g，o，乐高，妈妈在帮他拼写。

辛巴德的拼写能力很差劲。妈妈让我把他的信放进信封里。我折好他的信，哧溜一下，把它塞到我的信旁边。

爸爸下班回家后，把信封塞进烟囱。他蹲下身蜷缩着，好让我们看不见。

——你收到了吗，圣诞老人？

他冲着烟囱大喊。

——是的，收到了，他用那种很低沉的圣诞老人的声音回答。

我看了看辛巴德，他相信那是圣诞老人的声音。他看着妈妈，我没有。

——你能拿得了那么多的礼物吗？爸爸又向烟囱里大喊。

——看情况吧，应该可以拿大部分。再见，我还得到其他家去。圣诞老人的声音继续回答。

——和圣诞老人说再见吧，伙计们，妈妈说。

辛巴德说了，而我不得不说。爸爸从烟囱下来，这样我们就可以好好同圣诞老人道别。

我有个热水瓶,是红色的,曼联队的颜色。辛巴德的是绿的。我喜欢瓶子散发出的那种味道。我会在瓶子里装热水,倒空,然后用鼻子去闻——几乎是把鼻子伸进瓶口里面去闻的。真是妙极了。你不可以直接往里面倒水——妈妈曾演示给我看过;你得把瓶子横躺着放,慢慢地往里面倒,否则空气堵在那里,橡胶会腐烂、破裂。我曾跳起来去踩辛巴德的瓶子,但什么也没发生,我当然也没有再去尝试。暴风雨前的黎明有时是静悄悄的。

利亚姆和艾丹的房子比我们家的暗,这是因为光线的缘故,而不是说他们家很脏。事实上,他们家不是很多人所说的那种脏,只是房子里椅子啊杂物啊横七竖八,东倒西歪。但是,在那个破沙发上无所顾忌地玩是很爽的事情,因为它上面到处是窟窿,没人会叫我们离开。我们爬到扶手上、靠背上,然后往下跳。有时两个人一起爬到靠背上,一决高下。

我喜欢他们的房子。在那里玩更尽兴。房间所有的门都敞开,我们想去哪就去哪。一次,我们在玩捉迷藏时,欧康纳先生走进厨房,打开锅炉旁的热压机,而我就躲在那里面。他拿出一包饼干,轻轻关上门,什么也没说,然后又把门打开,悄悄问我想不想尝块饼干。

都是些碎饼干,包装袋是棕色的。饼干只是碎了而已,味道挺不错。可妈妈就从来没买过。

学校里有些同学的妈妈在一间叫凯博瑞的工厂工作。我的妈妈和凯文的妈妈都没在,利亚姆和艾丹的妈妈去世了。伊恩·麦克艾弗的妈妈在,但不是全年,只在复活节和圣诞节前去工作一段时间。有时,伊恩·麦克艾弗的午餐里会有个复活节彩蛋,上面的巧克力无可挑剔,只是蛋的样子不对。妈妈说麦克艾弗太太是因为一些原因才不得不去厂里工作的。

我不明白这是为什么。

——你爸爸的工作比伊恩爸爸的好,妈妈告诉我,然后又说,别把这话告诉伊恩,一定不能说。

麦克艾弗家和我家在一条街上。

——我爸工作比你爸好。

——才不是呐。

——就是!

——不是!

——是!

——你凭什么这么说!

——因为你妈得在凯博瑞工作!

他不明白我什么意思,事实上,我也不知道我在说什么。

——因为她不得不去,是不得不去!

我推了他一把,他也推我。我一只手抓牢窗帘,另一只手使劲推他。他一条腿从沙发靠背上滑下去。他摔倒了,我则滑到了那个破沙发上。

——我赢了!我赢了!我赢了!

我喜欢坐在"洞"里,远离之前安装弹簧的地方。沙发面料很好,上面就像被小除草机推过一样,只有图案被留了下来。那图案、花样,摸上去感觉像是尖细的小草或者我刚理过发时脑后的短发。料子没有什么颜色,但开灯的时候,你会看出花样以前是彩色的。

我们看电视时，全都坐在上面。他家有许多房间，我们经常打打闹闹，但欧康纳先生从不喝令我们出去或保持安静。

他家的餐桌和我家的一样，也只有餐桌一样。他家的椅子各不相同，而我家的全部一样：都是木头做的，红色坐垫。有一次我去找利亚姆。敲他们家厨房的门时，他们全家正在喝茶，欧康纳先生大声招呼我进去坐。他坐在桌子的侧面而不是桌尾；在我家我和辛巴德坐桌侧，桌尾是爸爸的位置。艾丹正坐在我妈妈常坐的位子。他站起身，放回水壶，坐回在我家妈妈一直坐的地方。

我不喜欢那样。

他，欧康纳先生，每天做早餐、晚餐，及其他一切事情。他们每顿午餐都吃薯片，而我的总是三明治，虽然我几乎不怎么吃。我把三明治放在书桌下的架子上，有香蕉的、火腿的、奶酪的，还有果酱的。有时我会挑它们中的一个吃，但剩下的还是挤在桌子下那一堆。当我看到嵌在桌里的墨水台向上凸起时，我就知道架子已经被三明治挤得太满了。我等到亨诺老师出去，他总是会出去的，他说他知道我们在他转身时要做什么，所以我们最好打消这个念头，我们也有点相信。我把他桌旁的垃圾桶拿过来，放在我桌子下。我在众目睽睽下掏出那堆三明治。有些三明治是锡纸包的，有些不是，特别是靠近架子后面的那些，只是用塑料袋或纸盘装着，分外夺目，可以看到它们身上长满了绿色、蓝色、黄色的霉菌。凯文说詹姆斯·奥吉弗不敢吃，想用激将法让他吃，但他就是不吃。

——胆小鬼。

——你倒是吃啊！

——你先吃。

——你吃我就吃。

——胆小鬼。

我使劲挤压一个锡纸包装的三明治，三明治被挤瘪了，最后从锡纸里冒出来。这个过程就像一部电影。大家都想看。德莫特·凯利从他的桌子上翻下来，脑袋碰到了座位上。我在他尖叫之前把垃圾桶送了回去。

垃圾桶是草编的，现在装满了过期的三明治。一股味道蔓延开来，散布整个教室，越来越浓烈，但是，现在才十一点钟，还有三个小时好熬的。

欧康纳先生家的晚餐很好吃。薯条和汉堡包；但这其实并不是他做的，是他直接买回家的。一路从城里坐火车带回来，因为巴里镇上没有薯条店。

爸爸告诉妈妈他和欧康纳先生一同坐火车时所忍受的那股薯条和醋的味道。

——愿上帝保佑他们，妈妈说。

欧康纳先生把它们捣碎成糊状，将中间掏空，直到看起来像个火山，然后在里面淋上很多黄油，盖好。每一个盘子里都这么做。他给他们做咸肉三明治和美味奶油米饭。欧康纳先生给他们每人一罐美味奶油米饭，让他们倒出来吃。他们从来没吃过沙拉。

辛巴德什么也不吃，他从来只吃面包和果酱。妈妈使尽浑身解数让他把饭吃完，还吓唬他说不吃完就别想走。爸爸也忍无可忍了，朝他吼了两句。

——别对他发脾气，帕迪，妈妈对爸爸说。这话不是对我们说的，我们本不该听到的。

——他是在故意惹我！

——但你这样只会越来越糟，她的声音大了些。

——你把他惯坏了！这就是问题所在。

爸爸站了起来。

——我现在进屋看报纸，要是我回来发现你还没吃完，我就让你好看！

辛巴德缩在椅子里，看着盘子，像是要把食物盯走似的。

妈妈跟着爸爸走了，去跟他谈话。最后我帮辛巴德吃完了，因为他老是把食物吐到盘子上、桌子上。

爸爸让辛巴德坐了一个小时后才来检查盘子。盘子当然干干净净，食物在我和垃圾桶的肚子里。

——这还差不多，爸爸说。

辛巴德睡觉去了。

爸爸就是这个样子，时不时发脾气，而且还是无缘无故的。有时，他前一分钟还不让我们看电视，但后一分钟就和我们一起坐在地上看，尽管时间不会很长。他总是很忙，他说。可大部分时间他只是坐在他的椅子里。

我总是在星期日上午做弥撒之前把屋子打扫一新。妈妈会给我一块从旧睡裤上剪下的布当抹布。我从楼上他们的卧室开始打扫，擦亮梳妆台，摆放好她的几把刷子，掸净沾满灰尘的头枕。擦完后抹布上总会留有一块污迹。我尽我所能把耶稣受难的画擦了，画中的耶稣把头倾斜，有点像小猫。画上有爸妈的名字和他们的结婚日期——1957年7月25日——还有我们所有人的生日，当然，除了妈妈后来生的小妹妹。名字都是由莫罗尼神父写的，我的排在第一位——帕特里克·约瑟夫，然后是我不幸早夭的妹妹——安吉拉·玛丽，她甚至都没能出生。接着是辛巴德——弗朗西斯·大卫和妹妹凯瑟琳·安吉拉,还有一个位置是给后来出生的小妹妹迪尔德丽[1]留的。我因为是长子,所以和爸爸的名字一样。画上还可再写六个人的名字。我一级一级地往下擦楼梯,连栏杆都顾到了,又擦干净了客厅里所有的装饰品。我从没有打碎过任何东西。我见过一个古老的音乐盒,转动它背后的钥匙就能奏出一首曲子,音乐盒前面是一幅水手们的画像,而背面的材料已经被磨光了。这是我妈妈的音乐盒。我从不打扫厨房。

艾丹和利亚姆的姑妈,住在莱黑尼的那位,她打扫他们家的房子,有时他们也会住到她那去。她有三个孩子,比艾丹和利亚姆大很多。她的丈夫给大公司割草,一年为我们的路除草两次。他有一只巨大的红鼻子,像一块长满了许多小肿块的海绵。利亚姆说他感冒鼻塞时看起来更好玩。

——还记得你妈妈吗?我问他。
——记得。
——记得她什么?
他不说话,光喘气。

他的姑妈很可爱,总是走过来走过去,念叨天气冷死了热死了。穿过厨房时,她会不停地说着茶茶茶茶茶。听到安吉乐斯[2]提示六点时,她会直奔电视,一路念着新闻新闻新闻新闻。她的腿侧面和后部有巨大的像树根一样缠绕的纹路。她自己做饼干,是很大很厚的那种;它们看起来棒极了,即使已经不新鲜了。

---
1. 即迪得丽(Deidre),迪尔德丽(Deirdre)是曾用名。
2. Angelus,天主教堂在晨、午、日落时敲响的奉告祈祷钟。

他们还有一个姑妈,但并不是他们的亲姑妈。这是凯文告诉我们的,他听到过他爸爸妈妈谈起这个。那个女人是欧康纳先生的女朋友,虽然她早就不是一个女孩,而是老早就成了一个女人[1]。她叫玛丽艾特,艾丹喜欢她,但利亚姆不喜欢。她去他们家时,总是给他们带一包克拉尼克雪花焦糖,而且一定要把白色的和粉色的平均分,尽管它们吃起来味道完全一个样。她还会做汤和苹果沙拉。利亚姆说有一次他坐在她旁边看《亡命天涯》,她居然放了个屁。

——淑女是不能放屁的。

——她们其实也会。

——不,她们不能。如果能,你要有证据证明。

——我奶奶就总是放,伊恩·麦克艾弗说。

——老人会,但年轻的不会。

——玛丽艾特就挺老的,利亚姆说。

——豆子豆子,有益心脏!

越多吃豆,越把屁放!

她有次在他们家睡着了。利亚姆认为她倒在自己身上了——他们正在看电视——但其实她只是斜靠着而已。她打鼾了。欧康纳先生捏住她的鼻子,她打一会儿就不打了。

在圣诞节后的那段假期里,利亚姆和艾丹去了莱黑尼真正的姑妈家,结果我们就好长一段时间没再见他们。他们去姑妈家是因为玛丽艾特搬来和欧康纳先生一起住了。他们家还有一个空房间。他们家的结构和我家的一模一样;利亚姆和艾丹合住一间,他们没有

---

1. 英文单词"girlfriend"(女朋友)中包含了"girl"(女孩)这个词,这里是帕特里克在玩文字游戏。

妹妹，所以就还有一间空房间。那个女人就住在那个房间。

——不是的，她根本不是住那间，凯文说。

是利亚姆和艾丹的姑妈，他们的亲姑妈，过来把他们带走的。她在一个午夜到他家，带着一份家族的信，证明她可以带他们走，因为玛丽艾特在这房子里，而她本不应该住在那里。那就是我们听到的一切内容。我也编纂了一点——她让利亚姆和艾丹坐到他们姑父大公司卡车的后面。我以为这只是自己的想象，结果听到真是那样，好爽。不过，我还是相信其余的一切。

他们的姑父曾给过我们一次机会上到大卡车的后面，可又让我们下来了，因为我们总是站起来，这是很危险的，他可不能保证我们中有谁不会摔出车，把头撞在地上。

我们向莱黑尼走去。那里没有人在照看 E. S. B. 高压线塔下的停车场，于是我们爬进去，把里面弄翻了天。那里全是堆成金字塔架形状的杆子，搭线用的，还有股焦油味。我们试着打开棚屋的锁，但是没能成功。事实上我们也并不想去打开它，只是假装要打开，我和凯文。我们要去利亚姆和艾丹的姑妈家。

我们终于到了。她住在警局附近的一个小房子里。

——利亚姆和艾丹在吗？我问。

她来开门。

——他们已经出去了，她说，是的，他们在池塘那儿，给鸭子破冰呢。

我们去圣安妮大教堂。他们并不在池塘。他们在树上。利亚姆爬得很高，直到树干弯了的地方，他就像疯了一样摇晃着树。艾丹不能像他一样爬那么高。

——嘿！凯文向他们喊。

利亚姆仍然在摇晃树。

——嘿!

利亚姆停了下来。

他们没下来。我们也没上去。

——你们为啥不和你爸在一起,却和姑妈住在一起?凯文说。

他们没有回答。

——为啥?

我们走了,穿过盖尔人的营帐。我回头看。我几乎看不到树上的哥俩了。他们在等我们离开。我想找点石子儿,没找到。

——我们知道为啥!

我也跟着说。

——我们知道为啥!

——布兰登,布兰登,看着我吧!

　我可有一匹毛茸茸的马哦!

欧康纳先生就是布兰登。

——问你一下,其实是之前我爸爸问我妈妈的,我们上次听见他对月亮嚎叫是什么时候?

玛丽艾特正从商店走出来。我们等着,躲在凯文家的树篱后。我们听见了她的脚步声;透过缝隙还窥见了她外套的颜色。

——布兰登,布兰登,看着我吧!

　我可有一匹毛茸茸的马哦!

　布兰登,布兰登,看着我吧!

　我可有一匹毛茸茸的马哦!

我想喝一杯水。我可不想要卫生间里的。我想要厨房里的。卧室里有夜灯,出去后觉得外面很黑。我慢慢摸索到了楼梯。

才走在第三级台阶上,我听见了他们的声音。有人在说话,有点像吵架。我停下来。好冷。

厨房。他们在那。有贼。我要叫爸爸去。他一定就在床上。

但电视是开着的。

我坐在台阶上。好冷。

电视还开着;这意味着爸爸妈妈还没有睡。他们还在楼下,那厨房里的就不是贼了。

厨房门还开着,里面跑出的光线刚好投在我下面的台阶上。我听不清他们在说什么。

——别吵了。

我只是小声说着。

有一会儿,我觉得只有爸爸在喊,像是要竭力克制自己却又忘了。音量低却刺耳。

我的牙齿在发抖,咔嗒作响。我随它们去。我喜欢那样。

可是妈妈也在吵。爸爸的声音我可以感觉到,而她的声音我能听见。他们又在吵架了。

——那么你呢,你又怎样!

她那样说,这是我唯一听得真切的话。

我又小声说了一遍。

——停止吧。

这时都安静了。我的方法奏效了,是我发力让他们停下的。爸爸走出来,去看电视。我熟悉他脚步的力量和节奏,然后我看见了他。

他们没有摔任何一扇门;结束了。

我待在那很久很久。

我听见妈妈开始在厨房忙碌。

如果你的小马驹健康,它的皮肤就是松弛而有弹性的,而如果病了,皮肤便会变得紧而硬。电视机是约翰·罗杰·贝尔德 1926 年发明的。他来自苏格兰。含有雨水的云通常被称为乱层云。圣马力诺的首都是圣马力诺。杰西·欧文在 1936 年的奥林匹克运动会上获得了四枚金牌。希特勒憎恨黑人。那一年的奥林匹克运动会在柏林举办。杰西·欧文是个黑人。柏林是德国的首都。我知道所有的这些知识。我在书上读到过它们。我是在毛毯下打着我的手电筒读的,而且只有上床睡觉时才这么做;这样看书更刺激,就好像我在当间谍并且有可能被发现一样。

我用布莱叶盲文写作业。因为要小心翼翼地避免针划破纸张,所以这样写要花很久的时间。当我完成时,厨房的桌子上已经满是小点点了。我把点字给爸爸看。

——这是什么?

——点字,盲人的字。

他闭上眼睛用手感觉纸张上的凸点。

——上面写了些什么?他问道。

——我的英语作业,我告诉他,写你最喜欢的宠物,十五句。

——英语老师眼睛看不见吗?

——不,我只是这么做而已,而且我同样做得很好。

如果我只把点字带去的话,亨诺老师会杀了我。

——你没有宠物啊,爸爸说。

——我们可以虚构一个。

——你选了什么?

——狗。

他举起本子透过那些小孔看着灯光。我已经这样做过了。

——好家伙,他说。

他又一次抚着那些凸点。闭上眼睛。

——我不能区分它们,他说,你能吗?

——不能。

——当你不使用视觉的时候你的其他感官就会变得敏锐,我这么说,对吗?

——是的。路易斯·布莱叶1836年发明了布莱叶盲文。

——是这样的吗?

——是的。小时候他在一场意外中失明了。他是法国人。

——然后他用自己的名字给它命名?

——是的。

我拼命想、拼命想通过手指来阅读。我已经知道本子上写了些什么。我钻进毛毯,没打开手电筒。我用手轻轻触碰着页面:只有凸点,凹点。我最喜爱的宠物是狗。我那十五行句的作文是这样开头的。但是我不能读懂点字,不能把点分别开,不知道每个字母的首尾在哪。

我试着假装双目失明,但总是不断地睁开眼。我在头上扎一条布蒙住眼睛,但打不好结,我又不想告诉任何人我在干什么。我对自己说每睁眼一次就要把手放在取暖器的加热条上烫一下。但我知道自己不会这样做,于是依然不断地睁开眼睛。我曾经把手放在取暖器的加热条上烫了一下,因为凯文让我这么做,那之后几个星期我手指上都有脱皮的印记,而且经常闻到手指烧焦的味道。

一只老鼠的预期寿命是十八个月。

妈妈尖叫了。
我不能动。我不能跑去看。
她走进洗手间后发现一只老鼠在马桶里绕着圈跑。爸爸在家。他放水冲马桶，水就漫过了老鼠的身体，因为它靠近马桶边缘。爸爸把腿伸入马桶将老鼠踢进水里。现在我要过去看。我知道她为什么尖叫。没什么余地了。老鼠正在水里游啊游，试图沿着马桶壁爬上来，爸爸不得不等着水箱再次充满水。
——噢，天啊，天啊，妈妈喊道，它会死吗，帕迪？
爸爸没有回答，他正在数秒计时直到水不再嘶嘶地流进水箱；我能够看到他的嘴唇在动。
——一只老鼠的预期寿命是十八个月左右，我告诉他们。
我刚刚读到的。
——在我家可不是，爸爸说。
妈妈几乎笑出声来；她拍了拍我的头。
——我能看看吗？
她从我前面走开，然后停下来。
——让他看吧，爸爸说。
这只老鼠其实能够成为一个优秀的游泳者，但是它没有努力地好好游。它只是想从水里逃出来。
——再见，爸爸说，然后放水冲马桶。
——我能留着它吗？我说。
我刚刚想到的。我最喜欢的宠物。
老鼠打着转，继续下沉，被冲到后面，下面的管道那儿。辛巴德想要看。

——它会在海滨区冒出来,我说。

辛巴德盯着水。

——它在那儿会更快乐,妈妈说,自然之道。

——我能养一只老鼠吗?我问。

——不行,爸爸说。

——作为我的生日礼物?

——不行。

——圣诞节礼物?

——不行。

——它们会吓到驯鹿的,妈妈说,走,出去吧。

她想把我们弄出洗手间。我们等着老鼠再一次冒出来。

——什么吓到驯鹿?爸爸说。

——老鼠,妈妈说,它们会吓到驯鹿。

她朝辛巴德点了点头。

——是这样的,爸爸说。

——出来吧,小伙子们,她说。

——我想去看看,辛巴德说。

——它会找你的,我告诉他。

——我要尿尿,辛巴德说,起来,对了。

——它会咬你的小鸡鸡,我说。

爸爸和妈妈要下楼了。

辛巴德站得太后,把坐垫和地板都打湿了。

——弗朗西斯不掀坐垫,我大喊。

——我掀了。

他用力将坐垫从马桶上掀开了。

——他现在才这么做，我说，我说完他才做的。

他们没有回来。我踢了辛巴德一脚，当他用自己的衣袖擦坐垫的时候。

——如果这个世界在移动，为什么我们不也随着移动呢？凯文说。

我们躺在长草地上的平板箱上，望着天空。草地湿透了。我知道答案，但是没说。凯文也知道答案，所以他才这么问。我知道是这样的。我听他的声音就能知道。我从来不回答他的问题，从来不马上给出一个答案，不管是在学校还是在其他地方，我总是给他机会先回答。

我读过的最好的故事，讲的是神父达米恩和麻风病人之间的事儿。神父达米恩就是下面这个人，他在成为牧师之前叫做约瑟夫·德·维卡斯特，1840年出生于比利时一个叫特米卢的地方。

我需要几个麻风病人。

当他还是个小男孩的时候，大家都叫他杰夫。他的脸胖嘟嘟的。大人们全都喝佛兰芒黑啤。约瑟夫想要成为一名牧师，但他爸爸不同意。可他真的这么做了。

——牧师的报酬是多少？我问。

——非常多，爸爸说。

——嘘，帕迪，妈妈对爸爸说，他们没有报酬，她告诉我。

——为什么没有？

——那很难说，她说，很复杂，他们有自己的天职。

——天职是什么？

约瑟夫加入了一个叫做基督和玛丽神圣之心教团的牧师群。把他们聚集起来的那个牧师，在法国大革命期间曾多次死里逃生，有着极其惊险的经历。他生活在断头台的阴影下。约瑟夫需要一个新的名字，于是他以教会刚成立时期的一名殉教者来命名，叫他自己达米恩。在成为神父达米恩之前他叫兄弟达米恩。他去了夏威夷。途中船长耍了个小伎俩。船长拿过他的望远镜，在镜头上放了一根头发，然后让神父达米恩向里看，跟他说那就是赤道。神父达米恩相信了他，但是这并没有使他显得像个傻瓜，因为那时候他们并不了解这种事情。神父在船上得用面粉做圣餐，他们的圣餐面包已经吃完了。他不晕船，几乎是一上船就适应了。

维也纳卷新鲜的时候是最适合做圣餐面包的。你不用再把它弄湿。批量烘焙的面包也还不错，但普通的切片面包不行。它会不断地往回收缩。要把圣餐中的面包做成完美的圆状比较难。我从妈妈钱包里拿了一个便士。我和妈妈说我拿了，以防没说却被她发现。我用力把便士按入面包片，于是有时候面包上就有个便士的形状。我的圣餐面包比真正的圣餐面包好吃。我把它们放在窗台上放了两天，它们就变得跟真正的圣餐面包一样硬，而且也不好吃了。我在想把它们制作出来究竟是不是一种罪。我自己是并不这么认为的。窗台上的一个圣餐面包发霉了，这是一种罪。于是我说一次圣母马利亚万岁，念四遍我们的天父啊，我更喜欢后一句，因为它更长，这样就更好。我在黑暗的小屋中自言自语。

——圣体基督！

——阿门！辛巴德说。

——闭上你的眼睛，我说。

他这么做了。

——圣体基督！

——阿门！

他抬起头，伸出舌头。我给他发霉的面包。

——牧师们怎么做圣餐面包呢？我问妈妈。

——用面粉，妈妈说，它们只是普通的面包，在被牧师祷告之前。

——它们不是真正的面包。

——它们是一种特别的面包，她说，不含酵母的面包。

——什么是不含酵母的面包？

——我不知道。

我不相信她。

当神父达米恩去了麻风病人的聚居地后，真正精彩的故事才开始。那地方叫做莫洛凯。所有麻风病人被送往那，这样他们就不会把病传染给任何人。神父达米恩知道他在做什么；他知道他永远地去了那儿。当他告诉主教他要去那儿的时候，他脸上有种奇怪的表情。主教非常高兴，并从他年轻传教士身上的勇气得到了启迪。莫洛凯的小教堂很破烂，已被遗弃，但是神父达米恩将它修葺了一番。他从一棵树上砍了一根树枝来做扫把，开始清扫小教堂的地板，还在教堂内放了鲜花。在附近闲逛的麻风病人，看着他，就看着他，看了很久。他是个高大健康的人，而他们仅仅是麻风病人。第一天之后，麻风病人仍然没有开始帮助他。当他上床睡觉的时候，他能听见麻风病人在黑暗中嚎叫，还有浪花拍打着这贫瘠的海岸。比利时从来没有这么远过。过了一段时间，麻风病人开始帮助他。他和他们成了朋友，他们叫他卡米阿诺。

——爱尔兰有麻风病患者吗？

——没有。

——一个也没有？

——没有。

神父达米恩建了一个更好的教堂和几间房子，还干了很多其他的事情——他教他们所有人怎样种蔬菜——他一直知道自己也将患上麻风病，但是他不在意。他最大的幸福便是看着他的孩子们，看着他照料的男孩女孩们。每天，他和他们要一起待上好几个小时。

有几个麻风病人倒下了。那是他们的命。你听说过那个患麻风病的牛仔吗？他跨上马背。你听说过那个患麻风病的赌鬼吗？他也认输了。

1884年12月的一个晚上，神父达米恩将他疼痛的双脚泡在水中以缓解痛苦，他脚上长满了红色的水泡，水在沸腾但是他的脚麻木得没有知觉。他知道他患上麻风病了。——我真不忍心告诉你，可这是真的，医生难过地说。然而神父达米恩不介意。——我患上麻风病了，他说，天主保佑。

——天主保佑，我说。

爸爸开始笑起来。

——你从哪听来的？他说。

——从书上看来的，我告诉他，这是神父达米恩说的。

——他是谁？

——神父达米恩和麻风病人故事里的人物。

——哦，是的，他是个好人。

——在爱尔兰曾有过麻风病患者吗？

——我想没有。

——为什么没有?

——我想麻风病只在很热的地方有。

——这儿有时也很热,我说。

——还没那么热。

——不,已经很热了。

——还没有足够热,爸爸说,那必须得非常非常热。

——要比这儿热多少?

——十五度,爸爸说。

麻风病没有治愈的希望。他写信给他妈妈的时候没有告诉她自己患上了麻风病。但消息还是传出去了。人们给神父达米恩寄钱,然后他拿这些钱又建了一座教堂。用石头建成的。这教堂现在依然屹立着。也许今天去莫洛凯的旅游者们还能见到。神父达米恩跟他的孩子们说他将要死去了,以后修女们会照顾他们。他们拉着他的腿说,不,不,卡米阿诺,只要你在这,我们就待在这儿。修女们不得不空着手回去。

——再来一遍。

辛巴德抓住我的双腿。

——不,不,卡——卡——

——卡米阿诺!

——我记不住。

——卡米阿诺。

——我就不能说帕特里克吗?

——不行,我说,再来一遍,你最好能做对。

——我不想做了。

我给了他一顿"酷刑"。他抱住我的双腿。

——往下低点。

——怎么低?

——再往下。

——你会踢我。

——我不会,你不往下低点的话我会的。

辛巴德抓住我的脚踝,他抓得很紧,我的脚一点挪不了。

——不,不,卡米阿诺,只要你在这我们就待在这儿。

——好吧,我的孩子们,我说,你们可以留下来。

——非常谢谢您,卡米阿诺,辛巴德说。

他不放开我的脚。

神父达米恩在光荣的星期天去世了。人们坐在地上按照一种古老的夏威夷仪式捶胸,前后摇晃,悲伤大哭。麻风病已经远离了他,已经没有瘢痕什么的了,他是个圣人。这本书我读了两遍。

我需要麻风病人。辛巴德还不够。他老是不断跑开。他还告诉妈妈我一直让他扮演一个麻风病人,尽管他不想当。所以我需要麻风病人。我不能告诉凯文,他会自己当神父达米恩而我要当麻风病人。这是我的故事。我找到了麦卡锡双胞胎和威利·汉考克。他们四岁,三个人都是。他们认为和一个大男孩,我,在一块是很不错的事。我让他们来到我家的后花园,然后告诉他们麻风病人是怎样的。他们愿意当麻风病人。

——麻风病人能游泳吗? 威利·汉考克说。

——能,我说。

——我们不会游泳,麦卡锡双胞胎中有一个人说。

——他们并不一定要游泳,我说,你们并不一定要游泳。你们只要假装你们是麻风病人。很简单的。你们只要假装有些生病然后摇摇摆摆就好。

他们摇摆着。

——他们能笑吗？

——能的，我说，他们只是有时候需要躺下来，然后我能够抚摸他们的额头为他们做祷告。

——我是个麻风病人！

——我是个麻风病人！摆啊摆啊摆啊！

——摇摇摆摆的麻风病人！

——摇摇摆摆的麻风病人！

——我们天堂的天父因汝之名而神圣——

——摆啊摆啊摆啊！

——停一下——

——摆啊摆啊摆啊。

他们得回家吃晚饭了。篱缝那传来他们在回家路上说话的声音。

——我是个麻风病人！摆啊摆啊摆啊！

——我有一个天职，我告诉妈妈，免得麦卡锡太太来敲门问双胞胎的事，或是汉考克太太。

她还在准备晚餐，同时得注意不能让凯瑟琳爬到水池下面放着抛光剂和刷子的碗柜里。

——什么天职，帕特里克？

——我有一个天职，我说。

她抱起凯瑟琳。

——有人跟你说什么了吗？她问。

这不是我所期待的。

——不是，我说，我想要做个传教士。

——好孩子,她说,但这不是我期待的反应。我想要她大哭。我想要爸爸握住我的手,当他下班回家我告诉他时。

——我有一个天职,我说。

——不,你不行,他说,你还太小了。

——我行的,我说,刚刚上帝跟我说了。

不是这个样子的。

他跟妈妈说话。

——你把我的话当耳旁风了吗?他说。

他很生气。

——鼓励这种没出息的事,他说。

——我没有,她说。

——有,你他妈就有,他说。

她看起来很坚定的样子。

——就是你怂恿的!

他大怒。

她离开厨房,开始跑。她试图解开围裙上的结。他追了上去。他看起来很心虚,就像被抓住在干什么事一样。他们留下我一个人。我不知道发生了什么事。我不知道我做了什么。

他们回来了。他们什么都没说。

蜗牛和蛞蝓是腹足软体动物;它们有胃足。我倒了些盐在一只蛞蝓上。我可以看到它的挣扎和痛苦。我用小泥铲铲它起来,为它办了一场体面的葬礼。足球其实应该称为英式足球。两个各有十一名球员的球队在一个长方形的球场上踢一个圆球。目标就是进球,让球进入对方由两根竖杆和一根横杆组成的球门。我用心记住这些。

我喜欢这样。这听起来并不像什么规则打法；相反有些粗鲁。迄今为止，得分最高的是阿布罗斯队，三十六分。邦·阿孔德队零分。乔·佩恩进球最多，1936年为卢顿贡献十分。杰罗尼莫[1]是最后一个弃节投降的阿帕切族印第安人。

我举起球。我们在巴里镇小树林。这儿有很高很实用可以挡球的井栏。足球突发性很强。

——目标，我说，就是进球得分，即让球进入对方由两根竖杆和一根横杆组成的球门。

他们大笑。

——再来一遍。

我说了，并且换上了一个优雅的语调，他们再次笑了。

——杰——罗——尼莫！

他是最后一个弃节投降的阿帕切族印第安人。最后一个弃节投降的阿帕切族印第安人。

——克拉克同学，你是一个叛徒。

亨尼西老师有时会叫我们叛徒，在教训我们之前。

——你是个什么？

——我是一个叛徒，老师。

——对，没错。

——叛徒！

——叛徒！叛徒！叛徒！

我有一张杰罗尼莫的照片。他单膝跪地，左肘放在左膝上。他

---

1. Geronimo（1829—1909），美国西南部阿帕切族印第安人（Apache）领袖，领导阿帕切族抵抗欧洲人与墨西哥人的入侵。杰罗尼莫于1886年被捕投降，此后再未出现美国印第安人的大规模反抗。

有一支步枪。脖子上围着围巾，身着一件衬衫，上面的污点我很长一段时间都没注意到，直到有一天我想把这张照片挂在我房间的墙上。他右手腕上有只手镯，像手表。也许，是他抢过来的。或者，他把别人的手臂砍下来然后得到了它。步枪看起来是本国制造的。照片最精彩的部分是他的脸。他直直地盯着照相机，似乎穿透了它。他一点都不畏惧这个。他没觉得这个会夺取他的灵魂，他们当中有些人就这么认为。他的头发是黑色的，中分样式，垂到肩膀上。没戴羽毛，也没乱糟糟。他看起来很老，其实只是脸看上去很老，除了脸，整个人还是很年轻的。

——爸爸？

——什么？

——你几岁了？

——三十三岁。

我告诉他杰罗尼莫五十四岁。

——什么？他说，一直是五十四岁吗？

拍照那年他五十四岁。也许还要大几岁。他看起来凶猛而悲伤。嘴巴向下撇，有点像一个悲伤的卡通人物。眼睛是黑色的，盈满泪水。鼻子很大。我很奇怪他为什么会伤心。大概他知道了他即将要遭遇什么。他的腿被拍到的地方没有毛，没有撞伤的痕迹。就像女孩的腿。他穿着靴子。周围有灌木。我用手指遮住他的头发。他的脸就像一个老妇人。一个悲伤的老妇人。我拿开手指。他又是杰罗尼莫了。这只是张黑白照片。我给他的衬衫上了色；蓝色。花了很长时间才完成。

我在一本书上看见了另外一张照片。杰罗尼莫和他的战士们。他们在一块广阔的田野里。杰罗尼莫站在中间，穿着夹克衫，围着一条有花纹的围巾。他仍然看起来老而年轻。肩膀看来很老。腿看起来很年轻。

书里的照片没一张像电影里的印第安人。有一张是蛇族印第安人和苏族印第安人在征途上。照片上的老大扎着马尾辫，其余部位就没有头发了，像一只苹果闪闪发亮。他正在人行道上弓着背骑马乱撞，以至于其他人不能用他们的箭对准他。马低头看着他，眼睛里充满了恐惧。这是一幅油画。我喜欢它。这里还有一幅关于印第安人杀野牛的绝妙图画。野牛的头钻在马下。一定要尽快杀掉它，否则它会把马撞翻。印第安人坐在马上，挺着背，带着矛，伸展手臂。他的这个姿势让我们知道他即将胜利。不管怎样，这幅图片名叫《最后的野牛》。在图片边缘，还有其他一些追赶野牛的印第安人。整个田野被野牛头骨覆盖，野牛的尸体遍地都是。我不可以把这幅图片挂在墙上，因为这是图书馆的书。我去了巴尔多伊尔的图书馆。和爸爸一起。一个房间是成人区，一个房间是儿童区。

他总是在干涉我。他会在选完书后，来到儿童区，然后给我挑书。他从来不会把它们重新放好。

——我像你那么大的时候读过这本书。

我不想知道这个。

我可以借两本。他看看书的封面。

——《美洲印第安人》。

他拿出标签，然后插到我的图书卡上。他总是这么做。他看到了另外一本。

——《丹尼尔·布恩——英雄》。好家伙。

我在车上阅读。我可以这么做而不晕车，如果不抬头的话。丹尼尔·布恩[1]是美国最伟大的先驱者之一。但是，和其他先驱者一样，他不是很擅长书写。杀了一只熊后，他在树上刻了些字：

——1773年丹·布恩于此树杀了一只能。

他的书写比我差远了，甚至比辛巴德的还差。我从来不会把熊写错。而且无论怎么样，一个成年人在树上写东西算什么？

——丹尼尔·布恩是个男人。

是个大——大——男人。

但是，熊比他还大。

他像一个黑鬼

在一棵树上跑——

有一张他的照片。照片里的他看起来很傻帽。他正在用轻便斧阻止一个印第安人抢夺他的妻儿。这个印第安人头发直而尖，除了腰间围着粉红的布块其他什么也没穿。他抬头看着丹尼尔·布恩，一副很害怕的样子。丹尼尔·布恩一把抓住他的一只手腕，将他的另一手臂反锁着。这个印第安人甚至还没有他的肩高。丹尼尔·布恩穿着一件白领绿色夹克衫，有些碎屑粘在袖子上。头上戴着顶皮帽子，上面有条红色系带。他看起来就像在莱黑尼蛋糕店工作的女人。他的狗在大叫。他的妻子看起来对这些吵闹声很反感。她的裙子从肩上滑落，头发是黑色的，一直垂到臀部。狗的脖子上挂着一个狗牌。周围一片荒芜。我不喜欢电视中的丹尼尔·布恩。太友善了。

——菲斯·派克[2]，爸爸说，这是个什么名字？

---

1. Daniel Boone（1734—1820），以其在肯塔基州勘探殖民期间所取得的业绩著称。
2. Fess Parker（1924—2010），美国影视剧演员，在美国国家广播公司（NBC）1964年—1970年上映的电视剧中饰演丹尼尔·布恩。

我喜欢这些印第安人。我喜欢他们的武器。我自己制作了一个阿帕切族式的摇头棒子。上头钉了一只袜子，里面放了一颗大理石，外面粘了一根羽毛。我转动袜子，嗖嗖作响，羽毛掉出来。我用它敲击墙壁，墙皮有些脱落。我本应该扔掉另外一只袜子的。妈妈发现那只我没用的袜子孤零零地待着，冲我发飙。

——那一只不会丢远的，她说，你去床底找找。

我上楼去床下找，尽管我知道袜子不在那，妈妈也没跟着我上楼来。只是我一个人。我蹲下身看了看。我爬到床底。我找到了一个士兵。一个一战中的德国士兵，头上戴着尖尖的盔帽。

我读威廉丛书[1]。我读了所有的威廉丛书。一共三十四本。我自己有八本。其他是图书馆的。《海盗威廉》最好看。哎呀！威廉气喘吁吁的。我从来没看过这么聪明的狗。唷！他喘着气，实在是顶呱呱。嗨，托比！托比！来这里，老伙计！托比一点儿也不让人讨厌。它是一只会恭维的友好的小狗。它跑向威廉，和他一起玩，向他大叫，然后假装要咬他，围着他转呀转。

——我可以在我生日的时候得到一只狗吗？

——不可以。

——圣诞节呢？

——不可以。

——生日和圣诞节加一起呢？

——不可以。

——圣诞节和我的生日也不可以吗？

---

1. Just William，英国作家里奇马尔·克隆普顿（Richmal Crompton）1921年—1970年创作的系列小说。

——你是想我揍你吗？

——不想。

我问妈妈，她给了同样的回答。但是，当我说圣诞节和生日加一起的时候，她说，我会考虑的。

那已经足够好了。

威廉那一伙人是反叛者；他，金戈尔，道格拉斯和亨利。这次轮到金戈尔来推婴儿床了。他用力抓住婴儿床。

——力量，我说。

——力量！

——力量力量力量！

有一整天，我们自称为力量部落。我们拿了辛巴德的记号笔，在胸前写很大的 V（Vigour，力量）代表力量。笔尖凉凉的，写得我们痒痒的。很大的黑色 V，从前胸写到了肚子上。

——力量！

凯文把辛巴德记号笔的笔帽扔到了海岸下面，那是位于巴里镇街一个古老的底部有黏湿状物的海岸。我们走进杜茜的商店，给她看我们的胸部。

——一二三——

——力量！

她没看，也没说什么。我们从商店里跑出来。凯文在科尔南家的柱子上画很大的鸡巴。我们跑开了。然后，我们又跑回来给凯文画的鸡巴撒尿。我们又跑开。

——力量！

科尔南一家就只有科尔南夫妇两个人。

——他们的孩子死了吗？我问妈妈。

——不是的,妈妈回答,不是的,他们没有孩子。

——为什么他们没有?

——噢,谁知道啊,帕特里克。

——没有孩子是很愚蠢的,我说。

他们年纪不大,两人都上班,坐科尔南先生的车。科尔南太太也开那辆车。他们上班的时候,我们跑到他们房子的后院里。他们的房子在街角,想进去很容易。因为在拐角处,墙看起来更高了,所以,我们可以待在那里很久也不会有人看见。更刺激的是我们要翻出去,那感觉很棒。第二个翻出去最好,第一个就有点吓人了。你的妈妈也许正推着婴儿车经过。翻墙的人不许先看外面,这是规则。你一定要直接爬到很高的地方,然后从墙上滑下来,不准去看有没有人。我们从来没被抓住过。有一次,科尔南太太的短裤晒在晾衣绳上。我拿走竿子,晾衣绳掉下来,离我们很近。我们抓住艾丹。我们没有说什么话,但是,我们知道会发生什么。我们整他,把他的脸塞进短裤里。他发出声音,貌似在说很恶心。

——还好短裤是洗过的。

我把竿子放回去。我们轮流着做。我们奔跑,起跳,一头钻进短裤里。这真是太好玩了。我们玩了好久。我们一次也没让短裤从晾衣绳上掉下来。

星期六,午茶过后,我们洗澡的时候,妈妈发现了 V。我和辛巴德在一起洗。她总是给我们五分钟的时间玩扑水。她看到我胸前的 V。几乎快要没了。辛巴德也有。

——这是什么?她问道。

——是 V,我回答。

——干吗要在胸前画这些东西啊?

——我们刚刚玩过 V 的游戏。

她在毛巾上涂满肥皂。她抓着我的肩将 V 擦掉。很疼。

我在菲茨先生的商店拿着半块冰激凌。这是一个星期日。冰激凌呈波浪状。我会告诉菲茨先生,让他把这个写在妈妈名下的单子上。这就是说,妈妈会在星期五付钱给他。他把冰激凌用纸包起来,那是维也纳卷的包装纸。已经完全湿掉了。

——给你,他说。

——非常感谢,我说。

科尔南太太在门口。她要走进来了,影子印在门上。我的脸在发烧。她会进来当场逮住窘迫的我。她会知道发生了什么。

我从她身边经过。她会让我停下来,然后拽住我的肩。周围都有人的;他们在路边聊天,手里拿着报纸,还有盒装的冰激凌。他们会过来看热闹。凯文的妈妈和爸爸在那儿,还有一群女生也在。科尔南太太会抓住我,然后大喊。

我穿过马路,在和我家相对的马路那一侧往回走。科尔南太太知道的。有人告诉过她。她一定知道。她在等待时机。她会尾随我进入商店,看我是不是脸红了。她看到了。我的脸还是通红,我可以感觉到。她的头发比我妈妈的要长,更密,更厚,呈栗色。她从来不打招呼。她从来不步行去商店。他们夫妇俩总是开车去,虽然房子离得很近。科尔南先生是巴里镇上唯一一个长头发的成年人,还留着八字须。

我回头看,安全。她没有跟着我。我穿过马路,回到我家所在的那一侧走。她很可爱。相当迷人。她在一个星期天穿着牛仔裤。

或许她在等待，在等待抓住我的最佳时机。

我用勺子搅拌冰激凌，直到它融化软掉，我在冰激凌上堆了一座座山。波浪纹不见了，整个冰激凌都成了粉红色。我总是用一只小勺子，这样就可以多吃一会儿。脸又在发烫，我觉得，但是没先前厉害。我可以听见自己的血液在流动。我可以看见自己穿过门，科尔南太太就在那儿；她想见我妈妈，然后告诉她我对她的短裤都做了些什么，还会告诉爸爸。我可以听见她的脚步声。我在等门铃响。

如果我吃完冰激凌，门铃还没有响，她就不会来。但是，我不可以大口大口吃，我必须像往常一样慢慢地吃，像往常一样最后一个吃完。我还被准许吃完再用舌头舔一舔。门铃根本没有响。我感觉好像我做了些事情；任务圆满完成。我等着自己的脸不再发烫。屋里很静。我是唯一一个留在桌边和他们待在一起的人。我问他们问题的时候，没有朝他们看。

——你会被允许在一个星期天穿牛仔裤吗？

——不会，爸爸说。

——这要看情况，妈妈说，至少弥撒结束前是不会的。

——不会，爸爸说。

妈妈看着他，那表情就像抓住我们做坏事一样，但是更悲伤。

——他没有牛仔裤，妈妈说，他只是问问。

爸爸不出声。妈妈不出声。

妈妈读书。大多是在晚上。一页书快看完时，她会舔一下手指然后翻过去；她用舔过的手指粘起书角。早晨，我在她的书里找到书签，是一小块报纸，然后向前数了数她昨天晚上读的页数。四十二页。

　　学校教室的桌子有一股教堂的味道。当亨诺老师让我们睡觉，我双臂合拢把头枕在手臂上时，可以闻到与离开教堂座位时一样的味道。我喜欢这个味道。这味道闻起来很香，就像树下的土地气味。可当我舔了舔桌子，那味道却太可怕了。

　　有一天，亨诺老师让大家睡觉，伊恩·麦克艾弗真的睡着了。亨诺老师在门口和阿诺德老师谈话，让我们趴在桌上睡觉。亨诺老师和别人谈话或看报纸的时候常这么做。阿诺德老师大把的长发编成了一个个的小辫子，几乎到了下巴那里。他有一次在《深夜秀》上同另一个男人及两个女人一起唱歌弹吉他。经许可，我睡得很晚，为看他的节目。其中有个女人也弹吉他。她和阿诺德老师在外侧，另外两人在中间。他们穿着一样的衬衫，只不过男人有领巾，女人没有。

　　——他应该坚守自己的本职工作，爸爸说。

　　妈妈让他安静。

　　詹姆斯·奥吉弗用脚轻踢我的座位。我换了换手臂的姿势，趁势抬起头并快速向后看他。

　　——笨蛋，他说，传下去。

　　他的头重新放回手臂。

　　我从座位上往下滑，以便能够碰到伊恩·麦克艾弗的座位。我轻轻碰了碰他的椅子。他没有反应。我又碰了一下。我再向下滑了滑，脚都越过了他的座位，然后踢他的腿。他没有转身。我直起身体坐好，等了一下，转向詹姆斯·奥吉弗。

　　——麦克艾弗睡着了。

詹姆斯·奥吉弗咬住自己的毛衣才没笑出声。班里有人要有大麻烦了，并且那个人不是他。

我们都在等待。我们互相提醒要安静，免得把伊恩·麦克艾弗吵醒，尽管我们本来就很安静。

亨诺老师关上了门。

——现在坐好。

我们都照做，且动作迅速；我们坐得很直。我们盯着亨诺老师，想看看他什么时候会注意到伊恩。

我们做拼写练习，是英语单词。亨诺老师将他的书放在桌上。我们的分数和他做的笔记都记在书里，周五的时候他将分数加起来，根据总分给我们换座位。分数最高的坐在靠窗的座位，分数最低的被排在后面堆放的衣服旁边。我通常在中间的某个位置，有时稍靠前。坐在后面的人测验最难，比如说，亨诺老师不问他们十一乘以三，而是问他们十一乘以十一、十一乘以十二之类的。如果你的分数算出来后被排到了最后一排，那么你就很难再出来了，任何信息都不会传递到你那。

——Mediterranean（地中海）。

——M、e、d……

——这简单，继续。

——i、t……

——接下去。

就快出错了，利亚姆。他经常坐在我后面，或是我旁边靠近衣服的一排，但星期四的十个他全对了，所以他现在坐在我前面，也在伊恩·麦克艾弗的前面。在算术测验中，我十个只对了六个，因为理查德·希尔斯不让我看他的，不过后来我因这个狠狠地给了他一脚。

——t、e、r——a——

——错了。你真是一个笨蛋。你是什么来着？

——笨蛋，老师。

——完全正确，亨诺老师说，嗯，不对！他说着，并在书上记下利亚姆的错误。

他周五不仅给我们换座位，还打我们。他告诉我们说这刺激了他的胃口，让他晚餐胃口大开，他需要这样因为他通常不喜欢吃鱼。我们每犯一个错误，他就打我们一下，用他暑假用醋浸泡过的皮鞭。

下一个轮到凯文了，然后是伊恩·麦克艾弗。

——M、e、d，凯文说，i、t、e、r、r、a、n……

——然后？

——i、a、n。

——嗯，错了！麦克艾弗同学！

伊恩·麦克艾弗依然在熟睡。凯文和他同桌，后来他告诉我们伊恩·麦克艾弗睡觉时在笑。

——梦到七彩鱼了，詹姆斯·奥吉弗说。

亨诺老师站起来，将目光从利亚姆身上转移到伊恩·麦克艾弗身上。

——他睡着了，老师，凯文说，要我把他叫醒吗？

——不，亨诺老师说。

亨诺老师把手指放在唇边，我们必须安静。

我们偷笑着，嘘声一片。亨诺老师轻轻走到伊恩·麦克艾弗的桌子旁，我们注视着他。他看起来不像是在开玩笑。

——麦克艾弗同学！

这并不好玩，我们笑不出来了。亨诺老师挥起手，狠狠打了伊恩·麦克艾弗的脖子一掌，当时我感受到了一股气流。伊恩·麦克艾弗大叫一声，喘着粗气，继而呻吟着。我看不到他，只能看到凯文的侧脸，那是苍白的，而且下唇比上唇凸出许多。

亨诺老师警告我们周五不准请病假。如果周五我们要受惩罚而不在学校，那么周一他不会放过我们，没有任何理由。

所有教室里的桌子闻起来都一样。有时某些桌子颜色浅一点，因为靠近窗户太阳能照进来。我们的桌子不是那种老式的、上面有盖子可以掀起来在里面放书的课桌，而是上面用螺丝固定住，下面有一个折叠架用来放书和书包，还有一个凹下去放笔和墨水的地方。你可以把笔滚到桌下，但这样做需要勇气，因为亨诺老师讨厌听到这个声音。

詹姆斯·奥吉弗喝了墨水。

当我们不得不站起来，当我们被要求站起来，我们必须提起凳子向后移，不许发出声音。有人敲门时，如果进来的是领导或者菲纽肯老师，即校长，或者莫罗尼神父，我们必须站起来。

——您好[1]，我们说道。

亨诺老师只是举起手，好像手心握着什么东西，而我们则齐声说出那个东西的名字。

每张桌子坐两个男生。当你前面的男生站起来走向黑板或去厕所[2]时，你就会看他腿的后面有被凳子压出的红色的印记。

我必须下楼去爸爸妈妈那儿了。辛巴德一直哭，不断哭闹叫喊，

---

1. 原文为爱尔兰语 Dia duit。
2. 原文为爱尔兰语 leithreas。

像火车一样。他停不下来。

——再不停下来就把你给炸了。

我不知道他们怎么会没听到。大厅的灯已经熄了。他们应该让它亮着的。我走到楼梯最下面。厅门的漆布冰凉冰凉的。我检查了一下,辛巴德还在呜呜地哭着。

我喜欢看他遭殃。这样最好不过了。我可以假装在帮忙。

他们在看一部西部牛仔的电影。爸爸也在看,没有假装看报纸。

——弗朗西斯在哭。

妈妈看了看爸爸。

——他哭得没完没了。

他们看了看我,然后妈妈站起来。她用了很久才站直。

——他已经这样一晚上了。

——回楼上去吧,帕特里克,走吧。

我走在她前面。走到没灯的地方我就站住等她,以确定她真的跟在后面。我站在辛巴德的床边。

——妈妈来了,我告诉他。

如果来的是爸爸会更好一点。她不会冲他嚷或打他。她会和他说话,就这样,也许还抱抱他。但我并不失望。我现在不想他挨揍。我很冷。

——她来了,我再一次告诉他。

我已经救了他。

他的哭声更大了,妈妈推门进来。我到床上去,还有一些余热。

爸爸也不会冲他嚷或打他,他会像妈妈这样做。

——啊,怎么了,弗朗西斯?

她并没有说这次又怎么了。

——我的腿疼,辛巴德告诉她。

他的哭腔中断了,她来了。

——怎样的疼痛呢?

——很严重的。

——两条腿都是吗?

——嗯。

——两条都疼。

——嗯。

她按摩着他的脸,而不是他的腿。

——像上次一样。

——嗯。

——太糟糕了;可怜的小家伙。

辛巴德抽泣了一下。

——这说明你在长大,知道吗,她告诉他,你会变得很高。

我的腿从来都不疼。

——非常高。太好了,不是吗?抢苹果的时候很容易。

这太妙了。我们都笑了。

——现在还疼吗?她问他。

——我想是的。

——很好。又高又帅。非常帅。少女杀手。你们俩都是。

我再次睁开眼睛的时候,她还在那儿。辛巴德睡着了;我能听出来。

我们一大批人来到大厅;每人给阿诺德老师三便士才能进去。所有前排的座位都被占了,大小孩,小小孩,还有一些比我们低一级的小屁孩。这没什么,因为一熄灯我们就会离开座位;在后面更好。辛巴德和他的同学们在一起,戴着他的新眼镜。他有只眼睛肿了,和街上的拜恩女士一样。爸爸说那只眼睛是要给另一只眼睛机会好好表现,它太懒惰了。辛巴德的眼镜在镇上买的,回家的路上,我们见到了高丽酒吧。我们是坐火车回家的。辛巴德告诉妈妈,等他长大后赚到第一个五英镑时,他就带着钱上火车,然后拉响紧急警报,再用这笔钱付罚款。

——做什么工作呢?

——农民,他告诉她。

——农民不坐火车,我说。

——他们为什么不坐呢?妈妈说,他们当然坐的。

辛巴德的眼镜上有条金属线绕在耳朵后面,使眼镜不滑掉,也防止他弄丢,但他还是丢了。

有些周五,我们休息后就不再上课了,而是去看电影,在大厅里。周四时,老师会提醒我们周五带三便士入场,有一次艾丹和利亚姆忘记带,但还是进去了;他们只是要等到其他人都进去后才能进。我们说那是因为欧康纳先生没有六便士帮他们付——我是这么想的——可他们周一把钱带来了。我们一直说这件事,结果艾丹哭了。

亨诺老师负责放映机。他认为自己很伟大。他站在放映机旁边,就像那是个喷火式战斗机之类的东西。放映机在大厅后面的一个桌子上,大厅座位的正中间。为了显示胆大,灯熄灭时,我们就爬到走道上,然后起来一点,用手在放映机打出的光束下做出各种形状;那形状——通常是一只狗在叫的样子——就会被映在大厅前面舞台的银幕上。这些都是小意思,有挑战的是如何在灯重新亮起来之前回到座位。每个人都想拦住你,把你困在走道上。你在座位下爬的时候,他们会踢你,踩你的手。这么做很刺激。

——拿出你们的英语抄写,亨诺老师说。

我们等着。

——现在[1]。

我们拿了出来。我所有的抄写都用墙纸包起来了,那是穆丽尔姨妈装修浴室时留下的,她给了爸爸十卷。

——她一定是觉得她要去把泰姬陵贴起来了,他说。

——嘘,妈妈说。

我用塑料模板印名字。帕特里克·克拉克。亨诺老师。英语。闲人勿动。

——这几排,从这到这,亨诺老师说,拿着你们的抄写过来。起立[2]。

我们带着抄写到大厅给亨诺老师,他把它们垫在放映机的前脚下,使画面刚好打在银幕上。

放映时,老师们站在旁边来回走动,让我们不要说话。一些老师三三两两靠在墙边抽烟。只有沃特金森老师一直巡查,但她谁也抓不到,因为她要来走道上时,我们在银幕上能看到她的头。

——让开!

——让开!

如果外面是晴天,我们就几乎看不到银幕上的东西,因为窗户上的窗帘不够厚。当有云飘过挡住太阳,我们大叫;当太阳重新出

---

1. 原文为爱尔兰语 Anois。
2. 原文为爱尔兰语 Seasaígi suas。

来，我们也大叫。有时我们只能听电影。但很容易知道电影在放什么。

刚开始总是两三集《啄木鸟伍迪》。我会模仿它们的声音。

——安静！有老师会说。

——嘘！

但他们很快就放弃了。当《啄木鸟伍迪》结束、《活宝三人组》出场的时候，大部分老师都已经不在大厅里了，只剩下亨诺老师、阿诺德老师和沃特金森老师。我模仿啄木鸟伍迪，最后喉咙很痛，但那很值得。

——我知道是你，帕特里克·克拉克。

我们能看到沃特金森老师眯着眼睛看我们，但她什么也看不到。

——再做一遍。

我等待着，直到她直视我们，然后我又做了一遍。

——哇咔咔咔嘻咕——

——帕特里克·克拉克！

——不是我，老师。

——是电影里的啄木鸟，老师。

——你的头挡住了我们的视线，老师。

——嘿，你可以在灯光下看到她的虱子！

她走到放映机旁的亨诺老师那，但他不会为了她停下来。

——哇咔咔咔嘻咕——

我也喜欢《活宝三人组》。有时候放的是《劳莱与哈代》，但我还是最喜欢《活宝三人组》。有些人叫他们活宝三人组，但我知道他们是喜剧丑角，因为爸爸告诉过我。我们永远搞不清楚他们的电影在讲些什么；里面噪音太大，而且，他们永远都只是打来打去。拉里，莫伊，科尔里，他们仨的名字。凯文像活宝三人组他们那样戳我的眼睛——我们在商店后面，我们所有人——结果我很久都看不清东西。开始因为疼，我没有意识到这个，眼睛也睁不开。这种感觉就像以前我头痛时一样；就像吃冰激凌太快头痛；就像被树枝划过眼睛。我用手捂住眼睛，拿也拿不下来。我像妹妹凯瑟琳不停地哭喊时那样全身发抖。我不想这个样子。

我不知道自己当时尖叫了，是他们后来告诉我的。我可以肯定，他们吓坏了。后来有一次，球门柱上的钉子划伤了我的肩膀，我也这样尖叫。但是，那回是我故意决定这样做的，我想听起来很傻。我停下来，在地上打滚，湿地上。爸爸下班回家后，妈妈告诉他所发生的事情，他就去了凯文家。我从他们卧室的窗户里看到他离开。他回来后什么也没说。凯文不知道我爸爸和他爸爸之间发生了什么。他觉得自己会被杀掉，特别是当他透过大厅的玻璃门看到我爸爸的样子时。但是，什么事也没发生。他爸爸什么也没做，甚至什么也没对他说。第二天爸爸喝茶时，我把这个告诉了他；他看起来并不惊讶或是怎样。

我的两只眼睛布满血丝，一只还有黑眼圈。

看《活宝三人组》最好的一点，就是中间不会停下来。放主片时，亨尼西老师需要更换电影胶卷，还得把先前的一卷倒回去。这时银幕上就会变成空白，几乎没什么色彩，声音却在。我们可以听到胶片在空卷轴上摩擦的劈啪声，要花很长一段时间才又能正常放映。

他们打开灯光，这样亨诺老师能够看清自己忙的活儿。我们会立马钻到椅子下面，互相较量看谁胆子大，最先下去的就是蠢蛋。

有一次，在放主片时，患癫痫病的弗鲁克·卡西迪来了，没有人发现。当时放的是《海盗》。外面的太阳被云遮住，我们可以看清整个电影。弗鲁克从椅子上摔下来，这种情况一直都有。这是部很棒的电影，差不多是我看过的最好的。第一卷结束时，我们跺着地板让亨诺老师快点放第二卷。然后我们看到了弗鲁克。

——老师！弗鲁克·卡西迪癫痫病发作了。

我们都远远地离开他，以免因这个遭责备。

弗鲁克不颤抖了——他已经撞倒了三把椅子，而且阿诺德老师把他的夹克披在了他身上。

——也许他们不会把电影继续放完了，利亚姆说。

——为什么不呢？

——因为弗鲁克。

阿诺德老师在要衣服。

——衣服，孩子们，快点过来啊。

——我们去看看，凯文说。

我们向前两排，走到里面去，于是可以清楚地看到弗鲁克了。他看起来就像是睡着了，只是比平时更苍白了。

——大家走开一点，孩子们。

亨诺老师现在和阿诺德老师在一起。他们已经在弗鲁克身上盖了四件衣服。如果他们在他头上盖一件，那就说明他死了。

——大家谁去找一下菲纽肯老师。

菲纽肯老师是校长。

——老师！

——老师！

——老师，我去！

——你去,亨诺老师选择了伊恩·麦克艾弗,向菲纽肯老师报告这里发生的一切。这里什么情况?

——弗鲁克·卡西迪发病了,老师。

——是的。

——需要我们把他抬走吗,老师?

——**你们都到后面,保持安静——你们都安静——**

——闭!嘴!——坐——下——

——这是我的地方!

——闭!——嘴!

我们都坐下了。我转向凯文。

——不要发出一点声音,克拉克同学,亨诺老师说,看着银幕。你们所有人。

凯文的弟弟,西蒙,举起手。他坐在前排。

——哦,你,举手的那个。

——马拉奇·奥利里要上厕所。

——坐下。

——要拉大便。

——坐!——下!

《海盗》里的音乐是最棒的;那太美妙了。每当一艘海盗船回家时,就会有一个悬崖上的人看到,然后,他用巨大的号角吹响这支曲子,每个人都从他们的小木屋里出来,跑下去迎接这条船。每当有战斗时,他们也吹奏这个曲子。这太棒了;你永远都不会把它忘掉。影片最后,有一个主角牺牲了——我不确定是哪一个——大家把他放到他的船上,用木头盖起来,点上火把船推入水中。我开始哼起这支曲子,旋律更舒缓一些;我知道电影里就要响起这个曲子。

确实如此。

我用曲棍球棒杀了一只老鼠。那是一场意外。我只是挥动了一下曲棍球棒而已。我一丁点也不知道那只老鼠会出现在我的棒下。我希望它没有,虽然当曲棍球棒击中老鼠的一侧、把它挑得好高时,那种感觉很过瘾,爽呆了。

我高声叫喊着。

——看到了没?

爽呆了。那只老鼠躺在淤泥里,抽搐着;有什么东西从它的嘴里流出来。

——冠——军!冠——军!冠——军!

我们蹑手蹑脚地走向它,但是我想比其他人先看到它,所以我走得很快。它依然在抽搐。

——它还在抽搐。

——没有,那是它的神经。

——神经最后才死亡。

——你看见我怎么打到它的了吗?

——我当时正在等着它,凯文说,我本来要打到的。

——我打到它了。

——我们怎么处理它呢?爱德华·斯万维克问道。

——给它办一个葬礼。

——好唉!

爱德华没有看《海盗》;他不和我们同校。

我们在唐纳利的院子里,畜棚的后面。我们得把那只老鼠偷偷带出去。

——为什么?

——那是他们的老鼠。

这样的问题使一切变得索然无味。

艾迪叔叔在房子前面用耙子将碎石耙平。唐纳利太太在厨房。凯文走到谷仓边上,向树篱扔了一块石头——一个诱饵——然后观察。

——她在洗裤子。

——艾迪叔叔弄脏了他的裤子。

——艾迪叔叔方便了一下,唐纳利先生将其施在他的卷心菜上。

两条路不通。我们必须从后墙逃脱,我们是从那堵墙爬进来的。

还没有一个人捡起那只老鼠。

辛巴德用他的梭镖戳从老鼠嘴里流出的东西。

——把它捡起来,我跟他说,我知道他不会捡。

但是他捡了,他把老鼠举起来并让它慢慢旋转。

——把它给我们,利亚姆说,但是他并没有伸手去从辛巴德那把老鼠拿走。

它并不是那种大老鼠,当它在地面上的时候,它的尾巴让它看起来比实际大,和辛巴德拿着它转的时候不一样。我在辛巴德旁边站着,他是我的弟弟,手里拿着一只死老鼠。

潮开始退了。这样很好,因为木板就不会一直往回漂。辛巴德把老鼠洗了一下。他将老鼠放在村里的水泵下面,给它冲浇了四遍水,然后用上衣给包起来,只露出一个脑袋。

凯文抓住木板的尾端,试图让它不要上下晃动。

我开始说了。

——万福马利亚,充满荣耀,上帝与你同在——

五个人的声音和着风声,听起来很棒。凯文从水中拿起木板,一个浪花扑过来。

——此刻及至我们的安息,阿门。

我是祭司,因为不会划火柴。我的工作完成了。爱德华·斯万维克坐在湿湿的台阶上,帮凯文拿着木板。凯文避着风,背向大海点火柴。他用手护着火焰,不让它熄灭。我很喜欢他这么做的方式。

火焰烧了许久。有一会儿,它很像圣诞节布丁。我能看见火,但是老鼠一点没被烧到。我能闻到石蜡的味道。他们把木板推出去,没有像推战船那么用力,因为我们都不想火熄掉。那只老鼠还在木板上。火仍在烧,但老鼠依然没什么变化。

我们所有人用手做出喇叭状。爱德华·斯万维克也这么做,尽管他不了解情况。

——开始。

我们吹奏起《海盗》里的音乐。

——嘟嘀嘟——

　　嘟嘀嘀嘟——

　　嘟嘀嘀嘟嘟——嘟嘟——

　　　嘟嘟嘟呜呜呜——

火焰持续许久,足够我们吹两遍。

我在头上放了一本书。上楼梯时,我必须保证它不掉下来。否则,我就会死翘翘。那本书是硬皮的,很沉,是最适合放在头上的那种。我不记得是哪一本。房子里的每一本书我都知道。我知道它们的形状和气味。如果我拎着书,把书脊放在地上,让书页往两侧扑开,我知道它们会打开到哪一页。我知道所有的书,但是我不记得那本放在我头上的书叫什么名字。我想,当我走到楼梯顶端,碰到我房间的门后又走下楼梯,我会弄清楚它的名字,因为这时我就可以把书从头上拿下来——我会慢慢把头往前倾,让书滑下,然后接住它——看看它到底是什么书。我本可以看到书封面的一角,假如我很仔细地往上看,就能从书角的颜色知道书名。但是这样做太危险了。我有使命在身。但太慢不如求稳。我走得太慢的话,会走得很不稳,我想,这样会永远完不成使命,书会掉下来的。我就没命了。书里面有一颗炸弹。稳是上策,一级一级往上走,不能急。急的后果和太慢一样惨。到最后的时候很恐慌,就像凯瑟琳在客厅里走路一样。走四五步她还行,然后,你可以看到她的脸色在变化,因为她看到要走到另一边得很久;她不笑了,她知道她完不成,她试图走快一点,结果倒下了;她知道她要倒下了,她的表情已经显示出来了。她哭了。我要镇定。快到顶了,无法回头的关键点。拿破仑·索罗[1]。到顶端的时候,脚必须要习惯不再往上抬;那种感觉就像快要从楼梯上摔下去。

厕所的门打开了。

是爸爸,手拿着报纸。他看看我,然后转移视线。

他开口了。

——有样学样。

他在往下看,越过我。

我转过头。书掉下来,我一把抓住,是《谍海飞龙》。辛巴德在我后面,一本书在头上,《伊凡赫》。我的书从书皮里滑出,掉在地

---

[1] Napoleon Solo,20世纪60年代美国谍战剧《绅士密令》(The Man from U. N. C. L. E.)中的人物。

板上。我完蛋了。

在玩越野赛马的游戏时，利亚姆把牙磕掉了。这只能怪他自己。他的后半生就靠这些牙了，它们是第二次长出的。他的嘴唇也裂开了。

——他的嘴唇没了！

这就是当时的情况。利亚姆流血了，他举起手捂住嘴巴，看起来好像是整个嘴巴都被切掉了，唯独一颗被血染成淡红的大门牙仍力挺在那儿。淡红的血汇聚至牙根处，变成殷红，从嘴里渗出，流到了他的手背上。

他的眼睛看起来要发狂。刚开始——当他从树篱走出的时候——看上去就是他一直在黑暗中，然后灯光打开了。但是它们变了；变得疯狂、惊恐，似乎要从眼睑里跑出来。

于是，他大声嚎叫起来。

他的嘴巴或者手一动不动。只有声音。他的眼睛告诉我那是他发出来的声音。

——哦，妈咪——！

——听他的声音。

就像有人扮鬼叫却又不是很擅长；我们知道那只是在吓唬人；我们甚至一点都不害怕。但是，这次的叫声很吓人，很恐怖。利亚姆就在我们面前，不是躲在窗帘后面。他发出这些声音，没有假装。他的眼睛在说，他无法做其他任何事。

如果像平常一样，只是一次平常的事故，我们早就跑了；在责备之前我们就会跑开——仅仅因为在那儿我们也会挨骂。这种事一直在发生。比如一个孩子踢球打破了玻璃，十个孩子为此受到责备。

——我会让你们所有人承担责任。

那是奎格利太太说的,当时凯文打破了她家厕所的玻璃。在高墙的另一面,她冲我们大喊。她看不到我们,但是知道我们所有人。

——我知道你们是谁。

奎格利先生死了,而奎格利太太还年轻,所以她肯定与丈夫的死有关,所有人都是这么想的。我们的判决是她将一个酒杯碾碎,把碎片撒在了他的煎蛋上——我在《希区柯克剧场》中看过,很有感觉。凯文把这告诉了他爸爸,他爸爸告诉他奎格利先生是被奎格利太太烦死的,但是我们仍然坚持我们的看法;我们的版本更酷。然而,我们即使这么想,也没被奎格利太太吓到。她很讨厌我们坐在她的墙上。她敲玻璃让我们离开,并不总是同一个窗户,有时楼上,有时楼下。

——那只是让我们觉得,她没有一直待在前面的房间朝外看。

我们不怕她。

——她没办法让我们吃任何东西。

那是她能抓住我们的唯一方法,下药。她不知道任何其他方法。她没有矮小或衰老到让我们害怕的地步。她比我妈妈个头大一些。个头大的女人——不是那些又大又胖的女人——个头大的女人很正常。小个头的女人很危险;小女人和大男人都很危险。

她没有孩子。

——她吃了他们。

——不,她没有!

说得远了点。

凯文的哥哥知道为什么。

——那是因为奎格利先生的鸡鸡挺不起来。

我们从没有翻过那面墙，当奎格利太太向爸爸妈妈告状的时候，我对他们这么说。她从前不会有任何行动。爸爸妈妈像平常一样，让我待在卧室，直到他们准备好怎么处置我。我很讨厌这样，而对他们而言这很奏效。他们让我待在那好几个小时。我所有的东西都在房间里，书、玩具汽车、所有一切，虽然我没法专心看书，但一个快要挨揍的人总要表现得好一点，可不能还玩玩具车——这是个星期六。我不想他进来的时候我正在地板上玩；我不想让他产生错误的看法。我想看起来很乖。我想让一切看起来像我已经接受教训了。天渐渐变黑，我没有去开电灯。开关离门太近了。我坐在墙角边的床上。瑟瑟发抖。牙齿打架。下巴疼痛。

——解释一下，你自己。

真是个可怕的问题，这一定是个陷阱；我说什么都是错的。

——我说你解释一下。

——我没有做什么——

——我会做判断，爸爸说，继续。

——我没有做什么事。

——肯定做过。

——没有，我说。

停了一会儿，他盯着我的左眼，然后右眼。

——我没有，我说，是真话。

——那为什么奎格利太太要走那么远到这儿来——

其实只隔五户人家。

——来告状？

——我不知道，不是我做的。

——你没有做什么？

——她所说的。

——她说什么了?

——我不知道。我没做什么事,我发誓,爸爸。爸爸。不骗人,否则不得好死。看我。

我在胸前画十字发誓。这是我的老伎俩。什么事也不会发生,我总是说谎。

我这次没有说谎。我是无辜的。是凯文打破了她家的玻璃。

——她肯定不会无中生有,爸爸说。

形势对我有利。他想打我,但情绪没有到位。现在,他讲求公平。

——她可能认为是我做的吧,我说。

——但是你没有。

——对。

——你说。

——对。

——说"是的"。

——是的。

这是妈妈唯一的一句话。说是的。

——我只是——

我不确定这么说是否合适,或者是否明智,但是想收回刚才的话已经太晚了;我从爸爸的脸上读出了这一点。我边说边看着爸爸,妈妈坐直了身子。我想换个话题,告诉他奎格利太太毒死了奎格利先生,然而,我没有。爸爸不是那种人,他不相信这样的话。

——我只是坐在墙上,我说。

他本来会打我的。但他只是说:

——嗯,不要再坐到她家的墙上,好吗?

——好。

——说"好的",妈妈说。

——好的。

什么事也没有,就这样。爸爸向四周看去,想找点什么事做,随后走开了。他插上电唱机的电源,转过背去;我可以走了。一个无辜的人。被误判有罪。假如真的入狱,我也训练有素,是一名对付审问的专家。

利亚姆大叫,我们惊愕不已,立在草地上,一动不能动。我不能去碰他,也不能跑掉。那嚎叫声朝我袭来,将我湮没。我六神无主,欲倒不能。

他要死了。

他只有死路一条。

必须有人来。

利亚姆摔下来的篱笆不是奎格利太太家的。这次和奎格利太太没一点干系。那是我们回家路上唯一名副其实的大树篱。利亚姆和艾丹家的树篱更庞大、枝叶更多,但他们并不住在我们回家的路上,他们不住那。这个树篱比其他的长得都快,但叶子却更小,而且不像普通叶子那样鲜绿有光泽,甚至可以说简直就不是绿叶,背面全是灰色的。大多数树篱没那么大,房子也没那么老。只有这个树篱,是我们玩越野障碍赛马游戏的最后一关,我们一直将它保留到最后。

那个树篱在汉利家前花园的前面。是他们家的。是汉利先生的。他什么事都在花园做。他们家后院有个池塘,里面什么也没有。本来是有金鱼的,可被冻死了。

——他一直都不管它们,直到它们腐烂死掉。

我不相信。

——浮到水面上。

我不相信。汉利先生总是在他的花园里捡拾东西，树叶啦，蛞蝓啦——他直接用手捡；我看见过，根本不戴手套。他总是在挖东西，斜对着墙。我去商店的路上看见了一只手，汉利先生的手，在墙上，挖掘的时候他那只手支撑自己身体向上；我只看得见他的一只手。我试图在他起身之前走过去，但是我不能跑——我只能快步走。我不是故意不让他看见我，我不怕他，我只是这么做而已。他不知道我在这么做。有一次我看见他躺在前花园里，仰面躺着。他的脚放在花床上。我等着看他是不是死了，可又担心别人透过窗户在看我。我回来时，汉利先生已经不见了。他没有工作。

——为什么他没有工作？

——他退休了，妈妈说。

——为什么他要退休？

正因如此，他拥有巴里镇最漂亮的花园，而侵入汉利花园是冒天下之大不韪，所以，越野障碍赛马游戏最后一站在这。越过树篱，向上跳，穿过门，能这么做的人就是胜出者。利亚姆没赢过。

从某种程度上说，胜出的人最轻松。胜出的人是第一个出去到马路上的。汉利先生在那抓不住你，他的儿子比利和劳伦斯也抓不住你。那些最后越过树篱的人危险系数才最大。汉利先生只是发号施令，唾沫星子从嘴里溅出，嘴角总是有白乎乎的东西。很多老人嘴巴都那样。比利·汉利，尤其是劳伦斯·汉利，会杀了你，如果他们抓到你的话。

——那两个笨蛋是时候结婚了，或者随便忙点什么别的也好。

——谁会嫁给他们？

劳伦斯·汉利长得很胖,但动作迅猛。他会一把抓住我们的头发。他是我唯一知道会那样做的人。一个人抓别人的头发,感觉怪怪的。他那么做是因为胖,打架不利索。他也很坏。手指硬邦邦的,像匕首,比钻孔机都厉害。当他扯住你的头发把你提起来的时候,你的胸膛会被戳四下。

——滚出我家的花园。

然后再戳一下,放开我们。

——现在——给我出去!

有时候,他踢我们,但腿踢不高,汗渍渗透整条裤子。

越野障碍赛马游戏中设有十个障碍。所有前花园的墙都一样高,一模一样,可篱笆呀,树呀让它们看起来不同。障碍物之间的花园,我们得穿过去;在花园里面,推别人是允许的,但是不能拉别人,也不能用脚绊别人。这游戏很疯狂,但很好玩。我们从伊恩·麦克艾弗的花园开始,整个比赛队伍是笔直整齐的。我们这不是让步赛,没人可以站到其他人前面去。不管怎么说,也没人想要那样,因为你需要在第一道墙时就有个好的开始,没有人会单独站在下一个花园等着赛跑开始。第二个障碍物是拜恩家的花园。拜恩太太的眼镜片有一只是黑色的。别人都叫她有瑕疵的三只眼,这是关于她唯一有趣的事情。

想让笔直整齐的比赛队伍真正笔直整齐的话,总是要过好久才行,一直会有点推推搡搡的,不过这是被允许的,只要胳膊肘没抬得太高,没越过脖子。

——等起跑令,艾丹说。

我们向前爬。任何一个人在比赛开始就落后,是不可能赢的,还有可能被劳伦斯·汉利抓住。

——开始!

之后,艾丹再没做任何评论。

第一道障碍轻而易举。从麦克艾弗家的花园墙到拜恩家的花园墙之间没有树篱。你只需确保两脚交替行进时有足够的空间。我们中有些人甩出右腿时够不着墙顶——我能——做这个动作你需要大量的空间。穿过拜恩家的花园墙。尖叫,呐喊。这是游戏的一部分。试图抓住掉在后面的人。经过草地,跳上花坛,穿过小径,跃上墙顶,然后是树篱。往墙上一跃,抓住树篱,站直身子,起跳,落地。危险,危险。墨菲家的花园有很多花,有些被踢中。来到汽车周围,花园墙前面的树篱。双脚站在汽车减震器上面,跳,落在树篱上,随即滚下去。到了我们家的房子,车子附近,不过树篱,翻墙去。不再尖叫,因为没有那么多力气。树篱让人脖子发痒。还有两个大树篱。

曾有一次,麦克朗林先生正在修剪草地,我们所有人一起翻树篱,他差点得心脏病。

爬上汉利家的墙,抓住树篱。腿伸直;现在这样做难度增高了,因为真的很累。跳过树篱,滚下去,起身,然后走出他家的门。

胜出者。

我从他们的头顶上看过去。

——我娶了一个老婆——哦然后——哦然后——

  我娶了一个老婆——哦然后——

我叔叔和婶婶以及四个堂兄弟在看着我。他们坐在沙发上,有两个堂兄弟在地板上。

——我娶了一个老婆——

——她是我生命中的灾害——

　　我喜欢唱歌。有时候，我不等别人叫就主动请唱。

　　——哦，我希望我能重回单身——

　　我们在我叔叔婶婶家，在卡布拉，它的确切位置我不知道。这是辛巴德的圣餐礼。有个堂兄想看辛巴德的祷文书，但是辛巴德不放手。我唱得更大声了。

　　——我又娶了一个——哦然后——哦然后——

　　妈妈已经准备鼓掌了。辛巴德缠着叔叔要零花钱，在叔叔口袋里翻来翻去。我能看得到他。他伸直腿，以便手能抓到口袋里面的硬币。

　　婶婶在袖子里放了一块手帕，我能从她袖子突起的地方确定手帕在哪儿。我们还要走访一个姑姑和一个叔叔，然后才去看电影。

　　——我又娶了一个——

　　　　她比上一个更糟糕——

　　　　我多么希望我又单身了啊——

　　他们都为我鼓掌，叔叔给了辛巴德两个先令，然后我们离开了。

　　红印第安人死后会去打猎欢宴天堂[1]；海盗们死后或被杀后，会去瓦尔哈拉殿堂[2]；而我们，或者上天堂，或者下地狱。如果在最后一口气的时候，你的灵魂已经犯下了不可饶恕的罪行，即使你是在去认罪的路上被撞了，你都会下地狱。通常情况下，在上天堂之前，

---

1. The happy hunting ground，指印第安武士或猎人死后升入的天堂。
2. Valhalla，北欧神话中死亡之神奥丁（Odin）款待阵亡将士英灵的殿堂。

你得在炼狱待上一段时间,来消除灵魂中的罪恶,而这往往要花几百万年的时间。炼狱很像地狱,只不过炼狱是可以出去的。

——这有一个后门,小伙子们。

每一个轻微的罪行也要一百万年左右来消除,这时间的长短取决于你犯下的罪行以及你是否保证永不再犯以前犯下的错误。向父母撒谎、咒骂、亵渎主名——这些罪行都要花费一百万年。

——耶稣!

——一百万年。

——耶稣!

——两百万年。

——耶稣!

——三百万年。

——耶稣!

在商店里抢劫就更严重了;偷杂志比偷糖果的罪行重。《足球月刊》,四百万年;《进球》和《足球周刊》,两百万年。如果在最后一刻刚好做了一次虔诚的忏悔,那就根本不用去炼狱了,直接上天堂。

——即便那个人是个杀人狂?

——是的。

这不公平。

——这个,规则对每个人都是一样的。

大家都认为天堂是个好地方,却没什么人了解它。其实在天堂里,有很多大房子。

——每人一间吗?

——是的。

——必须一个人住吗?

莫罗尼神父没有立刻回答。

——你妈妈不可以和你住在一起吗？

——当然可以。

莫罗尼神父每个月的第一个星期三都会来我们班，只是聊天，我们大家都很喜欢他，他是个好人。他腿有点儿跛，一个弟弟在乐队。

——那她的房子怎么办呢，神父？

莫罗尼神父举起手，堵住我们的问题，大笑，我们也不知道为什么。

——在天堂里，孩子们，他说，停了一会儿，在天堂里，你想住什么地方就住什么地方，你想和谁住一起就和谁住一起。

詹姆斯·奥吉弗有些担心。

——神父，如果你妈妈不愿意和你住在一起怎么办？

神父哈哈大笑，但是这一点都不好笑，真的。

——那么你就可以过去和她住在一起，这很简单。

——如果她不愿意你去怎么办？

——她会愿意的，莫罗尼神父说。

——她有可能会不愿意的，詹姆斯·奥吉弗说，如果你是个捣蛋鬼的话。

——唔，你瞧，莫罗尼神父说，这就是答案，天堂里是没有捣蛋鬼的。

天堂的气候四季如春，到处都是草地，而且从来都是白天，没有黑夜。这些是我对天堂仅有的了解。我的爷爷克拉克在那里。

——你确定爷爷在天堂？我问妈妈。

——是的，她说。

——完全确定？

——当然。

——他已经出了炼狱吗？

——他不必去那儿，因为他做了很虔诚的忏悔。

——他很幸运，对吗？

——是的。

我很高兴。

我妹妹也在那里，我那死去的妹妹安吉拉。她还没出世就死了，但是他们有足够的时间给她洗礼，妈妈说，否则她就必须永远待在地狱边缘了。

——你肯定在她死之前圣水淋到她了吗？我问妈妈。

——是的。

——非常肯定？

——是的。

我想知道她是怎么照顾自己的，还不到一个小时大的婴儿，一个人在天堂里。

——爷爷照顾她，妈妈说。

——直到你也过去吗？

——是的。

那些没有经受过洗礼的婴儿或者宠物，死后会去地狱的边缘。那里很漂亮，像天堂一样，只是上帝不在那里。耶稣有时候会去看望，圣母马利亚也去。他们在那边有一个可以住的大篷车。那里有猫啊狗啊、小孩子、天竺鼠，还有金鱼。不是宠物的动物哪儿也去不了，它们只是腐烂后混合在了泥土里，让土质变得更好。它们没有灵魂，但宠物们有。天堂里除了马、斑马和小猴子，就没有别的动物了。

我又开始唱歌了,爸爸正在教我唱一首新歌。
——我走到河岸边
　　看见水里的鱼游来游去——
我不喜欢这首歌。
——但是我去了河边
　　我如此寂寞,想了却此生,哦,我的上帝——
唱到"此生"的时候我唱不好,我的声音不能像唱片里汉克·威廉姆斯那样做到抑扬顿挫。

但是我喜欢下一段。
——然后我跳进了河里
　　但可恶的河居然是干的——
——唱得不赖,爸爸说。

这是星期天的下午,他很无聊。每到这个时候他总是要教我唱一首新歌。爸爸为我找歌。第一次是布瑞恩·奥林的歌,没有唱片,歌词在一本名叫《爱尔兰街头民谣》的书上。爸爸指着书上的歌词,我跟着他一起唱。
——布瑞恩·奥林——他的妻子和岳母——
　　他们躺在一张床上——
　　盖的被褥已经很老,毯子又单薄——
　　她们紧紧地躺在一起,共同喊着布瑞恩·奥林——
就是像这样的歌,既简单又有趣。我在学校里唱,唱到布瑞恩·奥林求爱的那部分歌词时,沃特金森老师制止了我,因为她认为这太不健康了。但这歌词一点儿也不会不健康,沃特金森老师就是不相信。

十一点钟课间休息时，我站在校园里唱最后一段。

——歌词很健康的，我提醒他们道。

——不管怎样，快唱吧，继续。

——好的，但是——

——布瑞恩·奥林——他的妻子和岳母——

他们笑了起来。

——它不会——

——别说了，接着唱。

——他们一起过桥回家——

桥突然断了，他们都跌进了河里——

我们要回家，水在呼喊布瑞恩·奥林——

——真的很傻，凯文说。

——我知道，我说，我告诉过你的。

我其实一点儿也不认为它傻。

亨诺老师走过来把我俩分开，以为我俩在打架。他抓住我，说他知道我是捣蛋头目之一，一直在盯我梢，然后才放我走。那个时候亨诺老师还不教我们班，要等到下一年，所以当时并不认识我。

——你要注意点，小鬼，他说。

——她是一个——啊——啊——

我唱不出来，我甚至不知道汉克·威廉姆斯在唱什么。

爸爸打我。

打在肩膀上。我看着他，准备告诉他我不想再唱这首歌，太难了。有趣的是，在他动手打我之前，我就能从他表情上读出他要把我海扁一顿。然后他看起来好像改变了主意，似乎在控制自己，再然后我听到了重拳相击的声音并感觉到了疼，仿佛他忘了告诉自己的手不要靠近我一样。

爸爸继续让唱片机唱着。

——一个男人需要一个女人作依靠——

　　但是我心中的那个她离我而去，消失不见

我隔着套头衫、衬衫和背心揉搓肩膀，感觉那个地方一会儿膨胀一会儿收缩，胀满了又瘪下去。还没有疼痛到极点。

我没有哭。

——加把劲，爸爸说。

这回他把唱针拿起来，我们重新开始。

——我走到河岸边

　　看见水里的鱼游来游去——

他把手放在我肩膀上，不是挨打的那一侧。我想挣脱他的手，但过一会儿又算了。

唱片机是只红色的盒子，一天爸爸从办公室带回来的。里面可以装六张唱片，全放在唱盘上。我们只有三张唱片：《黑白吟游诗人》《南太平洋》以及《汉克·威廉姆斯之乡村音乐之王》。爸爸把唱片机带回家时，我们只有《南太平洋》，周五晚上以及整个周末都放个不停。他试图让我学那首《我要把那个男人从我头发里洗出去》，但妈妈坚决反对。她说如果我在学校或者外面乱唱，我们就得卖掉房子搬到别处去了。

这个唱片机能放三十三寸、四十五寸和七十八寸的唱片，三十三寸的是黑胶唱片（LP唱片），就像我们家里的那三张。凯文从家里偷拿了他哥哥的唱片，顽童合唱团的《我是一个信徒》，四十五寸，但是爸爸就是不让我们放,他说那上面有划痕,其实他看都没看一眼,而且当时也没在用唱片机。那是他的私有物品。唱片机和电视机放在同一间房间里,放唱片的时候,他就把电视机关掉。有一次电视里在放《黑白吟游诗人》,他就把电视机的声音关掉,同时让唱片机唱着,想来个影声合一,不过好像不行。唱片机唱完了,电视里的歌手,即那个唱严肃歌曲的黑人,嘴巴还在一张一合。并且唱针应该向上的,可也没有,而是一直在刮唱片。爸爸只得把唱针抬起来。

——是不是你瞎摆弄把它弄坏了?他问我。

——不是。

——那你呢,是不是你?

——不是,辛巴德回答道。

——肯定是你们中间的一个,他说。

——他们没碰过,妈妈说。

我的脸开始发烫了,我在等待,等爸爸回妈妈的话。

有一次,爸爸在电视机播新闻的时候放汉克·威廉姆斯的唱片,真是天才!听上去就像是查尔斯·米切尔在唱**现在你正看着一个发疯的男人,我有足够的运气但都是倒霉运**。我们都跟着一起大吼,那天晚上破天荒的我和辛巴德被允许晚睡半个钟头。

我们买了辆车,和亨诺老师一样型号的科蒂娜,黑色的,爸爸在路上来回开着它,自学驾驶,但不让我们坐他的车。

——还不到时候,他说。

爸爸开车去海边。我们跟着他,能保持同他一样的速度。他没办法把车掉过头开回家。他看到了我们,叫我们过去。我以为他要杀了我们。我们一共七个人，挤坐在车的后排，车子一路倒着开回家。爸爸唱着那首蝙蝠侠的歌儿，他有时很疯狂，非常疯狂。我们下车的时候，艾丹流鼻血了，哀叫着。爸爸跪下身子，扶着艾丹的肩膀，用手帕擦艾丹的鼻子，让他用鼻子吹气，还告诉他待会儿上床时如果他把鼻子里干了的血块儿抠出来，能听到很响的噼啪声，艾丹笑了起来。

他们都跑到商店后的旷野去找那些大男孩儿们的小木屋，并准备拆了那些小屋，但我没跟去。我想和爸爸在一起。一路坐在爸爸身边，车子来来回回。我们去了莱黑尼。转弯的时候，他径直把车开出了马路，开到了水沟里。

——在这儿挖水沟，真蠢！他说。

有人向他鸣喇叭。

——你这白痴！爸爸说着，向他回按汽车喇叭，那家伙已经走了。

我们沿着主干道回到巴里镇，爸爸将车停下来。我们摇下车窗玻璃。我把胳膊伸到外面，但爸爸不许我这么干。车停在边上，再往前走两户人家就到家了。

——停这儿就行了！他说。

辛巴德在后排坐着。

第二天我们去野餐。虽然下雨，我们还是去了。我和辛巴德坐在后座上，妈妈坐在爸爸身边，膝上坐着小凯瑟琳。迪得丽当时还没出生。妈妈肚子圆圆的，里面待着的就是她。我们开车去了多丽山。

——为什么不去那些大山呢？我想知道。

——别说话，帕特里克，妈妈说。

爸爸当时正准备从巴里镇街开上主干道。我们本可以走着去多丽山的。坐在车子里面就能看到那座岛。爸爸越过巴里镇街，然后右转。科蒂娜颠簸了一下，发出响声，像是闭着嘴唇吹气的声音。车子正要开到路边，有什么东西刮出刺耳声。

——那是哪儿来的声音？

——嘘，妈妈说。

她并不好受，我敢说。她需要外出好好玩一天。

——有大山呢！我说。

我钻到爸爸妈妈两人的椅子之间，指给他们看，海湾那边，不远的。

——看！

——坐下！

辛巴德坐在地上。

——那里有森林！

——安静点儿，帕特里克！

——坐下，你这个小笨蛋。

多丽山离家只有一英里远，或许更远些，但不会超过太多。要去那里得过一座木桥才能到岛上，可接下来一点都不惊险好玩。

——我要上厕所！辛巴德说。

——真有你的！

——帕特，妈妈对爸爸说。

——如果我们是去那些大山的话，我说，他就能躲在那些大树后面上厕所。

——我把你从树上扔出去，如果你还不坐下，继续挡着我的视线！

——你爸爸很紧张——

——没有!

他是很紧张。

——我只想安静一会儿。

——那些大山里很安静啊!

那是辛巴德说的。他们两人都笑了,坐在前排的爸爸妈妈,特别是爸爸。

我们到了多丽山,但爸爸从木桥旁边开过了两次,才终于能以足够慢的速度,准确无误地开上去,再穿过海堤。外面还在下雨。爸爸面朝大海把车停下了。海潮在外面很远的地方,我们看不见。而且,车子引擎关掉后,窗玻璃刮水器也停止工作。这最大的好处就是能听到雨打在车顶上的声音。妈妈有一个想法:我们可以先回家,然后在家里野餐。

——不,爸爸说。

他握着方向盘。

——我们已经到这儿了,他说,所以——

他轻轻拍了拍方向盘。

妈妈从两腿间拿出了稻草袋,摆好野餐吃的东西。

——别把碎屑和垃圾弄得到处都是!爸爸说。

他这是对我和辛巴德说的。

我们必须得吃那些三明治,因为没什么地儿可以藏。那里面夹的鸡蛋,味道很不错,但三明治被压得很扁,面包上面的洞都被压没了。我们,我和辛巴德,中间放着一瓶芬达。妈妈不让我们自己打开。她有开瓶器。她钩住罐头边缘的下方,按了按,开出一个能喝到饮料的三角形小孔。然后照样在另一边也开了个孔,以便喝的时候空气能进去。我慢慢喝了几口,感到有食物碎屑在饮料里面,咽下去的时候感觉特别明显。芬达是温热的。

妈妈和爸爸什么话也没讲。他们带着一个保温瓶,保温瓶上有个可以拿下来的杯子,另外还有一只妈妈用卫生纸包着的杯子。妈妈把两只杯子递出去,想让爸爸拿着,这样她就能倒茶,但是爸爸没有接。他眼睛直盯着前方被雨水冲刷着的挡风玻璃。妈妈什么也没说。她拿下一只杯子,倒满水,就在凯瑟琳的头上方,然后递出去。爸爸接过杯子。这杯子就是可以从保温瓶上拿下来的、比较大的那只。他抿了一口,心不在焉地说了声谢谢。

——我们能出去吗?
——不能。
——为什么?
——就是不能。
——雨太大了,妈妈说,你们现在出去会给淋死的。

辛巴德把手放在胳膊下面,然后猛地合上胳膊,发出放屁一样的声音。欧康纳先生的女朋友玛丽艾特曾经教过我们这么玩。辛巴德又做了一次。

——敢再来一次,爸爸说。

他头也不回。

——看看会有什么后果。

辛巴德又把手放在胳膊下面。我向上举着他的胳膊不让他合上,因为如果他再来一次,挨骂的人是我。辛巴德笑着看我阻止他。他以前从不笑的。即使爸爸给我们照相,他也不笑。我们必须并排站在妈妈前面——照相时总是这样站——爸爸走开,转身,透过相机看着我们——那是一架盒式相机,是妈妈在结婚前,在遇到爸爸之前，用自己第一笔薪水买的。爸爸让我们移移位置，低头看相机，像看了几个世纪，然后抬头看我们，发现辛巴德没有笑。

——来，笑一个！他首先会对我们所有人这么说。

笑是很容易的。

——弗朗西斯笑一笑，他尽量语气平和地说。

——把头抬起来，来啊！

妈妈把手放在辛巴德的肩膀上，同时努力把一个妹妹抱在怀里。

——真见鬼！太阳让云给遮住了！

这时辛巴德仍旧低着头。爸爸发火了。我们所有的照片都是一样的：我和妈妈笑得很夸张，辛巴德低头看地面。我们的微笑保持得太久，已经不算是真的微笑了。妈妈会和爸爸交换，让他也能拍一张。这时爸爸看上去像是真的在微笑，辛巴德由于头低得太厉害，完全看不到正脸。

今天，我们没有拍照。

妈妈给我们用锡箔纸包着的饼干，每人一份，所以就用不着分了，也省得打架。我从锡箔纸包的形状就能知道里面包了哪些饼干：四块玛丽艾特牌儿的，就是像三明治一样两块饼干中间夹了些黄油的那种；底下方形的那块是保罗牌儿的。我总喜欢把保罗饼干留到最后吃。

妈妈对爸爸说了些什么。我没听到。从妈妈侧脸上的表情来看，她在等爸爸的回答。但是她的表情又好像不止这些。

如果把玛丽艾特饼干挤一下，会看见黄油从饼干上的小孔里冒出来。我们有时候会因为黄油从小孔里挤出来的样子而叫它屁股饼干，但是妈妈不让我们这么叫。

我从辛巴德手里拿过芬达。他也没阻止。瓶子已经空了，可本不该这么快就没了。

我又看了看妈妈。她还在盯着爸爸。凯瑟琳正把妈妈的一根手指塞到嘴里,使劲儿咬着——她已经长出了几颗牙——但是妈妈并没有阻止她。

辛巴德正在用他一直以来的方式吃饼干,我也是。他绕着饼干的边缘一圈一圈慢慢地咬,直到玛丽艾特的图像变回原来的形状,只不过小了而已。他用舌头舔着从孔里冒出来的黄油。咬完第一圈,他停了下来。我一把抓住他拿三明治的手,并把他的手捏在我的手心里,迫使他用自己的手把饼干压成了碎末,再也没法拯救了。谁叫他喝掉了所有的芬达。

妈妈要下车。因为抱着凯瑟琳,动作不怎么灵便。我还以为雨停了,我们都要下车。

但是雨没停,还在瓢泼似的下着。

一定有事发生,不同寻常的事。

妈妈没关车门。车门自己合上了一点,但还开着。我和辛巴德都等着看爸爸的反应,想知道该怎么办。爸爸弯下身子,握住车门把手,使劲把门关上了。他直起身来的时候哼了一声。

辛巴德在舔他的手。

——妈妈去哪儿了?我问。

爸爸叹了口气,稍微向后侧了侧,我能看见他侧脸的一部分。他什么也没说。他通过后视镜看着我们。我看不见他的眼睛。辛巴德又像通常一样,把头低下了。我把身旁侧窗玻璃上的水雾擦掉了,本来,在回家以前我不打算碰它们的。除了数英里的沙子,我什么也看不到,看不到妈妈。我坐错边了,在爸爸身后。

——她走了有九十九秒吗?

我又擦了擦车窗。

车门咔哒一声开了，是妈妈上车了，她快速低下头，以保证凯瑟琳不会被什么东西撞到。她的头发紧贴在身上。没拿任何东西，什么也没给我们带来。

——雨太大，凯瑟琳受不了。过了一会儿，她对爸爸说道。

爸爸发动车子。

——你会长得很高，妈妈说。

她正在试着帮我把裤子的拉链拉上。

——你很快就会和你爸爸一样高。

我很想长得和爸爸一样高。我的名字和他的名字是一样的。我要等他上班去了再告诉妈妈，那拉链是不可能拉上的。爸爸一定会把它拉上。我希望妈妈没办法拉上，因为我讨厌那条裤子。那是条黄色的灯芯绒裤，我一个表兄曾穿过。这条裤子从来就不是我的。

她猛地向上拉，试着把拉链两边合到一起，这样拉链会拉上去。当时我可没有作弊，还把肚子吸进去了一些。

——不成，她说，没有用。

她放弃拉拉链。

——这裤子没法儿穿了，她说，你长得太快了，帕特里克。

妈妈并不是真的认为裤子没法穿。

——我看不得不用一个安全别针，她说。

她看到我的表情。

——就今天一天。

每个人都在说他们在注射卡介苗。亨诺老师什么也没说，只是让我们排成一队,队首两个要在门打开前把外套、T恤和背心脱掉,否则就会有麻烦。目前只有两人进去了,都没出来。亨诺老师本应该在这看管我们,但是他没有,而是离开到楼上教师休息室里喝咖啡去了。

——我能听见任何风吹草动,他告诫我们,你们别替我担心。

他的脚踏在木地板上,发出的声音在走廊里回荡,久久不肯飘去。

——瞧,他说,这所学校里没有窃窃私语的藏身之地,我能听到任何细微的动静。

然后他走了。

我们听见他走到楼梯顶端,停了下来。

伊恩·麦克艾弗肯定墙能防护他不被亨诺老师听到,于是像亨诺老师那样在地板上跺脚。大家哄堂大笑,等着亨诺老师听到吵闹回来,但他没有。我们全部都跺脚。可一定是他的鞋底硬,我们踩不出和他完全一样的声音。但我们只是跺脚,没有大叫,也没有乱作一团。

他们在查看打过卡介苗后留的记号。

如果你没有这些记号,他们会对你做什么?

你应该有三个记号。

——他们会留给你更多的记号。

这些记号在左手臂上形成了一个三角形,小圈圈里的皮肤显得很好玩。

——这表示你得了小儿麻痹症。

——不是的!

——那它就表示你有可能会得小儿麻痹症。

——你们不一定要得这病的。

大卫·格拉提说,他是我们班里唯一患小儿麻痹症的,排在我们后面。

——你好,格拉提,我说,你有打过卡介苗吗?

——有的,他说。

——那你怎么会得小儿麻痹症呢?弗鲁克·卡西迪问他。

队伍有点骚动,大家向大卫·格拉提围过去。

——我不知道,他说,我不记得。

——你是生下来就有这病的吗?

大卫·格拉提看上去要哭了。队伍又站直了。我们都尽量与他保持距离。前面进去的两名同学至今还没有出来。

——如果你喝了厕所里的水,会得小儿麻痹症。

这时门打开,那两名同学出来了。布莱恩·史利丹和詹姆斯·奥吉弗。他们现在都穿好衣服,没有脸色苍白,没有害怕,没有泪痕。又有两名同学进去了。

——他们都做了什么?

——什么也没有做。

他们俩不知道接下来要做什么。不能回教室,因为那里一个人也没有,如果独自进教室,亨诺老师会杀了他们。我脱掉外套,扔在地板上。

——他们都做了什么?

——什么也没做,布莱恩·史利丹说,他们只是看看而已。

他现在有点不一样,脸看上去变得僵硬了,还不停地摆弄鞋。我停下来,没有继续脱T恤。凯文一把抓住布莱恩·史利丹。

——放开我!

——他们都做了什么？告诉我们！

——他们只是看看。

布莱恩面颊通红，他并没有尽力挣脱凯文，而是不想让凯文和其他人看到他的脸。毫无疑问，他在抽泣。

另一个同学，詹姆斯·奥吉弗没有脸红。

——他们看了我们的小弟弟，他说。

我能听见大卫·格拉提的橡胶拐杖在地板上发出吱吱声。詹姆斯·奥吉弗盯着大伙。他知道他有权力说这话，但也知道这不会持续很久。我愣在一边。詹姆斯·奥吉弗的脸无比严肃。我们被他给镇住了。

——放开我！

凯文放开了布莱恩·史利丹。

——为什么啊？

詹姆斯·奥吉弗没有回答这个问题，这不是什么好问题。

——他们为什么要这样做啊？

——仅仅只是看看吗？

——是的，詹姆斯·奥吉弗回答道，她仅仅只是弯下腰看了看，但是她摸了他的。

——她没有！布莱恩·史利丹反驳道，她没有。

他又要哭了。

——她有，詹姆斯·奥吉弗说，你这个骗子，史利。

——她没有。

——她用的是棒冰棍，詹姆斯·奥吉弗说。

于是，我们都大叫起来，想让詹姆斯·奥吉弗快点说。

——不是用她的手指！

布莱恩·史利丹喊叫着说。没有用手指,这点很重要,他的脸告诉我们。

——不是用她的手指!不是手。

喊了之后,他平静下来,但脸还是一阵红一阵白的。凯文抓住詹姆斯·奥吉弗。我用外套拴住他的脖子。我们必须知道她用棒冰棍做了什么。马上就轮到我们了。

——快告诉我们!

我勒了一下詹姆斯·奥吉弗的脖子。

——奥吉弗,告诉我们!继续说下去呀!

我松开外套,他脖子上有道明显的勒痕。我们不是无理取闹。

——她用棒冰棍抬起了他的小弟弟。

奥吉弗转向我。

——我等会儿再来收拾你。

他这句话没有对凯文说,仅仅是对我说的。

——为什么要这样做啊?伊恩·麦克艾弗问道。

——也许想看那东西的背面吧,詹姆斯·奥吉弗说。

——为什么要看啊?

——不知道。

——也许想确定它是不是正常的。

——真的吗?我问布莱恩·史利丹。

——是的!

——你证明一下。

门再次打开,进去的两名同学出来了。

——她用棒冰棍碰了那个地方吗?她有吗?

——她没有,她只是看了看。不是吗?

——嗯。

——怎么会？凯文问布莱恩·史利丹。

布莱恩·史利丹又哭起来。

——她只是看看，他说。

我们不去管他。我脱下 T 恤和背心。轮到我们俩了。我在想一个问题。

——为什么要脱掉衣服？

詹姆斯·奥吉弗回答说，

——他们也做别的事。

——什么别的事？

排在我们前面的两名同学磨蹭着不愿过去，护士要用手抓住他们的胳膊，才能把他们弄到房子里面去。她关上门。

——用棒冰棍的是她吗？我问詹姆斯·奥吉弗。

——是的，他回答。

她就是那个用棒冰棍检查的人，跪在地上看我们的小弟弟。她看上去不像是干这种事情的人，相反，看上去很友好，在抓我前面两名同学的时候一直笑呵呵的。她绑了一个发髻，留出一些头发在眼睛耳朵旁。没有戴帽子，非常年轻。

——脏货！大卫·格拉提说道。

我们破口大笑，这太好笑了。因为这是大卫·格拉提说出来的。

——你的小弟弟得了小儿麻痹症吗？凯文问他。

但是凯文没有得到他想要的反应。

——嗯，大卫·格拉提说道，她不会碰的。

这时我们想起了别的事。

——什么别的事？

布莱恩·史利丹脸上的红晕消退了，恢复了正常，他告诉我们说，

——另一个人用听诊器听你的背，他说，还有你的前胸。

——那东西凉丝丝的，詹姆斯·奥吉弗补充道。

——是的，布莱恩·史利丹说。

——对，刚才出来的一个同学说道，这最让人受不了。

——他检查你的卡介苗记号了吗？

——检查了。

——我告诉过你们的。

我再次检查自己的卡介苗记号，都在，一共三个。很明显，像椰果的顶部。我看了看凯文的，也在。

——有没有打针呀？有人问。

——没有，布莱恩·史利丹说。

——反正我们没有，詹姆斯·奥吉弗说，但是可能你们中的一些人要打针。

——闭嘴，奥吉弗。

大卫·格拉提再次叫道，

——他们有没有对你的屁股做什么？

一阵大笑。我比以前笑得更加大声了。所有人都笑得更大声了。我们有点担心，因为我们快把大卫·格拉提逼哭了。这是大卫·格拉提第一次在大家面前这么好玩。我喜欢他。

刚进去的两名同学出来了。他们脸上堆满笑意。门为我们开着，该我们进去了，凯文和我。我走在前面，不得不这样。凯文在用手推我。

——问她要点巧克力冰激凌，大卫·格拉提说。

事后想想真的可笑,但当时我没笑。

护士在等着,她看我的时候我就不朝她看了。

——脱掉裤子和内裤,伙计们!她说道。

就在此刻,我记起别在拉链上的别针。妈妈别在那儿的。我的脸发烫。我转过身,避开凯文。我将别针放到口袋里。我又转回来,吹气,想吹掉脸上的热气。凯文的内裤很脏。从外面可以看到正中间下半部分有一条淡淡的笔直棕色线条。我没有看自己的内裤,随它耷拉着。我什么地方都没看。没看下面。没看凯文。没看桌旁的医生。我在等,等冰冷的棒子触到我的那一刻。她站在我面前。我可以判断出来,虽然我没有看她。我感觉不到我的小弟弟。那儿一点感觉都没有。棒冰棍往下走的时候我会大叫,弄脏自己。她还在那儿,弯下腰看着它,盯着它。也许她正摸着脸颊,在想要怎么做。墙角处有个蜘蛛网在医生头顶上方,非常干燥。有一根丝被风吹断了,飘来飘去。她正在琢磨怎么做。她在想,抬起头看另一边是不是很糟糕。假如我没看,她也不会看。我寻找蜘蛛。可假如她看了的话,我就永远死翘翘了。蜘蛛最有趣的是它们织网的方式。我将不再正常——

——好啦,她说,可以走开了,去麦肯纳医生那儿。

没有碰。没有棒子。我差点忘了穿起内裤和裤子。走了一步才想起来。我的屁股那有点湿,随它去吧,反正没有棒子,就三个卡介苗记号。

——她有碰你的吗?凯文问我。

在门口,要出去的时候,他低声问。

——没有,我说。

这种感觉棒极了。

——我也没有，他说。

我没有跟他说他内裤的那点事。

桌下有个堡垒，下面六张椅子堆着，依然有很多的空间；这样再好不过了，因为更隐蔽。我能够在里面坐几个小时。这是起居室里一张很棒的桌子，除了圣诞，平时都不会用的。我不必低下头，桌顶刚好在我头上。我喜欢这样。我可以将注意力集中在地板和脚上。我能看到一些东西。毛线球挤在一起，被头发缠绕着，圆圆的，浮在亚麻油地毡上。地毡上有些小裂缝，用手按就会变大。阳光里充满尘埃，大块大块的，让我想屏住呼吸。但我喜欢这样看着，它们飘啊飘，像雪花。爸爸起立的时候站得很稳，脚紧贴着地面，只有他想去什么地方时才动起来。妈妈的脚就完全不同，一刻停不下来，因为决定不了要去哪。我在那睡着了，以前常常这样。那里总是很凉爽，一点不冷，我想让它暖和时就会很暖和。脸贴在地毡上会觉得很舒服。空气不会像桌子上方的那样活泼，但是这里很安全，有我很喜欢的一股味道。爸爸的袜子上有些方块。有一次我醒过来，发现身上盖了一条毛毯，我希望永远都这样待着。我离窗户很近，能听见外面的鸟声。爸爸盘腿坐着，哼着小曲。厨房里传来阵阵香味；但我不饿，香味对我没诱惑。是炖菜的味道。这是星期四，一定是星期四。妈妈也哼着小曲。和爸爸一样的小曲。谈不上是一首歌，只有几个调子。听起来他们不知道他们自己在哼唱一样的小曲。这些音符刚好钻进了他们的脑袋，可能是爸爸的。妈妈大多只是哼哼调。我伸伸腿，挪开了一只椅子脚，然后又蜷缩着。毛毯里有沙子，是一次野餐后带回来的。

这些都是妈妈生下凯西和迪得丽之前的事。辛巴德当时还不会走路,我记得。他坐在地毯上爬行。我现在再也不能那样做了。我能钻到桌子下面,但是坐直时,头会碰到桌子,而且我也不能坐在那儿一动不动,那样会使腿很疼。我担心被抓住。我那样试了几次,可感觉都很傻。

我们中大多数人都可以在管道里面站直。只有利亚姆和伊恩·麦克艾弗得稍稍弯下一点,以免撞到脑袋。因为这个,他们觉得自己挺了不起的。利亚姆还故意用头撞撞管顶。我们向下走进渠沟;很深,就像是战壕。那些挖沟的人——我们一直等到他们回家——借着木梯进进出出。他们把梯子锁在棚子里,我们就把木板铺在地上,跑着下到渠沟去。这倒比梯子还管用。跑到渠沟尽头的那面墙,用肩膀一撞,赶在后面的哥们儿顺着木板跑下来之前离开。

有一段时间,渠沟开到我们家门口,大概一个星期,可给人感觉却像几年。当时复活节快到了,白昼愈来愈长,工人依旧五点半收工,尽管还要过很久才天黑。那是条很粗的水管,不是给沿路直到桑特里的所有新房子以及所有的工厂供水,就是给住宅区和工厂排污水。具体情况我们也不清楚。

——这是下水工程用的,利亚姆说。

——那是什么东西?

——粪便,我说。

我知道那个词是什么意思。有一次,我们家的下水道堵了,爸爸不得不打开厕所窗下一个方形的检修孔,爬进去,用衣架戳下面的水管。我问他那些水管和检修孔是干什么用的,他告诉我说是下水工程,然后就把我轰走了。

——你帮他他很乐意的,妈妈说。

我不停哭着，但在我的控制之内。

——很脏的，帕特里克。

——他——他站在里面，我说。

——他必须得干，得去修它。

——他对我大声嚷嚷。

——这活很脏，很麻烦的。

后来，爸爸让我把检修孔盖上。有一股臭味。爸爸假装那臭味是他弄脏了裤子后发出的，把我弄笑了。

——还有卫生纸，我说。

我们站在沟里。利亚姆一只雨靴陷到泥里面，脚都出来了。辛巴德还在渠沟旁边待着，不想下来。

——以及头发，我说。

——头发不是污染物，凯文说。

——可现在就是，我说，它们会堵住管道的。

爸爸怪妈妈的头发，因为她的最长。她掉的头发全绕在一起，聚成了个大球，把水管给堵了。

——我不掉发的，妈妈说。

——那就是说是我的头发把管子给堵了，你是不是这个意思？

妈妈笑了。

管道是水泥做的，堆成一个个金字塔的形状，在路面上摆了好久，工人才开始挖沟渠。我们的那段巴里镇街较为笔直，上面盖了许多房子，但其他地方，也就是房子后面的那段，道路弯弯曲曲，经常刮风，而且树篱高得让你看不见田野。这些树篱会被挖走，所以乡镇议会早就决定停止修剪，结果道路越发狭窄。管道会连得笔直，在它们上面新建的道路也会是笔直的。傍晚工人回家后，我们下到水管，一天比一天走得远。第一天走到商店那，然后是麦克艾弗家，再然后就是我们家，每天都这样多走一点。那些被拔起的树篱倒在路边，和以前一样茂密。妈妈认为他们会把这些树篱种回去的。

沿着管道奔跑是我做过的最胆战心惊、印象也最深刻的事情。我是第一个敢这么做的人，从我家外面一直跑到海滨，几步之后就全是一片黑暗，除了管道里水泥平台上打开的检修口，其他地方伸手不见五指。靠自己的呼吸和脚步声来判断——可以知道什么时候该急转弯——后来就能看见末端的光点逐渐变大变亮，然后出管道，奔向阳光，高举双臂，自己是胜利者。

你可以要跑多快就跑多快，超越平时的极限。但其他人总是在管道的末尾等着你。

凯文没出来。

我们笑了。

——凯娃——凯娃——凯娃——

利亚姆吹起口哨，干这个他最在行。我不会。把四个手指头塞进嘴里后，舌头都没地方放，喉咙里变干燥，弄得都快要吐了。

凯文还在里面。我们丢掉准备扔他的土块。他在里面，流着血。我跳进沟里，这里的土块又干又硬。

——快来啊！我朝着剩下的人大喊。

我知道他们不会跟着我，所以才那么喊。我打算独自一人去救凯文，这感觉很棒。我走进管道，往回看，像是宇航员走进太空舱一样，只不过没有招手。其他人也逐渐爬进沟里。他们从不会跟着我去的，即使去了，最后也已经用不着他们了。

我很快就看见了凯文。在入口的时候还看不见他，但现在可以。

他坐在离入口不远的地方。他站起来。我没有朝后喊我找到凯文了,什么也没喊,这是属于我和凯文的时刻。我们一起走进管道的深处,好让大家都找不到我们。凯文没受伤,这没让我失望,反而觉得这样更好。

我不喜欢坐在一团漆黑的地方,却喜欢和凯文一起坐在一团漆黑的地方。我们彼此紧挨着。我能够看清凯文身体的轮廓,看到他的头在移动,看见他正舒展着自己的腿。我感到幸福,本来都可以睡着的,但害怕发出声音,破坏气氛。我们能听见其他人在几英里以外大喊大叫。我清楚我们要干什么。我们会一直坐在这里,直到那些喊声停止,然后在他们通知家长或大人以前离开管道。他们知道我们没有受伤或出什么事情。他们这么做只是想给我们找麻烦,却还装作是要拯救我们的样子。

我想说话了。这里很冷。四周越发黑暗,虽然我的眼睛很舒服。

凯文放屁了。我们用手扇风。他想用手捂住我的嘴巴不让我笑,自己却笑个不停。接着我们打起来,只是互相推搡,又防着对方还手。很快我们就会被逮住的,其他人会听见我们的声响走进来。此刻对于我们来说是最后的时光,只有凯文和我两个人。

再接着,凯文用手戳我的小鸡鸡。

在我们学校,戳小鸡鸡是绝对禁止的。那次校长菲纽肯先生正探头看着窗外的天气,在想要不要叫我们进教室,却看到詹姆斯·奥吉弗对着阿尔伯特·格诺茨干这事儿。他很震惊,校长说,他因为这事走遍每一个教室;看到一个男孩对另一个男孩做这样的事让他很震惊。他确信那男孩不是真的想伤害别人,他也竭力希望那男孩不是故意的。但是——

说到这，他停了一会儿。

事情严重了。詹姆斯·奥吉弗这次遇到的麻烦比以前都要严重，甚至比我们大家遇到的任何一次都要严重。他让詹姆斯站直。詹姆斯一直低着脑袋，虽然菲纽肯先生一直让他抬起头。

——永远把头抬起来！你是男人！

当他说第一遍的时候，我不确定自己究竟有没有听到：戳鸡巴。

——我确信你在戳别人的鸡巴。

他就是这么说的。仿佛一个大洞在我面前，不，在所有人面前，张得大大的。我能从校长说这话时大家的表情上看出来。他会再说些什么呢？上次他这么和我们谈话，还是因为有人拿了他放在办公室门外的大墨水瓶。现在他要和我们说跟鸡巴有关的事。我很震惊，都忘了怎么呼吸。

——快点，詹姆斯，就现在，他说，抬起头，照我说的。

阿尔伯特·格诺茨不在我们教室。他在差班。他的哥哥，帕特里克·格诺茨和我们同班。

——我知道你只是在逗着玩，菲纽肯校长说。

亨诺站在他后面，脸也通红。事情发生的时候，他正在操场上看管我们，所以本应是他看到刚才发生的一幕。詹姆斯逃不掉，他死定了。

——只是为了找点乐子，但这并不好玩，一点也不好玩。今天早上我看见的事情会造成严重的伤害！

呃——还说了些什么呢？

——身体的那个部分很脆弱。

我们知道这个。

——你可能会毁了这个同学的一生，余下的所有人生，而这仅仅是出于玩笑!

我们前面的那个大洞被填补上了。他不会说任何错误或滑稽的事情。他不准备说什么睾丸之类的。这真让人失望,顶多只是中断了一场历史测试——有关芬尼安(运动员,爱尔兰勇士)的一生——现在他要让詹姆斯·奥吉弗不好过了。

——坐下,詹姆斯。

我无法相信我听到的。詹姆斯和其他所有人也都无法相信。

——坐下。

詹姆斯半站半坐。校长在玩把戏,肯定是这样的。

——我不想再看到这样的事情发生了,菲纽肯校长说。

这就是整个经过。

菲纽肯先生走了以后,亨诺老师本可以处置他,但他没有。我们径直回去参加考试。

从暑假开始,我家外面已经好几个月没有一条正经路了,爸爸只得把车停在商店门口。科尔马丁小姐,在商店里监视扒手的女人,来敲我家的门,因为我爸爸的车、凯文爸爸的车和其他三辆车挡道,卡车里富乐公司的员工没有场地卸货。科尔马丁小姐很生气。这是我第一次真正看到女人生气。这又不是什么他妈的停车场,她说,她付的租金。科尔马丁小姐斜着眼,因为她从来都只待在没阳光的地方,那扇单向玻璃后面。妈妈被这状况难住,爸爸去火车上工作了,她不会开车。科尔马丁小姐伸出手。

——钥匙!

——我没有钥匙,我——

——真见鬼!

她砰的关上门——她一把抓住门，使劲带上。

我开门，她说，你妈呢？

我想我遇上麻烦了。我被她冤枉。她见过我买东西，但她肯定以为我是去抢劫的。我拿东西的时候，看上去像是在偷。

我从来没拿过那家店的东西。

如果一次性偷价值不足十先令的物品，还不至于去坐牢。像我和凯文这种年纪的人被抓住，也不会坐牢，而是被送进少改所，如果被抓两次，才会去阿塔纳。在那儿，他们把你剃成光头。

我们不得不停止在管道里奔跑，因为太远了。管道已经经过我家，延伸到了巴里镇外面。我们就开始玩检修盖。检修盖冒出地面，像迷你建筑物一样。水泥铺在周围时，检修盖便和地面一样高，也成了道路的一部分。我们逮着艾丹，将他推入洞里。他不得不待在下面的平台上，我们往里面扔土块。艾丹可以躲起来，因为平台比洞口宽很多。如果我们往低处扔土块，土块经过洞口时有一定的角度，那么就可以打到平台的墙上，当然也可能打到艾丹。我们将他包围起来。如果我是艾丹，我会跑进管道，直冲向下一个洞口，在其他人发现我之前爬出洞口。然后我也会拿着石头扔他们。艾丹却哭了，我们看着利亚姆。利亚姆是艾丹的哥哥。利亚姆还是一直向下扔土块，那我们也就跟着做了。

新铺的道路现在直了，所有路段都直了。唐纳利家的农地边缘都被砍掉，你可以看见整个农场，因为树篱不见了，这就像凯瑟琳洋娃娃的房子开着门一样。还可以看到农地另一边正在建造的房子。整片农地被围。奶牛去了新的农地，是大货车运走的。运走的时候那味道真让人发笑。其中有一只奶牛在走上货车的斜坡时滑下去了。唐纳利用手中的棍子打它。艾迪叔叔在他身后，手中也有一根棍子。

看到唐纳利打它,他也打了。我们看到所有的奶牛都被塞在了货车里,挣扎着要把鼻子从栏杆中间露出来。

艾迪叔叔走进一辆货车,坐在司机旁边,把胳膊肘搭在窗外。看到满载奶牛的货运车驶过廉价的农场大门、向左驶上新道路,我们向他招手、欢呼雀跃,就好像在欢送他一样。

之后我看到过他,他正跑向快要打烊的商店给唐纳利拿《晚报》。

老铁道桥太小了,不够在下面通一条路。于是他们用大块的水泥在原先的桥旁边造了一座新的。道路造在桥下,货车、公车等大流量的交通就能顺利运行。他们把道路两旁的土地挖走,好使道路能够再沉下去一点。水泥块增多,是为了防止挖过的土地塌落到路面上。据说曾有两个人在干活的时候死了,可我们倒没发现任何迹象。唐纳利农地坍塌下来的土块压在他们身上,先前又一直在下雨,土地变得松软潮湿,他们就在泥灰里被淹死了。

我常常被一个梦惊醒。梦里我好像在吃什么,那东西又干又碎,没法把它润湿。牙齿倒弄得很疼;嘴巴合不上。我想大声喊救命,可做不到。醒了以后发现自己嘴巴张得很大,口干舌燥。我搞不清楚自己是不是大叫过。我希望自己没有,可又想要妈妈进来坐在床上问我怎么了。

他们没有把那座老桥炸掉。虽然我们觉得他们应该将其炸毁,但他们没有。

——如果他们炸毁老桥,那么他们会把新的也毁了,利亚姆说。

——不,不会的。如果那样就太蠢了。

——他们会的。

——怎么会?

——爆炸。

——对不同的东西他们有不同的炸法,伊恩·麦克艾弗告诉他。

——你是怎么知道的,胖子?

那是凯文在问。事实上伊恩·麦克艾弗并不是那么胖。他只不过是有小乳房,就像女人一样。被我们看到以后,他再也不游泳了。

——知道就是知道,伊恩·麦克艾弗说,他们能够控制爆炸。

我们不再有兴趣谈论这个了。

老桥终究没了,是被他们敲碎的,货车把碎石头运走。我想念那座桥。那可是个藏身、大喊大叫的好地方。每次只能通过一辆车。爸爸开车经过都要随时准备摁喇叭。新的桥在刮风时会嗖嗖作响,仅仅如此而已。

他让我们看窗户里面,没别的了。只有少数几个人进了屋。他把沙发从窗边推开,好让我们能看真切——他的玩具车。艾伦·巴克斯特是巴里镇中唯一拥有玩具车的人。他是新教教徒,年龄比我们大,和凯文的哥哥同岁。在上中学,爱打板球;养了一只蝙蝠,有几条脚链。他们——那些大男孩——在商店后面打圆场棒球时,艾伦·巴克斯特会把衣服脱掉又穿上,但是他打得并不比别人好。上场的时候,他把手放在膝盖上,向前倾。他是个菜鸟。但是他有玩具车。

那玩意并不像广告说的那样好,跑道形状和玩具火车的一模一样——两条并在一起好像一个"8"的形状——而且车子跑一会儿就挤在一起。但那已经很好了。遥控看上去很棒,而且使用简单。蓝色汽车要比红色出彩。红色汽车是泰伦斯·朗的,艾伦·巴克斯特用蓝色的。我们的呼吸和手印把窗户表面弄得一团糟。泰伦斯·朗——他身高六英尺,只有十四岁——得一直让他的红色汽车保持直行，因为车子遇到拐角就会卡住。只有几次，车子撞在角上后，继续开下去。不过蓝色汽车依旧遥遥领先。凯文的哥哥拿起红色车子看它的底部，艾伦·巴克斯特要他放回去。起居室内只有艾伦·巴克斯特、泰伦斯·朗和凯文的哥哥。我们所有人——年龄小的——只能在外面看。更糟糕的是天黑了。在外面什么都看不清。凯文有一次进去了，因为他哥哥在里面。我是不能进去的，在家里我最大；没人会让我穿过那扇门。但他们也只让凯文看着，什么也不能干。

凯文的哥哥有一次惹了大麻烦。他叫马丁，比我们大五岁。那次，他朝穿过科尔马丁小姐车窗的橡皮管道里撒尿。因为泰伦斯·朗向他妈妈泄密，马丁被逮住了。而泰伦斯·朗告密是因为他是那个拿着橡皮管道的人，他害怕他妈妈责备他与马丁同谋。泰伦斯·朗的妈妈把这告诉了凯文和马丁的妈妈。

——泰伦斯·朗，泰伦斯·朗——

有一只小弟弟三尺长——

泰伦斯·朗想让凯文的哥哥和其他人都叫他特里或泰，但大家都叫他泰伦斯，特别是他妈妈。

——泰伦斯·朗，泰伦斯·朗——

不穿袜子——

臭得要死——

他在夏天穿凉鞋，像牧师们所穿的大鞋，而且不穿袜子。凯文的爸爸责备马丁，让他当着大家的面洗科尔马丁小姐的车座。马丁哭了。科尔马丁小姐并没有出来。她派埃里克拿车钥匙出来。埃里克是她的疯儿子。

马丁抽烟，而且在课间休息时就离校了。他喝可口可乐的时候放阿司匹林，结果吐了。马丁还逃学，整天泡在海边，即使冬天也是。他曾是一个祭坛侍童，但因为在黑色长条地毯上画白色条纹被人踢出来。马丁逮住辛巴德——他、泰伦斯·朗还有艾伦·巴克斯特——他们三人一起把辛巴德的一块眼镜片涂成黑色，还让他戴着眼镜走回家去，还要拿着一根被他们涂成白色的棒子。妈妈没什么反应，只是在辛巴德哭的时候唱——

——我告诉我的西缪斯兄弟
　我回来的时候会有名有利——

等辛巴德不哭了，妈妈到杂物房拿瓶酒精，把镜片擦干净，还教他怎么擦。我说我可以帮他，但是他不许我帮。爸爸听到这些笑了，他回家的时候辛巴德已经睡了，我还没。爸爸笑了，我也笑了。他说辛巴德到了凯文哥哥那个年纪的时候也会干这种事。随后爸爸不高兴了，本来有个盘子盖在装他晚饭的盘子上面，可那个盘子粘住了，因为调味肉汁冻住了而粘在盘子里。妈妈叫我上床睡觉。

马丁在夏天也穿长袖衫，总是把手放在口袋里。他有把梳子。我觉得他很聪明。凯文也这么认为，但是他不喜欢马丁。

马丁报复了科尔马丁太太。他当面扇了埃里克·科尔马丁一个耳光，埃里克却说不出是谁干的，因为他有点口吃，只能哼哼叫几下。

马丁他们一伙在盖棚屋。我们也盖，用那些建筑工地的脚料。这是我们在夏天到来时做的第一件事。但是他们盖得比我们的好，简直要好十万八千里。在我们的新房子后面有一块地——不是商店后面的那块——大多数的小木屋都建在那。那里有很多像沙丘一样的小山，只是那不是沙，而是屎，以前是农场的一部分。那是很久以前的事了。农场房子的残骸还留在田地的边缘。房子不是用砖砌的，而是用满是沙砾石子的浅棕色泥块，很容易就被拆掉。我在墙角的荨麻丛中发现了一个杯子，就带回家洗干净，给爸爸看。他说这个杯子可能值大价钱，但是他不会买的。他让我把它藏好。杯子里面有花，两朵半。我把它弄丢了。

他们似乎打算在这块地上盖房子，后来停了没盖。那里有一条很宽的沟，比一般的小路要宽，横在路中央，然后又出现了很多沟。有些地段完好无损。爸爸说他们停止建房是因为他们必须等到水管建好、里面有水了才能继续。

我跑在那还未开发的地段上——不做什么，奔跑而已——那儿草长得很旺，都没过了我的膝盖。我得像在水里走路一样把脚提起来。说不定什么时候脚就被那些草割伤了。这种草的顶端像小麦。有一次我带了很多回去给妈妈，可妈妈说不能用来做面包。我说可以的，她说不行，不行就是不行，实在是很遗憾。脚踩在草丛里的时候会发出嗖嗖的声音，但我发现除了嗖嗖声以外还有别的声音，就在我的前方。草丛里有动静。我停下脚步，有只大鸟飞出来，飞得很低，就在我的面前，我甚至能够感觉到它翅膀的拍打。是一只野鸡。我转身往回走。

凯文的哥哥在小山那边盖棚屋。他们挖了很多长形的洞；他们向爸爸借了铲子来挖。泰伦斯·朗自己有铲子，那是他的生日礼物。他们把洞分成一个个的隔间，上面用木板盖上。有时候他们从唐纳利的仓房里拿一些干草。那是个地下室。

我从棚屋里走出来时，头发上沾满泥土和粪便，都可以竖起来。

棚屋的其他部分大都是用草皮做的。无论你到巴里镇的什么地方，你都会发现有一些草皮被抽掉了，即使是前院里也如此。块块地皮裸露着，笔直地连在一起。凯文的哥哥可以毫不费力地将铲子铲进草地里面。我喜欢铁铲铲过网状的草根时，水分充足的草茎发出的细碎声。泰伦斯·朗站到铲子上，身子左右摇摆，然后下来，将铲子换个地方，如此反复。他们把草皮堆着，像厚厚的砖块，然后叠加起来，做成一堵墙，很容易被推倒。但如果你胆敢这样做，他们一定把你杀了。凯文的哥哥每次都查得出来是谁干的。主墙里还有更多的墙，隔成房间，上面有木板、塑料板和草皮作屋顶。哪怕从近处看，棚屋也只是像一个方形的小丘，根本看不出来是人建的，除非上前细察。

草皮里有很多虫子冒出来。

在棚屋周围，我们布下很简单的陷阱。我们埋下开口的油漆罐，用草遮好。假如你走上去，一般是没有什么事的，顶多跌倒；但如果你跑的话，你的腿就会被割到。这很容易就能想到的。我们埋了一个里面还有油漆的罐子，可没有人踩下去。我们弄到一个牛奶瓶，把它打碎，再把最大的玻璃碎块竖着放到罐子里，藏在我们棚屋门的正前方。

——如果我们当中有人踩到了怎么办？

那些陷阱按理是针对敌人的。

——不会的，凯文说，我们知道它在哪，笨蛋。

——利亚姆不知道。

利亚姆在他姑姑家。

——利亚姆跟我们不是一伙的。

我还不知道这一点——利亚姆昨天还在跟我们玩——但是我没有发表意见。

我们削尖木棍，插在地上，对准敌人会来偷袭的地方。木棍弄得很短，假如敌人匍匐前进，他的脸就会被划伤。

伊恩·麦克艾弗撞到一根用来设陷阱的电线，结果被送到医院缝了好几针。

——他的腿被吊起来了。

那是货真价实的金属线，不是我们平常使用的那种绳线。我们不知道是谁放在那里的。线绑在商店后那块地的两棵树之间。旁边没有棚屋。我们没有在那块地上盖棚屋，那里太平了。当时，伊恩·麦克艾弗和他们在玩捉迷藏，在商店的前面。科尔马丁家的厅门开了，伊恩·麦克艾弗以为是科尔马丁太太要他们到远一点的地方玩，就朝那块地跑去，于是就被金属线割伤了。那条线成了个谜。

——是住在大公司房子里的那些人干的。

第一排大公司的房子住了六户。他们的花园到处都是半袋半袋的硬水泥以及破碎的砖块。那里有一些小孩和我们差不多大，但是这并不代表他们可以跟我们混在一起。

——贫民窟的人渣！

我说这话的时候妈妈打我了。她很少打我，但这次她打我了。她打了我的后脑勺。

——以后不许说这样的话。

——这话是别人说的，我告诉她。

——反正不许再说，妈妈说，说这话很不好。

我不知道那句话的意思。我只知道镇上有贫民窟。

大公司六户人家所在的那条路并没有和其他的路相连，过了第一户人家就是尽头。那条路刚好和我们的路形成一个岔路口，只是那条路经过唐纳利家的农场几英尺后就戛然而止。我们的球场在两条路的中间。只有一个球门。我们把衣服堆在另一边做另一个球门。

通常我们打三球制，投一个球门就行。进球其实很容易，尤其是左边那个，因为那儿有座小山，可以轻松让球越过守门员的头顶，但是通常会有很多人挤在那儿。打三球制的时候是没有队伍的，每个人都为自己而战。二十个人就意味着二十个队。有时候，来玩的人不止二十个。其实我们当中只有三四个人是真正在踢球的。其他大部分小孩比辛巴德还小，仅仅是跟着球跑，没有要去夺球；只是跟着球跑，乐颠乐颠的，尤其是在他们全都要转回身去的时候，就笑得更欢。我们可以用胳膊肘挤对那些小屁孩，也可以推他们。我拿到球的时候就会跑过去，这样子总会有那么几个小孩夹在我和离我最近的踢球人中间，可能是凯文，或者利亚姆，或者伊恩·麦克艾弗。小屁孩会在我周围跑，真正踢球的人无法靠近我，就好像我在电影里看到的，约翰·韦恩为了躲开坏人，侧骑着马冲进人群中去。安全后，他又把身体调回到鞍座上，转过头去看他来的地方，得意地咧着嘴笑，继续前行。三球制的唯一缺点是，当你赢了，也就是说进了三个球之后，你就得当守门员。我比凯文玩得好，可我进了两个球以后就不去进球了，因为我不喜欢当守门员。艾丹的球技最棒，原因很简单，他是最好的运球者。但是在玩五人制的时候，他往往是最后或者倒数第二个被挑中的人，没有人愿意跟他一队。他是我们当中唯一一个在俱乐部——莱黑尼未满十一岁少年俱乐部——踢球的人，虽然他连九岁都不到。

——因为你叔叔是俱乐部经理。

——不是的，利亚姆说。

——那他是啥？

——他什么都不是，只是去看球。

艾丹有一件蓝色带号码的球衣，号码是用针缝的，11号。

——我是一个边锋。

——那又怎么样?

那是一件真正有厚重感的球衣。他从不折起来,你看不到它有任何折痕。

他也很会射门。

五人赛从来都没打完过。把球射进用衣服堆起的球门的那一队通常会赢。

——查尔顿传给贝斯特——好球!

——这不能算!球越过衣服,撞到门柱上了。

——它擦过衣服的里面了。

——对呀,先打到内侧,再弹出来的。

——哪能这样算!

——就是这样。

——我不玩了。

——好,不玩就不玩。

有时候我们边吃午餐边踢球。我已经进了两个球。然后我踢了一个射门,没怎么用力,好让伊恩·麦克艾弗接住。他却只顾着把三明治放到旁边毛衣上,球从他身边弹过,进入球门。我进球了。我赢了。我得当守门员。

——你是故意那样做的。

我推了伊恩·麦克艾弗一下。

——我没有,你这人怎么这样。

他回推我一下。

——你只是不想当守门员。

这一次我没有推他,我想踢他。

——他应该继续当守门员,我说。

——妄想。

——你要尽最大力去救球,不让它进。

——我当守门员吧。

一个住在大公司房子的小孩说。他一直站在毛衣堆成的球门后面。

——我来当,我说。

那个人年纪比我小,个子也比我小。没有危险系数;他不可能把我怎么样,即使他很会打架。

我把他推出球门。

——这是我们的地盘,我说。

我很用力推他。他只有一个人。他很诧异。他差点摔倒。他在湿草地上滑了一跤。

我看得出来:他不知道该走还是该留。他不想转过身去,因为他不知道会发生什么事情,如果转身的话。而且他不能走,我推过他,他再走就成了懦夫。

——这是我们的地盘,我又说了一遍。

我踢了他。

妈妈警告我们离熨平机远点,不能胡乱摆弄它。它的滚轮很硬,不过只是塑料而已,我用面包刀在底下的一个滚轮上划了一道。我喜欢厨房里的熨平机,还有妈妈把床单和爸爸的衬衫放进去的时候它的蒸汽和热气。床单上附着巨大的肥皂泡泡,看上去闪闪发亮。妈妈把它的一角放进熨平机,然后摇动手柄,床单就从水里升起来,像一只被逮住的鲸鱼。床单进到熨平机的卷轴里,水被挤出来,肥皂泡也被挤破,而同时,被推进的床单从另一端出来,非常平整,看上去像布料一样,没有光泽。第二张床单进去,滚轮发出咯吱的碾压声,接下来的床单也轻而易举地滑入机器。妈妈不让我帮忙。她只让我站在洗衣机旁,帮着把床单引入红盆子里。床单热烘烘的,紧实、有点硬。我的手指在这一边很安全。当小一点的衣服熨出来后,我就把它们拿起,放到那些床单的上面。盆子满了。妈妈得把洗衣机清空,然后再放满围裙。我真的很喜欢厨房的热气和墙上湿湿的水蒸气。

马路上的柏油起泡泡了,我们得用棒冰棍来对付它们。这是今年头一遭,所以我们没有事先准备好的棒冰棍。我们,我和凯文,还有利亚姆和艾丹,只有我们四个,因为伊恩·麦克艾弗没出门。他的腿疼。长身体时的那种疼,我们在后院叫他时他妈妈说。我们从不去前门那儿,除非是晚上过去弄些小玩意儿。我家这边的门廊总是既舒适又凉爽,尤其是天热的日子。太阳是照不进来的。最妙的是,门廊的角落里积满灰尘:那些玩具机车从尘砾上颠簸而过,有时候会撞坏掉。门下面有三个小圆洞,是为了让地板下有一些空气,以防腐烂。如果你的一个玩具兵掉到一个洞里了,你就别想再把它拿回来,老鼠会把它拿走。棒冰棍是用来戳破柏油泡泡的,它做这个是再适合不过了。你可以用棒冰棍随便捣弄泡泡,把它弄平,把所有的空气都挤到一处,就这样。

长身体剧烈地疼。伊恩·麦克艾弗被绑在床上。嘴里塞有皮带,免得他大叫大嚷,像约翰·韦恩腿中的子弹被取出时一样。他们把威士忌倒在约翰·韦恩腿上中弹的地方。我也曾把威士忌倒在辛巴德的伤疤上,一小滴。可辛巴德甚至在我还没倒的时候就扭动个不停，于是我不知道这到底疼不疼，不知道是不是像约翰·韦恩看上去的那么疼，不知道是不是威士忌治好了他。

凯文和我是一队，利亚姆和艾丹另一队。我们正好在商店这一边，所以会有更多的棒冰棍。辛巴德也没有与我们一起，他又生病了。如果今晚他还没好一点的话，妈妈就要去找医生了。每当要放假的时候，她总是认为我们病了。现在正好是复活节。天很蓝。是个不错的周五。

都是水泥路，我们周围，还没被挖破的路。都是水泥路，柏油就在一块一块的水泥板之间。柏油很硬，或许一开始你都不会注意，但是当它软了起泡了就会变得非常有趣。柏油表层看上去很陈旧，呈灰色，像大象眼睛周围的那些皮肤一样，但是在柏油下面，你把棒冰棍戳进去的时候，就能感觉到新的柏油，黑黑的，软软的，有点像含在嘴里的太妃糖。而把泡泡戳破后，干净的柔软的柏油就出现在下面，表层的柏油没了——像一座火山。小石子掉进去，叫着叫着就没命了。

——不，不要，拜托不要！不要！啊——

如果能够，我们还要戏弄蜜蜂。我们使劲摇罐子，确定它已经昏过去，快没命了，然后趁它还没醒，把罐子翻过来。我们的目标是让它掉进那些新的柏油洞里。我们用棒冰棍把它推近，再一刮，它就粘了新的柏油上。我们在一边看。这是一种多么难以名状的痛苦啊。蜜蜂没有发出响声，没有嗡嗡地叫。我们把它弄成两半，埋进柏油里。我总是留一些露在外面，作为给其他人的示范。有的时候蜜蜂会逃走，当我们把罐子翻过来的时候，它并没有完全昏掉，在一头栽到地上之前逃走了。这没关系，我们也不设法阻止。弄不好蜜蜂是会要人命的；它们虽不想这样，但逼急了也别无它法。不像马蜂,存心要伤害你。在莱黑尼,一个家伙不小心吞进一只蜜蜂,结果蜜蜂叮他的喉咙,他就死了。他是被噎住了。他张着嘴巴奔跑,蜜蜂飞进嘴里。临死的时候他张嘴说出平生最后几个字,蜜蜂飞了出来。于是人们就说他被蜜蜂叮死了。我们在罐子里放一些花和树叶,让蜜蜂更舒适一些。我们并不想为难它们,它们会产蜜。

现在,我有七根棒冰棍,凯文有六根。利亚姆和艾丹跑我们前面去了,因为他们那边没有商店,而我们绝不允许他们越过马路到我们这边来。否则,我们会揍他们。酷刑。最后棒冰棍最少的那个人得吃下一团柏油。肯定会是艾丹。我们要确认他吞下了柏油。我们会让他吃一团干净的。我又找到了一根棒冰棍,一根真正干净的。凯文向旁边一根跑去,我也看见了一根,在凯文拾到他那根棒冰棍之前抓到了我那根。而在我跑去捡那根的时候,凯文拾到了两根。我们的比赛开始了。然后将变成打斗,狠狠地打斗。经过商店时,我弯下腰去捡排水沟里的一根棒冰棍,凯文推了我一下。我被推飞出去,可还是得到了那根棒冰棍;我大笑着。回到马路上。

——别胡闹了。

他要去捡一根棒冰棍;我的机会到了。我下手没有太重。我等他拿到那根棒冰棍后再推他的。我们又同时看到了一根,都跑过去。我比他快,他却绊我一脚。我没有预料到。我就要倒下了。我没法控制不让自己倒下,我跑得太快了。膝盖,手掌,下巴。都被擦破皮了。还有我一直抓棒冰棍的指关节。我仍然抓着它们。我坐起来。手掌上红色的地方沾着泥。血块越变越大,最后变成血滴。

我把棒冰棍放进口袋。开始感觉到了疼痛。

曾经,有一只蠼螋飞进了我嘴巴里。当时我正在飞快地向前跑,它在我前面——然后就不见了。我只是觉得有一股味道,没有别的。

是我把它吞下去了，太里面，不可能再咳出来。我眼睛湿湿的，但是没有哭。当时是在操场上。那种可怕的味道一直持续。像汽油。我到厕所里，把头伸到水龙头下，喝了很多很多水。我要去掉那种味道，要把那只蠼螋淹死。它已经到了很里面，一直在里面。

我没有告诉任何人。

那个家伙到非洲去度假——

——要度假可别去非洲。

——闭嘴。

他在非洲时，边喝茶边吃沙拉，回来后胃就开始痛。人们把他送到杰维斯街，因为他一直在痛苦地叫着——为他叫了的士——但是医生却没法说清楚他是怎么了，而他自己也没法说，因为他痛得叫个不停。所以医生就给他做手术，在他的胃里发现了蜥蜴，有二十条，已经在他身体里做了一个窝。它们正吃掉他的胃。

——这莴苣你还是得吃的，妈妈说。

——可他死了，我告诉妈妈，那个男孩死了。

——你把它吃了，加油。已经洗过的。

——那个人吃的也是洗过的。

——那个故事只是别人随便说说的，她说，你别去听他们的。

我希望我即将死去。我希望一直活到爸爸回家，然后告诉他发生了什么，然后我就死去。

那些蜥蜴现在存放在杰维斯街的冰箱，一个罐子里，供那些正在接受训练要成为医生的人观看。所有的蜥蜴都在一个罐子里。泡在液体里保鲜。

我裤子的膝盖处沾有一些柏油。

——下次不许这样。

妈妈肯定会这么说。她总是这么说的。

她果然这么说了。

——啊,帕特里克,下次不许这样,看在上帝的分上。

她让我把裤子脱下来。她让我在厨房把裤子脱下来。她不让我到楼上去。她指着我的腿,敲打着手指。我把裤子脱了。

——先看鞋子,妈妈说,坚持一分钟。

她检查后确认鞋子里没有柏油。

——那里没有,我跟她说,我检查过的。

她让我抬起另一只脚。我的裤子脱了一半。她拍了我腿的一侧,手一开一合地忙着。我把脚放进她手里。她看了看袜底。

——我告诉过你的,我说。

她放开我的腿。生气的时候,她总是什么也不说。她只是用手指指这敲敲那。

孔夫子云:日有所思,夜有所梦[1]。

他把四根手指头并起来,大拇指朝下,形成一个鸟嘴形,一开一合,动作僵硬,直对着她的脸。

——唠唠叨叨的。

她看看四周,然后看着他。

---

1. 注:此话并非孔子实际所言。我国古代思想家几乎均有此论。东汉时期的王符就认为:"人有所思,即梦其到;有忧,即梦其事。"列子也认为"昼想"与"夜梦"密切相关。明代的熊伯龙认为:"至于梦,更属'思念存想之所致'矣。日有所思,夜则梦之。"

——帕迪,她说。

——我一进门你就这样。

——帕迪——

我知道帕迪意味着什么,知道她说帕迪的意思。辛巴德也知道。凯瑟琳也知道,透过她看着妈妈或爸爸的眼神。

他停下来。他深深地吸了两口气。他坐下来。他看着我们,就像他了解我们,然后一本正经的样子。

——在学校过得怎么样啊?

辛巴德笑了,这让他自己笑得更厉害。

我知道为什么。

——非常好,辛巴德说。

我知道辛巴德为什么笑,但是那已经来不及了。他以为事情就这样结束了。爸爸坐下来,问我们学校怎样——那意味着对峙结束了。

他早知道了。

——怎么个好法呢?爸爸说。

那并不是个公平的问题。他说这个就是为了看辛巴德有没有做什么错事,弄得就像辛巴德也打架了一样。

——就是好啊,我说。

——是吗?爸爸问辛巴德。

——一个家伙上课的时候生病了,我说。

辛巴德看着我。

——是这样吗?爸爸说。

——是的,我说。

爸爸看着辛巴德。

辛巴德不看我了。

——是的,他说。

爸爸变了。我说的话起作用了。他跷着二郎腿,脚来回点地;这是信号。我赢了。我给辛巴德解围了。

——是怎样的一个家伙?

我想揍爸爸。那很简单。

——费格斯·斯温尼,我说。

辛巴德又看着我。费格斯·斯温尼不是他班里的。

爸爸喜欢这一类故事。

——可怜的费格斯,爸爸说,他怎么会病了呢?

辛巴德已经准备好了。

——他吐了,他说。

——是这样吗?爸爸问,真是糟糕呀。

他觉得他很聪明,在愚弄我们;其实是我们在愚弄他。

——吐了一块一块的,辛巴德说。

——吐了一块一块的,爸爸说。

——都是黄色的,我说。

——练习本上都是,爸爸说。

——是啊,辛巴德说。

——作业上都是,爸爸说。

——是啊,辛巴德说。

——那个家伙就坐在辛巴德旁边,我说。

——是啊,辛巴德说。

我们所有人围成一个圆圈。凯文一个人在圈外。我们搭了个火堆。我们望着火堆。天还没黑。我们拉着手。这意味着我们得向前倾，要差不多挨着火。我的眼睛被熏到了。但不许揉眼睛。这是我们第三次玩这个游戏。

轮到我了。

——打倒。

——打倒！我们一起上前；没人笑场。

——打倒！打倒！打倒！

这是我们第二次这样玩，以吟唱的方式。比以前只是大声喊叫、模仿印第安人更尽兴，更整齐。尤其是天还没黑的时候。

利亚姆和我挨着，在我左边。地是湿的。凯文用拨火棍拍利亚姆的肩。该利亚姆说了。

——棚架！

——棚架！

——棚架！棚架！棚架！

我们在商店后面的地里，马路边上。我们没什么地方可以去了。我们的领土正在缩小。那天下午亨诺老师给我们讲一个神秘的蹩脚故事，说有一个女人在棚架上修剪玫瑰，然后她死了，整个故事就是讲她怎么死的。但我们并不关心。我们只是等着亨诺老师再一次说戳鸡巴。他没说，可每两句就出现棚架这个词。我们没有一个人知道棚架是什么。[1]

——恶霸。

——恶霸！

---

1. 注：prune 基本义为修剪，这里引申为戳鸡巴；trellis 基本义为棚架，引申义为阴道。帕迪他们不知道 trellis 的引申义，所以说不知道棚架是什么。

——恶霸恶霸恶霸!

——笨蛋。

——笨蛋!

——笨蛋笨蛋笨蛋!

我永远也猜不出下一个词将是什么。我总是在猜;当一个新词或是好词说出来的时候,我看着教室里的每一张脸。利亚姆,凯文和伊恩·麦克艾弗的表情都一样,做着我正在做的事,把这些词语藏进大脑。

又轮到我了。

——不及格。

——不及格!

——不及格不及格不及格!

这部分终于结束了。我的眼睛疼死了。风一直在吹,夹杂着烟,还有上星期的灰尘。但过一会就好了;我喜欢从头发里抓出干干的东西。

紧接着是命名的那部分。仪式真正开始了。凯文在背后围着我们走。我们不许看。我只能凭他的声音和草地上的脚印来判断他是否走出我们围的圈。我听到旁边有飕飕声。那是拨火棍的声音。不能确定,这种感觉既刺激又恼人。而当我们事后回忆的时候,那种激动绝妙无比。

——我是桑特伽,凯文说。

飕飕声。

在我身后。

——我是桑特伽,天神西虞娜的最高牧师。

飕飕声。

是从另一边传来的。我必须闭着眼睛。我希望我会成为第一个，可又很高兴凯文跑到另一边去了。

——西虞娜大帝赐给每个人一个名字！道成肉身。

飕飕声。

——啊！

他打了艾丹，刚好打在后背上。

——混蛋！艾丹叫起来。

——好的，你将被赐名为混蛋，凯文说，这是西虞娜大帝的旨意。

——混蛋！我们一起大喊。

我们离商店有一段距离，不会有人听到。

——道成肉身！

飕飕声。

近了。

轮到伊恩·麦克艾弗了。

——乳头！

他就在我边上；我感觉到了疼痛，伊恩·麦克艾弗挨了一下。

——此后你就叫乳头。这是西虞娜陛下说的。

——乳头！

说出一个猥亵的词，这是游戏规则。如果不够猥亵，就会被拨火棍多打一下。

——道成肉身！

——奶子！

马上要轮到我了。我的头埋在膝盖上。手不停地冒汗，老是从利亚姆和伊恩·麦克艾弗握着的手中滑开。有的人哭了。不止一个。

凯文拨火棍的声音就在我后面。

——道成肉身!

——啊!

是利亚姆。

他又被打中。飕飕声。这次听上去打得更重;这不公平,令人震惊。

——那个词可以的,利亚姆为自己解释,喘着气。

而凯文这次又打他是因为他第一次说出的词还不够猥亵。利亚姆的自我辩解听上去很痛苦,声音不由自主地颤抖。

——西虞娜的弟子不会感到疼痛的,凯文说。

利亚姆哭了。

——西虞娜的弟子不能哭!凯文说。

他说着就要去打利亚姆。我能感觉到拨火棍又靠近了。但是利亚姆松开我的手。他站了起来。

——我才不管,他说,这游戏太傻逼了。

凯文说什么都要去打他。但是利亚姆离火太近了。我在一边观望。大家都在观望。我擦了一下脸。如释重负。

——诅咒你全家,凯文对利亚姆说,让他从身边走过。

上个星期,斯密菲·欧洛克被凯文打了五次,因为"血腥"不够猥亵,而他又说不出更猥亵的词,于是就走掉了。欧洛克太太到保安那里说这事儿——凯文说的——但是她没有证据,只有欧洛克被打伤的后背。那时看到欧洛克像躲子弹一样弓着背跑开——因为已经无法直起来了——我们都笑他。这会儿没有人再笑了。利亚姆向新铁丝网的空隙走去。天开始黑下来。利亚姆走得很小心。我们能听见他在抽鼻子。我想和他一起走。

——西虞娜陛下杀了你妈妈！

凯文向上张开双臂大叫。我向艾丹看去；凯文说的也是他的妈妈。他待在原处。看着火堆。我看着他。他就那样站着。我宁愿挨打，理由同艾丹待在原处一样。站在圈子里总比利亚姆去的铁丝网好。

下个就是我。虽然还有其他两个人，但轮到的人会是我。我知道的。凯文要灭掉我。我们重新围成一个圆圈。没有利亚姆，圆圈却更挤。如果我快速地推某个人，他一定会跌到火堆里。我们的屁股贴得更紧。

他选了很久。我听见他在另一边。天黑了。我能听见风声。我得再次闭上眼睛。我感到腿很热，离火太近了。他走了；我不能定位他在哪。我仔细听他的动静。没人。

——道成肉身！

我的背仿佛裂开了。骨头都要散架。

——杂种！

——从现在开始你就叫杂种。

结束了。

——这是西虞娜陛下的旨意！

我完成了。

——杂种！

这是所有词里最猥亵的。大家喊起来却没有应有的那么响亮。都在害怕。他们压低了声音。但我没有。为此我也付出了代价。凯文正好打在我脊椎的一个关节处。我无法直起身。也不能放松。然而已经结束。我做到了。我睁开眼睛。

——道成肉身！

我享受听到别人疼痛时发出的声音。

杂种是最无可挑剔的一个词。最危险的一个词。说这个词时想压低声音都不行。

——蠢货！

杂种的发音总会很响亮，一旦说出就不能收口，在你上方爆发，继而从你头顶缓缓落下。除了杂种的声音落下，周遭一片死寂。有那么几秒，你像是死了，等着亨诺老师向上看杂种在你头上落下。其中几秒钟让人无比兴奋——当亨诺老师还没有向上看的时候。这个词你不能到处说。若非强迫，这个词是不会说出的。在说出口的那一刻，它让你觉得自己好像被当场抓获。当这个词要溜走的时候，听上去就像令人惊心的笑声，一种无声的喘息伴随着只有被禁止的东西才能引发的笑声，一种内在的瘙痒变成一种光鲜的疼痛，在嘴巴里乱撞着要出来。这让人痛苦。我们没有浪费这个词。

——道成肉身！

飕！

这个被禁止的词。我大声喊出来了。

——此刻起，你将被唤作鸡巴！

最后一个人。

——西虞娜陛下赐予的！

——鸡巴！

现在游戏结束，我们从火边起身；下周再开始。我直起背。痛有所值。我是真正的英雄，而非利亚姆。

——下周五，西虞娜陛下将赐予你们所有人新名，凯文说。

但是没有人真正在听。他又只是凯文了。我很饿。星期五吃鱼。我们应该一整周都用这些名字，可我们记不起谁是蠢货谁是狗屎。

但我是杂种。大家都记得这个。

不会再有星期五了。我们都厌倦了凯文用拨火棍打我们的背。他自己从不用挨打。他必须一直是高高在上的牧师。这是西虞娜陛下的旨意,他这么说。假如我们每个人都会被拨火棍打,那么这个游戏也许会持续得更久,甚至一直持续下去。可凯文不允许,拨火棍是他的。我还是叫他西虞娜陛下,虽然其他人都不那么叫了,而且虽然下个周五没有那个游戏了,我依然很开心。凯文自己走开了,我跟随着他,假装我挺他。我们走去海边。我们往大海里扔石子。

我跑进花园。房子不够大。待在那不动我办不到。我跑了两圈;我一定是跑得很快很快,因为回到起居室的时候刚好看到了进球动作的重播。我不得不站好了。

乔治·贝斯特[1]——

乔治·贝斯特——

乔治·贝斯特在欧洲杯决赛进球了。我看他奔跑,回到中圈;咧着嘴笑,不过没有很惊喜的表情。

爸爸用手臂搂着我的肩膀。他要站着才可以这么搂着我。

——棒极了,他说。

爸爸也挺美国队,但没我那么热衷。

——酷毙了。

帕特·克雷兰德、弗兰克·麦克林托克和乔治·贝斯特都腾空

---

1. George Best(1946—2005),北爱尔兰足球运动员,司职左边锋,是曼彻斯特足球俱乐部"神圣三杰"之一。Best,音译贝斯特,英语中为"最佳"之意。

跃起。足球几乎要挨着弗兰克·麦克林托克的头,可很难说是谁顶的。也许是乔治·贝斯特,因为他的刘海飞扬起来,仿佛他已摆过头去碰球,球看着是离他的头而去,而不是朝向他。弗兰克·麦克林托克似乎在微笑,帕特·克雷兰德似乎在大声嘶叫,而乔治·贝斯特没什么特别表情,好像是他顶了球,然后正看着球落入球网。他准备好落地了。

书中有几百张照片,但我总是返回去看这张,第一张。克雷兰德和麦克林托克看上去像在空中跳跃,乔治·贝斯特看上去像是站着,除了头发在飞扬。他两腿笔直,有点分开,像是军队里的稍息姿势。这张照片看上去好像是把乔治·贝斯特的照片剪切下来,然后和另一张照片——里面有麦克林托克、克雷兰德以及他们背后数不清的小脑袋、黑外套一起合成的。乔治·贝斯特脸上没有任何用力的表情。嘴巴微张。双手合着,但不是紧握。脖子看上去呈松弛状态,不像弗兰克·麦克林托克的脖子那样;弗兰克·麦克林托克的脖子看上去仿佛有两根绳勒进了皮肤里。

我还能找到其他一些细节。第十一页有介绍,旁边页面就是乔治·贝斯特的照片。我读这一页,最后一小段的文字已读过不止一遍。

——我第一次读这篇手稿时,看到履历和数据同广义叙述如此交织结合,特别高兴——

我不懂在讲什么,不过没关系。

——这本书是我记忆中教育与娱乐完美结合的最佳代表。你一定会爱不释手。

最下面是乔治·贝斯特的亲笔签名。

乔治·贝斯特给我的书签名了。

爸爸没有说书里面有乔治·贝斯特的签名。他只是给我这本书，说生日快乐，然后亲了我一下。他让我自己去发现。

乔治·贝斯特。

不是乔吉[1]。我从没这么叫他。我讨厌听到大家叫他乔吉。

乔治·贝斯特。

照片里乔治·贝斯特没有把运动衫塞在裤子里。其他两个人却这么做了。我认识的人没有把运动衫塞在裤子里的，即使是那些说乔治·贝斯特无用的人；他们都把运动衫穿在外面。

我把书拿到爸爸面前，让他知道我找到了签名，这很让人开心，而且不用说，这本书是我得到的礼物中最棒的。书名《足球图史》。是很大的一本，比平常的要宽，超重。属于成人的书。有照片，也有很多文字；字很小。我要全部读完。

——我找到了，我告诉爸爸。

我指着书中乔治·贝斯特亲笔签名的地方。

——是吗？他问，行啊你。是什么？

——什么什么？

——你找到了什么？

——乔治·贝斯特的亲笔签名，我告诉他。

他的脑子有点混乱。

——我们一起瞧瞧，爸爸说。

我把书打开，放在他的膝盖上。

——喏，在这。

爸爸用手指擦了擦那个签名。

---

1. Georgie，乔治的昵称。

乔治·贝斯特的书写非常漂亮。整个签名有点向右斜，很长，中间缝隙微小。整个名字下面有一条笔直的线条，将字母 G 和 B 串联起来，连到最后一个字母 T 时还要超出去一点。最后结束的时候笔锋突然转向，就像一颗子弹穿越墙壁的图示。

——他在书店吗？我问爸爸。

——谁？

——乔治·贝斯特，我回答。

我开始担忧起来，但爸爸很快就回答了，所以担忧转瞬即逝。

——在的，爸爸说。

——是这样吗？

——是的。

——他在吗，他真的在吗？

——他在的，我说过了，不是吗？

这就是我需要的，百分百确定。爸爸说的时候没有很恼火，而是像说其他事情那样平静，眼睛看着我。

——他长什么样子呢？

我不是在给爸爸找碴。他自己知道这一点。

——和你期待的一模一样，爸爸说。

——穿着他的运动衫吗？

这和我想的完全吻合。我不知道乔治·贝斯特还会穿成其他什么样。我曾看过一张他穿着件绿色北爱尔兰球服的彩照，不是他通常穿的红色球服。这很让我震惊。

——没有，爸爸说，他穿一件田径服。

——他说了什么啊？

——只是——

——你为什么不让他把我的名字写上去啊？

我指着乔治·贝斯特的名字。

——像他自己的那样。

——他很忙的，爸爸说。

——是不是排了很长的队伍啊？

——很长的。

很好；就该这样。

——他只在书店里待一天吗？我问道。

——是的，爸爸回答，他得回到曼彻斯特。

——他要去训练，我告诉爸爸。

——嗯，是的。

一年后，我知道了那根本不是乔治·贝斯特的亲笔签名；只是印刷的而已，爸爸是个骗子。

前厅的门不是入口。是会客室。其他人家里都没有会客室，尽管所有的房子都一样，所有大公司之前的房子。我们家的会客室到了凯文家就是他爸妈的起居室，而到了伊恩·麦克艾弗家就是电视室。我们家的就是会客室，因为是妈妈说的。

——会客室是什么意思？我问妈妈。

从记事以来，我就知道这是会客室，可就在今天，这个名字第一次听起来那么有趣。我们在房子外面。每当天空有一点微蓝的时候，妈妈就会打开后门，把整个房子搬到外面来。妈妈在想答案，脸上的表情还不错。两个小妹妹在睡觉。辛巴德在往罐子里装草。

——会客室是指一间舒适的房间，妈妈说。

——会客就是指舒适吗？

——是的，妈妈回答，不过只有当会客和室一起用的时候才表示这个意思。

已经很清楚；我懂了。

——那为什么我们不直接叫它舒适的房间呢？我问，别人或许会认为我们是在里面画画什么的[1]。

——不，他们不会的。

——他们会的，我说。

我这样回应不是说说而已，虽然有时候我只是说说而已。

——特别是如果他们很傻的话，我说。

——他们是想要傻一点。

——很多人都很傻的，我告诉妈妈，我们学校有一个班全是傻子。

——别那么说，妈妈阻止我。

——每年一个那样的班，我说。

——你这样说话很不好，妈妈说，别再那么说了。

——为什么不直接叫它"舒适的房间"呢？

——因为听起来不对劲，妈妈回答。

这么解释不通的："舒适的房间"听起来刚刚好。我们不准踏进那个房间，所以它才会舒适。

——为什么听起来不对劲呢？我问。

——因为不气派，妈妈说。

---

1. drawing room 译成中文是"会客室"的意思，而 drawing 本身确实指画画，所以帕特才这么问。

妈妈开始笑了。

——它——我不知道——会客室比舒适的房间这个名字要好。听起来要更好。不同寻常。

——不同寻常的名字就好吗?

——是的啊。

——那我为什么叫帕特里克呢?

妈妈微微一笑。她看着我笑,我想是为了确信我知道她不是在笑话我。

——因为你爸爸叫帕特里克啊,妈妈说。

我喜欢这个答案,和爸爸同名。

——我们班有五个人叫帕特里克,我说。

——是吗?

——帕特里克·克拉克。我啦。帕特里克·奥内尔。帕特里克·雷蒙。帕特里克·基诺茨。帕特里克·弗莱恩。

——其实很多人叫帕特里克的,妈妈说,这个名字很好啊。非常体面。

——其中有三个被叫为帕迪,我告诉妈妈,一个叫成帕特,还有一个帕特里克。

——是这样吗?妈妈说,那你是哪个呢?

我停了一分钟。

——帕迪,我说。

妈妈没有介意。我在家就是帕特里克。

——哪个被叫为帕特里克呢?妈妈问。

——帕特里克·基诺茨。

——他的爷爷是意大利人呢,妈妈说。

——我知道的,我说,可他从没去过那,帕特里克·基诺茨。

——将来他会去的。

——当他长大的时候,我说,我会去非洲。

——是吗?为什么啊?

——我就是要去,我说,我有自己的理由。

——是去改变那些黑人婴孩的信仰吗?

——不是的。

我不在乎那些黑人婴孩;我本来应该为他们感到难过的,因为他们是异教徒,因为他们要挨饿,可我不在乎。他们让我感到害怕,一想到他们,他们所有人,无以计数,凸起的肚皮,成人似的眼睛。

——那么你为什么要去非洲呢?妈妈问。

——是去看动物,我回答。

——那很好啊,妈妈说。

——不会在那定居的,我说。

妈妈不会扔掉我的床的。

——看什么动物呢?妈妈问。

——所有的。

——特别想看?

——斑马和猴子。

——你想成为一名兽医吗?

——不想。

——为什么不呢?

——爱尔兰没有斑马和猴子。

——你为什么喜欢斑马呢?

——我就是喜欢。

——它们很友善。

——是啊。

——我们会再去动物园的，你喜欢吗？

——不。

凤凰公园很不错，有山谷和麋鹿；我想再去那一次。在公交车的上层越过墙头可以看到公园里的情况。完成我叔叔和婶婶的圣餐礼后是我的圣餐礼，我们去了凤凰公园；一整个早上都在公交车上，那时爸爸还没有小车。但不是动物园，我不想去那。

——为什么不想呢？妈妈问。

——有气味，我说。

不只是气味。不仅仅是气味本身；是气味所代表的一切，动物的味道，还有金属线上的皮毛。但是我喜欢那些动物。宠物角——专卖兔子的那家店；我有很多钱，这样我可以给辛巴德买糖果、冷饮。我记得那股味道，却不大记得那些动物。小袋鼠，不跳的小袋鼠。猴子用手抓金属线。

我要把这些解释给妈妈听，我想要这样；我要试试看。妈妈记得那味道；她的笑，还有她因为知道我不是在讲笑话而防止话题扯远的方式，都说明她还记得。我要告诉她。

然后辛巴德过来了，搅乱了这一切。

——炸鱼条是什么做的啊？

——鱼做的。

——什么种类的鱼？

——所有的鱼。

——天啊，妈妈说，白鱼。

——它们为什么——

——在吃完之前不许再问问题。

爸爸发话了。

——盘子上的都要吃干净,爸爸说,然后你才可以问问题。

巴里镇上我们那一带一共有二十七条狗,其中有十五条狗的尾巴被剪短了。

——被截断。

——不是被截断。是被自己弄掉的。

它们弄短自己的尾巴是为了不让自己摔倒。它们摇尾巴的时候会因失去平衡而跌倒,所以得把自己的一大半尾巴弄掉。

——只是幼犬才会这样。

——是的呀。

那些狗只有在很小的时候会摔倒。

——它们为什么不等等呢?辛巴德问。

——傻子,我回应道,尽管不知道他什么意思。

——谁?利亚姆问辛巴德。

——兽医,辛巴德说。

——为什么要等呢?

——那些狗只在很小的时候才会摔倒,辛巴德说,为什么只为了这个就要截短尾巴?不要过多久小狗狗就会长大的。

——小狗狗,我说,听听,他这么叫它们。叫小狗就可以了。

可辛巴德说的在理。我们都不知道为什么。利亚姆耸耸肩。

——不为什么。

——这么做是为了它们好。兽医就像医生一样。

麦克艾弗家有一只杰克罗素梗犬。名叫本森。

——一只狗叫那名儿真是傻到家了。

伊恩·麦克艾弗说那只狗是他的,其实是他妈妈的。本森年龄比他还大。

——他们不会给那些腿长的狗截尾巴的,我说。

本森几乎没什么腿可言。它的肚子都要贴着草地了。想逮住它一点都不费力。唯一的问题是,要等到麦克艾弗太太去购物了才行。

——她很爱本森,伊恩·麦克艾弗告诉我们,她爱本森甚至超过爱我。

本森比外表看起来要强壮。我能感觉到它试图要挣开我们。我们只是想看一下它的尾巴。我抓住了它的半个背。本森则试图要把嘴巴朝向我。

凯文踢了它一脚。

——瞧瞧这畜生。

伊恩·麦克艾弗有点担忧;如果他妈妈当场抓住了我们。他很担心,把凯文推开了。

凯文于是让伊恩·麦克艾弗带着本森离开。

我们只想看看它的尾巴,仅此而已。它的尾巴朝上竖着。是本森看上去最健康的部位。狗在高兴的时候应该会摇尾巴的,本森一丁点也不高兴,尾巴却摇得比谁都厉害。

爸爸不准我们养狗。他有自己的理由,爸爸说。妈妈同意他的意见。

凯文握住我一直握着本森的那个地方,而我则拽着本森的尾巴不让摇。它的尾巴就是一根骨头,一根长着毛的骨头,没一点儿肉。我握住拳头,尾巴就没有了。我们笑起来。本森尖叫,似乎是在应和我们。我只握紧大拇指和食指,这样我们能看清本森尾巴的顶端。我确定不让自己的其他手指碰到本森的屁股。不过想不碰到很难,我就确定不让自己的手指擦到它的屁眼。

妈妈在晚餐前总会让我们去洗手。就只是晚餐前,不是早餐前,也不是茶点前。有时候我不想那么折腾;只是走上楼去,拧开水龙头又关上,径直下楼吃饭。

我把毛拨开。是白色的,有点粗糙。本森想要挣脱我。它没一线希望的。我摸它尾巴上的毛,它很难受;我们能感觉到它很难受。现在我们可以看到本森尾巴的末端。看上去没被截过——它的毛不停地往回弹——看上去很正常,就像本该有的样子。没有其他的事好做了。

我们都很失望。

——那里没什么记号。

——把你的手指按上去。

可我们不想让本森走。我们有更多的期待,像伤疤、红点什么的;骨头。

而伊恩·麦克艾弗现在真的很担心。他认为我们会对本森下手,因为本森的尾巴不值得一看。

——我妈妈要来了;我想她就要来了。

——才没有。

——胆小鬼。

现在我们真的是要下手了。

——一——

——二——

——三!

我们拿开自己的手,就在本森以为我们要放开它的时候,我们踢它了,我和凯文,狠狠地踢它,每人一脚,几乎同时踢在各自的那一侧。本森要逃的时候跌跌撞撞。我以为它会倒在一边;全身一阵恐惧,从上至下。血会从它的嘴里流出来,它会不停地喘气,然后停止呼吸。可本森站住了,还站直了,并且跑到房子的侧面,又跑到前面。

——我们为什么不能养狗呢?

——你会给它喂食吗?爸爸问。

——会的呀,我说。

——那你会自己给它买吃的吗?

——会啊。

——用什么给它买?

——钱啊。

——什么钱?

——我自己的钱,我说,我的零花钱,在他插话前我说道。

——还有我的,辛巴德说。

我会用辛巴德的钱,但狗是我的。每逢周日我有六便士,辛巴德三便士。每一年生日过后,我们的零花钱会更多。

——好吧,爸爸说。

我能看出来:爸爸不是同意我养狗;他是指会以其他方式补偿我们。

——不用花钱买的,我告诉爸爸,只要去猫狗之家,挑一只,他们就会送给你的。

——脏死了,爸爸说。

——我们可以把它的爪子擦干净。

——没那么脏的。

——我们会给它洗澡；我会的。

——它要拉大便的，爸爸说。

爸爸盯着我们。他镇住我们了。

——我们会带它去散步，他会——

——够了，爸爸说。

他说的时候不像是在生气；他只是这么说了。

——听着，爸爸说，我们不能养狗——

我们。

——我来告诉你为什么不能，然后这件事就到此为止，你们不要再去纠缠妈咪了。因为凯瑟琳有哮喘。

爸爸等了一会儿。

——狗毛，他说，凯瑟琳受不了狗毛。

我几乎不了解凯瑟琳；我真的不了解她。凯瑟琳是我妹妹，可比婴儿大不了多少。我从没和她说过话。凯瑟琳一点用处也没有；睡觉倒是家常便饭。她的脸挺大。凯瑟琳会到处走，给我们看她的便盆；她认为这挺了不起的。

——看嘛！

她跟在我后面。

——帕特克[1]！看嘛！

凯瑟琳有哮喘。我不知道哮喘是什么，只知道她有，而且很吵，让妈妈很担心。因为哮喘凯瑟琳还两次住院，虽然都不是坐救护车去的。我不知道狗毛和她的哮喘会有什么关系。他只是以此为借口不让我们养狗，我爸爸；他只是不想养狗而已。爸爸说是因为凯瑟

---

1. Pat'ick，凯瑟琳称呼哥哥的昵称。

琳的哮喘，因为他知道这样的话我们就不会再说什么。我们绝不会因凯瑟琳的哮喘向妈妈抱怨。

辛巴德说话了。我急得跳起来。

——我们可以养一只没有毛的狗。

爸爸笑起来。他觉得这是个很好笑的笑话。他弄乱我们的头发——辛巴德笑起来——事情就结束了。我们没能养狗。

大豌豆坐在肉汁汤里，把自己给浸湿了。我一次吃一颗。我爱死它们了。我爱它们外面硬硬的感觉，而里面松软滑嫩且多汁。

它们来的时候装在一个网袋里，还有一块薄板。它们得浸泡在水里，周六晚上就开始。我来干这活，将它们滑入盛着水的碗里面。妈妈不让我用舌头舔那薄板。

——别这样子，亲爱的。

——这是干什么用的呢？我问。

——是让那些豌豆保持新鲜，妈妈说，还有，让它们变松软。

星期天的豌豆。

爸爸说话了。

——灯熄灭时摩西在哪？

我回答。

——在床底找火柴。

——好小子，爸爸说。

我不懂，可这让我笑了。

我和辛巴德在敲他们卧室的门。是我敲。

——怎么了？

——是早晨了吗？

——是早晨了，不过还用不着起床。

这就是说我们得回到房间睡觉去。

夏天很难判断是几点，特别是当你醒来发现外面的天是亮的。

我们的领地在不断缩小。就只剩下房子、街道之间交错的零碎场地。那里有垃圾、木头、砖块、一袋袋坚硬的水泥，牛奶瓶遍地，已经成了个垃圾场。那是个探险的好地方，但真闯进去就糟了。

我听到卡壳的声音，我的脚感受到了，我知道会疼的，虽然还没有开始。我还有时间决定倒在哪。我倒在一片干净的草地上，打了几个滚。很痛，我大叫。是真的痛，还在不断升级。我撞到藏在草地里的一个脚手架接头了。疼痛感迅速增强。我竟然抽泣了。脚流血了。鞋子满是血迹。看上去像水，只不过更黏稠一点。暖暖的，又凉凉的。袜子湿透。

他们都站在我旁边。利亚姆找到了那个脚手架的接头。拿到我面前。从他拿着的样子我能看得出来接头很重。是个大家伙，很吓人。上面很多血。

——这是什么啊？辛巴德问。

——脚手架什么的。

——反正不是什么好东西。

我想要把鞋子脱掉。我握住脚后跟，发出痛苦的哀怨声。他们在一边看。我慢慢地脱，慢慢地。我想过让凯文帮我脱鞋，就像电影里的。可那样子会痛的。现在我没觉得有流血，只觉得暖暖的。但很疼。还是疼。疼得只能一拐一瘸地走路。我伸出脚。没有血。

袜子耷拉着，掉到脚后跟下面。我要脱掉它，希望可以。他们在一边看。我又痛苦地喊了一声，袜子被脱掉。他们倒吸一口气，一脸厌恶的神情。

太帅了。指甲从大拇指上脱落。看上去好残忍。这是真实的。给人痛感的。我稍稍拎起指甲。他们都看着。我深吸一口气。

——啊——！

我试图要把指甲放回原位置，可真的很疼。袜子穿不回去了。他们都看到了。我想现在就回家。

利亚姆拿着我的鞋子。凯文一路搀扶着我。辛巴德在前面跑。

——她会把你的脚浸在滴露消毒水里面，艾丹说。

——你，闭嘴，我说。

没有农场了。我们的地盘被侵占了，刚开始是一半用于铺管道，后来上面建起八栋房子。不过商店后面还属于我们，我们去那更频繁了。大公司的房子那一带，都不再是我们的。现在有另一个帮派出现了，都是些比我们厉害的角色，虽然这一点我们都没有明说。我们的领地在我们手中被掠夺，我们一直在反击。我们是印第安人反抗牛仔，而不是牛仔对付印第安人[1]。

——杰——罗——尼莫！

我们在商店后面建了个拱顶小屋。利亚姆和艾丹的爸爸错把它叫成爱斯基摩人圆顶小屋。他来看我们建这个小屋。他正从商店回去。

——那个爱斯基摩人圆顶小屋很壮观呐，小伙子们，他们的爸爸说。

---

1. 在这个游戏里，扮演印第安人的会被扮演牛仔的杀掉。

——是印第安人拱顶小屋,我说。

——是印第安人圆锥帐篷,凯文纠正道。

利亚姆和艾丹一言不发。他们想要爸爸走开。

——噢,是的,欧康纳先生说。

他有个随身的网袋。他从里面取出一个棕色的袋子。我知道里面有什么。

——想要饼干吗,小伙子们?

我们排成队。我们让利亚姆和艾丹排在最前。他是他们的爸爸。

——你看到他的手提袋了吗?欧康纳先生走后凯文问。

——那不是手提袋,艾丹说。

——就是,凯文说。

没人插话。

穿过大公司房子的那一带有一片空旷地,可现在那里太远了点。穿过大公司房子的那一带。不属于我们。

要放暑假的那一天,我们在学校做好了罗经点[1]勘察。

——我要指哪个方向——**说**!

——东面。

——一次一个人说,**你**。

——东面,长官。

——你这么说可千万别是因为布拉德先生先回答出来了,**说**。

——西面,长官。

大公司的房子在西面。海边在东面。莱黑尼在南面。北面有趣。

---

1. compass points,指罗盘上的三十二个基本方位,一般自零度(正北方)顺序排列出来。

——那儿是最后的边界,爸爸说。

起初那有更多的新房子。现在一个也没有,因为在完工前都被洪水冲走了。穿过那一带房子的是一片空地,那有一座座山,被挖掘过,停止后,仍在扩张,我们还在那建了我们的棚屋。山那边是贝赛德。

贝赛德还没竣工,可这次那里不是我们要追寻的工地。我们看中的只是那个地方的形状。要让人抓狂的。道路相互交错。车库也没在正位。离住宅区有好几站的路。穿过一条小径,来到一个庭院,就是几个车库组成的堡垒。那地方没一点道理。我们在那迷路了。

——那是个迷宫。

——迷宫!

——迷宫迷宫迷宫!

我们骑着自行车往前冲。自行车一下子变得重要起来,我们的"马骑"。我们快速越过一个个车库,来到另一边。我在把手上绑了根绳,每次下车就用它将车子拴在杆子上。我们把"马骑"停在车库外沿,这样它们就能在那儿"觅食"。绳子被卷到前轮里;把手倒在地上,直挺挺的。我还没意识到车子就倒了。整个压在我身上。我一个人。我没事儿。我甚至都没划伤。我们快速穿越车库——

——喔喔喔喔喔喔喔!

我们的声音回荡在车库里,车库显得更大了,似乎在长大。我们从另一端逃出去,来到街上,又回来第二次进攻。

我们从家里拿布料,做成头巾。我的是方格花呢,还插了根海鸥羽毛。我们脱下套头衫、衬衫和背心。詹姆斯·奥吉弗脱下裤子,穿着短裤在贝赛德骑车。下车时奥吉弗因为流汗粘在车座上;你能听到皮肤黏扯在塑料上的声音。我们把他的裤子扔到车库顶上,还有他的衬衫和背心。他的套头衫我们则藏到了海岸边。

车库顶不费力就可以上去。我们以车座垫脚,爬到车库顶,这是我们征服整个车库堡垒的时刻。

——喔喔喔喔喔喔喔!

一个女人透过她的卧室窗向外看,做怪脸,摆手,让我们下来。那是我们第一次这么干。我们骑上自行车,一溜烟跑出贝赛德。那个女人会叫警察的;她丈夫是个保安;她是个女巫。我径直从车库顶跳到自行车上,整个过程没挨地面。蹭了一下墙。摇晃了一下,但我还是顺利逃走。我绕着一个个车库转圈,好使其他人有时间逃跑。

自行车是我的圣诞礼物,两年前的。我醒了。我想我是醒了。房间的门正要关起来。这辆自行车倚着床尾。我有点困惑。还有害怕。门咔哒一声关住了。我待在床上。我听不到外面大厅里上下楼梯的声音。之后的几个月我都没去骑那自行车。我们不需要自行车。在空地和工地上,步行更方便。我不喜欢自行车。我不知道是谁给我的。它本不该出现在我的房间。拉雷牌,金色的。大小正适合我骑,我却不喜欢那样。我想要一辆成人式的,有笔直的把手,还有握把手时刚好也能握住的车闸,像凯文那辆。我那辆的车闸在下面。我得使力把它们拉入我的手心。我同时握住把手和车闸时,车子就停了;我做不来。我唯一喜欢的是早上再次醒来的时候袜子里的一张曼联贴画。我把它贴在车座下面。

那时我们不需要自行车。我们走路;我们跑步。我们跑开。这样子最爽,跑开。我们对着看守人大喊大叫,我们朝窗户玻璃扔石子,我们摆弄小玩意儿——然后我们撒腿就跑。我们拥有巴里镇,整个巴里镇。永久性地拥有。我们的国度。

贝赛德就是自行车的世界。

我不会骑自行车。我可以把大腿越过车座，踩到脚蹬上，用力蹬，如此而已。我不能前行；我不能一直待在上面。我不知道要怎么办。我正确地做每一件事。我踩脚蹬，我坐到上面，可还是摔倒。我害怕了。在摔倒之前我就知道我会摔倒。我不干了。我把车放在棚屋里。爸爸生气了。我不管。

——圣诞老人送你的自行车，爸爸说，你至少要学会如何摆平这个家伙。

我不出声。

——骑自行车是件很自然的事，爸爸说，和走路一样自然的。

我会走路。

我要爸爸示范给我看。

——这需要时间，爸爸说。

我坐上车座；爸爸扶着车座的后面，我踩脚蹬。上坡往公园骑去，下坡从公园骑回来。他认为我很享受；其实我讨厌。我知道。他松手。我摔倒。

——继续踩脚蹬继续踩脚蹬继续踩脚蹬——

我摔倒了。我下车。我不是真的倒了。我是把脚拿下来。这让爸爸更恼火。

——你没尽力。

爸爸从我手里推开自行车。

——加油嘛；上车。

我做不到。因为是爸爸推着自行车。爸爸意识到了这一点。爸爸把车还给我。我上车。爸爸扶着后面。爸爸什么也没说。我踩脚蹬。我们从公园骑下坡路。我加速了。我还待在上面；爸爸还握着后面。我向后看。爸爸不在。我摔倒了。可我做到了；爸爸没有扶车，我自己骑了一小段距离。我能做到。我现在不需要爸爸。我不想要爸爸扶了。

不管怎样爸爸还是走了。回家。

——你会骑得很好的，爸爸说。

爸爸是想偷懒。

我继续骑车。骑到公园坡顶时，我直接掉转车头而没有下车，然后继续往回骑。我还待在上面。绕着公园骑了三圈。差点撞到树篱上。我还待在上面。

我们统治着贝赛德。我们在车库顶露营。我们点燃一堆火。我们四面八方都能看清。我们随时准备好任何攻击。贝赛德有其他男孩子，可他们太小，是群傻子。和我们一样大的那些男孩子也很傻逼。我们抓住一个小的；我们将他当成人质。我们让他踩在车座上爬到车库顶上来。我们把他团团围住。我们把他摁在车库顶的边上。我们踢他。我死命地给了他一脚。

——如果有人反击，你就死定了，凯文说。

我们劫持了他十分钟。我们让他自己跳下车库顶。他顺利落地。此后相安无事。没人来找我们麻烦。

在贝赛德摆弄小玩意最惬意了。晚上。没有墙，没有树篱，没有真正的花园。笔直的一排门铃。每一排门铃的末端就是一条小径或小巷。逃跑的话可以不费吹灰之力。真正有点刺激的是循原路返回，然后再重来一遍。我们的纪录是十七遍。摁完一排五户的门铃后逃跑，十七遍。有一户人家没有门铃，我就敲他们家的玻璃窗。完成后我们会晕乎乎的。我们轮流做。先是我，然后凯文，利亚姆，又是我。令人兴奋的是改变位置从头开始时，不知道门会不会突然开了自己被逮住。

——或许他们全外出了。

——不可能,凯文说,他们全在的。

——怎么会?

——是的,我说,我看到他们在里面。

天冷了。我穿上衬衫和套头衫。

——是早晨了吗?

——是早晨了,不过还用不着起床。

我耐心等候伤口结痂的那一刻。我不会草率行事。我要一直等到自己确信里面已经空心,疤的外壳从膝盖上脱落。然后伤疤那个地方变得平整干净,下面没有血,只是一个红点;这是膝盖被修复后的情况。伤疤是血球构成的。血液里共有三百五十亿个血球。这些血球构成伤疤,防止你流血致死。

我对眼睛也同样有耐心。我让它们保持黏糊的状态,然后它们会变硬。有些早上会这样子的。睡觉时我头侧向哪一边,哪一边的眼睛就黏糊糊的。妈妈说是空气不流通造成的。我翻过身平躺着。注意力全在那只眼睛上;合上它。惺忪欲睡的眼睛,妈妈这么称呼它们。我第一次给妈妈看的时候,妈妈用面巾擦拭它们,两只都黏糊糊的。我没有再告诉妈妈。我自己留着。我等待。妈妈朝楼上喊我们赶快吃早饭,我起床,穿衣服。我要检测眼睛。我拉眼睑,似乎要睁开眼睛。它们很合作,粘住了,干干的。我穿好了衣服。我坐在床上,小心地触摸眼睛的外围和边角。先是外围的边角,我用指尖掏出眼痂皮看了看。指头上从没有感觉的那么多,只有一丁点碎片而已。眼睛啪的一声张开，我感觉到了眼球上的空气。于是我擦了擦眼睛，眼睛重新恢复正常。我去洗手间照镜子，什么也没有。还是原来那两只眼睛。

辛巴德没像我那样去注意。他还不知道，他们大吵大叫，然后长长的沉默。安静的时候，没什么事；辛巴德就这么想的。辛巴德不会同意我的看法，即使我把他摁在地上。

我独自一人，就我独自一人知道。我比他们还清楚。他们在房间里；我能做的就是盯梢。我比他们更注意，因为他们一遍一遍重复说过的话。

——我没有。

——你有。

——我没有。

——你有，恐怕是这样的。

我在等他们其中一人说点别的，我想要有人说点别的——他们会重来一遍，然后稍停一会儿。他们的争吵像一列火车不断在轨道拐角处被卡住，你得弯下身推它一把，或把它弄直。就在此刻，我唯一能做的就是倾听和许愿；没有祈祷文是写给这个的。我们的主不合适，圣母马利亚也不行。可我还是像平时祈祷那样说唱了祷文。前前后后，祷文的节奏。说谢饭祷告时最快，或许是因为铃响后午餐开动前我们所有人都饥肠辘辘。

我说唱着。

——停停停停——

在楼梯上。在后门外面的楼梯上。在床上。坐在爸爸身边。厨房里的桌子旁。

——我讨厌它们这样。

——它们和上周日没什么不同。

爸爸在周日早上只有油炸土豆。我们有一根香肠，如果想要，还有布丁，我们一直都这么吃的。在弥撒前至少一个小时。

——快点吃下去，妈妈警告我，否则赶不上圣餐仪式的。

我看着时钟。离十一点半还有九分钟，我们参加的弥撒是十二点半。我把香肠分成九节。

——我以前跟你说过的，我不喜欢流状鸡蛋。

——上周是流状鸡蛋。

——我不喜欢这样的；我不会——

我说唱着。

——你需要去洗手间吗？

——不需要。

——那你怎么回事？

——没事。

——唔，那就别像个弱智一样乱动。吃你的早饭。

爸爸不说什么了。他啥都吃，甚至流状鸡蛋。我喜欢流状鸡蛋。爸爸和着半片面包吃掉了流状鸡蛋。我从来都不能像那样做得恰到好处。我吃的时候鸡蛋会先跑出来露在面包外面。爸爸吃光了盘子里的食物。他一语不发。他知道我在看他；我说唱被他抓到，他知道我为什么说唱。

爸爸说茶很好喝。

十一点半的时候爸爸还在咀嚼。我看着分针嘀嘀地走，指过六；我望着他。我听到后面的时钟嘀嘀地走。再过了三十六秒爸爸才咽下去。

我不会告诉别人的。如果他去参加圣餐仪式，我再看看会有什么事情发生。这事我知天知。

我喜欢旋转收音机上的调谐度盘。我打开收音机，把它平放在厨房里的桌子上。我从来都不被允许把收音机带出厨房。我转动调谐度盘，尽我手腕之力，要多快就有多快。我喜欢一会儿是尖锐的刮擦声，一会儿是人的声音，然后又是刮擦声，和先前不同的，然后又是人的声音，也许是一个女人的声音；我不能停下来去确定是否是女人的声音。转啊，转啊；音乐，杂音，人的声音，什么也没有。前面的塑料板就是声音出来的地方，里面的线路有污垢，就像指甲里的一样，底角处金色字体 BUSH 的字母缝里也有污垢。妈妈在听广播剧《卡塞尔罗斯的肯尼迪家族》。假期里我会和她一起待在厨房里，但我不听那个节目。我坐在椅子上，一边等着它结束，一边看着妈妈听。

我打开宝莹洗衣粉的盒子，撒了一些洗衣粉在海面上。没什么变化；洗衣粉落在海面上，随即消失不见。我又撒了一遍。我想不出还能拿这玩意儿干什么。

——给我们，凯文说。

我给了。

凯文拽住爱德华·斯万维克。看到凯文这样，我们也去拽他。爱德华·斯万维克不是我们真正的朋友。他处于边缘位置。我从未邀请过他。我从没去过他家的厨房。万圣节前夕我们敲他家的门，他们从不给我们糖果或零花钱——总是水果。斯万维克太太警告我们要吃掉。

——她什么意思啊?

——我们吃不吃不关她的事,利亚姆说。

我们把爱德华·斯万维克摁到地上,试图撬开他的嘴。这不难;我们有很多法子。难的是让他的嘴巴一直张开着。凯文开始把宝莹洗衣粉倒在他脸上;利亚姆抓住他的两只耳朵以防他的脸撇开;我握住他的鼻子,掐他的乳头。有些洗衣粉倒进嘴巴里了。爱德华·斯万维克快要窒息,拼命挣扎着,想摆脱我们。洗衣粉还倒在了他的眼睛里。洗衣粉盒子空了。凯文用爱德华·斯万维克的套头衫擦了擦盒子,我们就放他起来。爱德华·斯万维克什么也没说。他没法说什么。如果不假装很享受这个过程,他会被我们的帮派彻底排除在外。他看上去病了;不是很严重,主要是刚才的宝莹洗衣粉引起的。

我们偷取的东西,基本上就是这一类的。糖果太难了,在架子的上层,因为玻璃窗和那些女人的缘故不容易得手。她们坚守糖果,因为觉得其他没什么东西好偷的。她们不明白。她们不明白偷窃的行为与我们想要的东西是两码事儿;是那种胆量,那种恐惧,那种把东西拿走的感觉吸引着我们。

碰到的总是女人。在莱黑尼和巴尔道尔之间有六家我们行窃的店铺。没有超市,只有什么都卖的杂货店和小商铺。曾有一次,我们在外面散步,妈妈想要一份《晚报》,四瓶巧克力饮料,一包莱昂斯绿茶,还有一个捕鼠器,那个女售货员不用动身就能拿到所有这些东西。我有点紧张:就几天前我还在那偷了一盒碎麦片,我担心她能认出我来。所以妈妈和她谈论天气和新房子的时候,我就在一旁全心看着婴儿车。

我们只在天气好的时候行动。我们从未在巴里镇下手。因为那样就太傻帽了。科尔马丁太太安装的是单向玻璃,不仅仅是因为这个;那些店铺里的老板和爸爸妈妈都是朋友。他们同时结婚,同时搬到了巴里镇。他们是开拓者,爸爸说。我不理解爸爸什么意思,可他喜欢这么说;他喜欢走到下面的店铺里,和店主碰面聊天,除了科尔马丁太太。爸爸说科尔马丁先生被锁在上面的阁楼里。

——别听你爸爸的,妈妈说,科尔马丁先生参加了英国海军。

——在一只船上吗?

——是的。

——除了家,他哪都去的,爸爸说。

爸爸刚修好厨房里摇摇欲坠的椅子,正有些自鸣得意;你看他一直坐在上面不断看下面的凳脚,还摇啊摇的,就知道了。

——现在好坐了,爸爸说,是吧?

——了不起,妈妈说。

巴里镇杂货店的老板是个男的,很友善,菲茨帕特里克先生。他给你的饼干比你实际买的要多。他很高大。他要俯下身。我记得小时候他都从我身上跨过去。我们从不偷菲茨帕特里克先生的东西。他知道我们要干什么,而且大家都爱戴他。我们的爸爸妈妈会杀了我们的。天气不错的时候,菲茨帕特里克太太坐在门前的椅子上,像是给店铺做广告。她很耐看。他们有个女儿,内奥米;在上中学。内奥米和她妈妈一样耐看。每周六放学后,她都在店铺里做事;装满一个个纸板箱,那是巴里镇所有人家的周末订单。凯文的哥哥骑着一辆超大的黑色自行车送货,前面还有个车篮。送三次就是一英镑。他说内奥米可以用她的下体打开芬达瓶。他这么说的时候我想杀了他。我想要保护内奥米。

拿走最大的箱子。这是凯文的主意。很酷。谁从店铺里拿走最大的箱子，谁就赢了。箱子里必须是满满的；这是首要规则中的一条，是在利亚姆从店铺里拿走一个以前装过玉米片的空箱子后制定的。这并不是在任何店铺里都可以做到的。必须小心。大部分的店铺有自己的专卖品，虽然柜台后面的那些女人不知道。莱黑尼那家就非常适合偷杂志；漫画在柜台上层，离那三个巡视的老女人的鼻子不能再近了。杂志就容易得多。那些女人都是菜鸟；她们以为我们不会对关于女性和针织的杂志感兴趣，所以就随手将之放在门旁边的架子上好让它们在橱窗里看起来还不赖。另外，她们总是成人优先。我等待时机。我在外面系鞋带。一个女人进去了；那三个老女人马上过去招待她，我侧进身去抓了五本《女性周刊》。我随即把它们带到新图书馆旁的小巷里，我们把这五本杂志撕得粉碎。曾有一次我从橱窗架子上拿走了一本《足球月刊》。我看到这本杂志躺在那时简直不敢相信。货架上肯定都放满了。有那么一瞬间我认为她们把《足球月刊》放在那是做诱饵。我想了一下；我看了看四周。我拿走了《足球月刊》。还有一家店铺召唤你去偷饼干。在巴尔道尔。一罐罐饼干——松松散散的——放在货架下面的壁架上。你可以趁那女人数你的茴香豆时把这些饼干塞到口袋里。一个箱子里装着牛奶巧克力金麻[1]，唯一的巧克力口味。我们站在那箱子前面排队，等待着。她认为我们很有礼貌。店里光线很暗；她一定从没见到过那些饼干碎片。

我们去杜茜的店里偷箱子。

——四分之一箱娃娃软糖，杜茜；所有男孩子都要。

杜茜是那儿的负责人，店又大又脏，离我们游泳的海滨不远。

---

1. Goldgrain，食品品牌，以生产饼干、糕点为主。

店里的橱窗是黄蜂的葬身之地；它们在太阳下被晒干后炸裂掉。我们加了些黄蜂。我们收集黄蜂，还有蜜蜂，放在罐子里，然后去杜茜的店，在杜茜没注意的时候把它们全倒在橱窗里。甚至在她看看我们的时候我们也这么做过；她看着你，却什么也看不到；要过好久她才会反应过来。杜茜不是店主。她是帮别人看店。她做事情很慢，不管什么事。有时候甚至会重复；她会重新拿起某个东西，死慢死慢的，来重新核对价格。她在一个纸袋上写下每一个货物的价格，非常平整；她在数字下面用尺子画上直线。然后她计算总价，可她总停下来，从头开始再来一遍，似乎正在从一个横档不牢的梯子上下来。我们偷走她的踏板，她为货架顶层备用的。我拿着踏板的一端，凯文拿着另一端。杜茜正在招待的那个女人不是我们一带儿的。我们不认识她。我们假装是在给杜茜帮忙，一脸严肃的样子。我们把偷走的一个个踏板扔进大海。砸出很响的声音，但没有溅起很大的水花。潮水退去一半的时候我们踩在踏板上，看上去好像是在水面上行走。你没有什么不可以问杜茜。

——你卖汽车吗，杜茜？

——不卖。

她先想了一下。

——为什么不呢？

她只是看着你。

——你卖犀牛吗？

——不卖。

柜台后面冰箱上盘子里有奶油蛋糕，你可以看到奶油上杜茜的指痕。奶油是黄色的，而指痕硬硬的，褪不去。冰箱很小，可塞得满满的，里面装着冰饮料和冰激凌。我爬到柜台后面，拔下插座。

莱黑尼的一家面包店有两个女人把守着。这家店里的味道胜过其他任何一家。不是面包的味道；不是一股很冲的味道，像蒸汽一样紧紧绕着你。这味道更平和，是空气的一部分，不热烈，不压抑，不扰人。让我觉得很舒服。蛋糕放在玻璃柜台里面的架子上，不是一堆一堆的，而是每个盘子里放几块，上下架子之间隔两英尺；小巧的样子，不是沾满奶油的大蛋糕。蛋糕色彩明亮，硬硬的，但恰到好处——饼干这个名字却不能表现饼干本身的美好。像童话里的蛋糕；你可以用它们来做建筑。我不知道蛋糕是在哪烘烤的。店后面有一扇门，可那些女人进进出出总要关上它，她们从不是一起行动——总有一个女人在柜台后面，织毛衣。她们俩都织毛衣。她们也许在竞赛。她们织得很快。我们不能走到里面四处看；我们不能假装在找东西。店里就那个柜台，以及柜台里的架子。我们从窗户朝里看。有时候我可以买得起一块蛋糕。蛋糕没看上去那么好。我还得分给其他人吃。你得握住整块蛋糕，这样大部分蛋糕都在你手里，很安全，其他人只能拿到一小块。

我们被逮到了。

妈妈看到我们了，然后告诉了爸爸。她带着几个妹妹在散步，看到我们急匆匆地要拿一堆《女性之道》。走到小巷之前我看到她了。我假装没看到。有几秒钟我的腿不知在哪了；我的胃翻滚着；我得强忍着不让自己发出哀叫声。妈妈来莱黑尼做什么？她从来不来这的。离巴里镇有好几英里。我得去厕所，立刻马上。其他人继续把风。我告诉他们我妈妈看到我们了。他们也有麻烦了。我用辛巴德的手绢擦屁股。他想要去追妈妈；他哭了。凯文狠狠地打他。凯文看着我，确定这样子打他没事儿。可辛巴德已经在哭了；他似乎没感觉到疼，所以凯文停手了。我们看着我的大便。像是塑料的，非常完美。他们看到时也没嘲笑我。

　　只有一条路可以走出巷子，即原路返回。我讨厌妈妈。她肯定在墙后面等着，等着我出来。她会扇我耳光，连同辛巴德那份也加到我身上，当着其他人的面。

　　是凯文做的。我只是跟他在一起。

　　我测验了一下这样说是否行。

　　我还是有麻烦。

　　伊恩·麦克艾弗先出了小巷。从他脸上来看，妈妈不在那。我们欢呼着跑到小路上。她没有看到我们。

　　她看到了。

　　她没有看到我们。否则她会跟在我们后面，让我们把《女性之道》拿回去，向那些女人道歉。她肯定是太远了，没认出我们。她没看到我们做什么，只是看到我们跑开了。我们不是跑开，我们只是在跑——在追逐。否则我们要给《女性之道》付钱；它们都是过期的，那些女人说我们可以拿走，她们要求我们拿走。她一定是太远了。我看起来有两个堂弟那么大。我脱掉套头衫。我把它藏起来，只穿着衬衣进了屋子。如果一个男孩穿着和我一样的蓝色套头衫，那肯定不是我，因为我没有穿。她在照看婴儿车里的凯瑟琳。她太忙了。

　　她还是看到我们了。

　　妈妈告诉了爸爸，我死定了。爸爸根本不给我机会否认。可即使给了也照样打。我会抵赖，然后我的麻烦就更大了。爸爸用皮带训人。他自己不系的。他有皮带就为这个。打在我的大腿后面。打在我试图去护着大腿的手上。打在他抓着的后来我疼了好几天的胳膊上。绕着会客室跑。我拼命往前跑，我以为这样只会被皮带梢打到，不会疼得那么厉害。我不应该那么跑的，而应该往皮带上跑，如此爸爸就不会有足够的空间挥动它。屋子里其他人都在哭，不只是我一个人。皮带嗖嗖作响；爸爸想要狠狠抽我一下。揍我，耍玩，这就是他现在做的。然后他停下来。我还在跑，抽搐着；我不知道他是否真的停了。他放开我的胳膊，我感受到了那儿的疼。肩膀关节处，剧烈的疼。我忍不住哭出声来。我不想那样；我一点也不喜欢那样。我屏住呼吸。结束了。结束了。不会再有什么事了。值。

爸爸出汗了。

——现在回你房间去。走吧。

他听起来没他想要的那么强硬。

我看了看妈妈。她脸色苍白。双唇紧闭。活该这样。

辛巴德已经在房间了。他只挨了几抽；这全是我的错。他伏在床上。哭泣。看到我时哭声变慢。

——看。

我给他看我大腿后面。

——给我看你的。

他的伤痕还没我一半多。我什么也没说。他可以自己看；有些应该在他身上的。我能看得到他在想什么，这就够了。

——他真是个大混蛋，我说，是不是？

——是的。

——他是个大混蛋，我又说了一遍。

——他是个大混蛋，辛巴德说。

我们钻到毛毯下打架。我喜欢毛毯下面的黑暗。你可以轻而易举就跑出来，如果你想的话。毛毯压着我，这种感觉也很好；我可以在脑海中感受到它。很温暖。灯光照进来。毛毯被掀开。是辛巴德。他钻进来。

我们家的威尼斯百叶窗颜色很丰富。一天——那天下雨了——我发现上面有图案。最底下是黄色，紧接着浅蓝、粉红、绯红。然后又是黄色。最上面蓝色。顶端的边框白色。绳索也白色。我躺在地板上，脚冲着窗户，数那板条，越来越快。

巴里镇上有很多威尼斯百叶窗，但我们是唯一一家房前屋后都装了的。我和凯文看过了所有的房子，有十七家房前的百叶窗是卷起来的。巴里镇共有五十四户人家，不包括大公司新建的房子以及其他刚建好还没人住的房子。我们又转了一圈；那十七户房子里有十一家是左边卷起的。右边的百叶窗垂到窗棂上，左边五根板条卷在上面。而凯利家的卷起了十根。我们可以看到凯利太太在前厅无所事事。欧康纳家的不仅卷起来了，甚至板条都被扣在一起；当然不是他家的二楼卧室——那上面关得严严实实，密不透风——是前厅的百叶窗，我们在那房子里玩过。只有二十家没有百叶窗。

——没用的。

凯文家的百叶窗也是彩色的。

——彩色的是最棒的。

——是啊。

妈妈洗百叶窗的时候在浴盆里面放满了水。她只这么洗过一次。我想要帮忙，可浴室太窄了；我想要确定她放回去的时候板条还是原来的次序。妈妈摘下板条，把每一根板条放在浴盆里，一次一根。在她给妹妹们喂奶的时候，我看着一根新洗过的黄色板条和一根脏脏的黄色板条；我们把这两根并排放在一起。现在它们颜色完全不同。我用手指在那根脏脏的表面划了一下；新的黄色板条即藏在下面。

我请求妈妈每个颜色都留下一根别洗。

——可以不洗吗？我又问了遍。

——为什么呢？

妈妈总是停下来听我说；她总是想知道。

——就是——

我解释不来；算是秘密。

——为了比较。

——可它们实在太脏了，亲爱的。

上床睡觉的时候我知道我不会再躺在地板上朝上看那些不同的颜色了。妈妈进来给我关灯。她把手放在我的额头上，头发上。她的手湿答答的，闻着还有冰箱后面污垢的味道。我摆过头，不要她的手碰着；我钻到墙角。

——是在为百叶窗的事生气吗？

——不是。

——那是怎么了？

——我很热。

——你想拿掉毛毯吗？

——不要。

妈妈花了很长时间才把我弄回床上；我想让她走又不想让她走。

辛巴德睡着了。有一次他的头碰到简易木床的护杆上，结果一个晚上哭啊哭啊，一直哭到天亮我看到他的时候。那是很多年前的事了。现在他睡在一张床上。那张床是雷蒙德叔叔放在他车顶上带过来的。床垫湿湿的，因为他从家里来我家的半路上下雨了。我们说这是因为我们的堂弟尿床的缘故，我和辛巴德这么说。两天后床垫干的时候我们才知道这张床是给辛巴德的。于是弗兰克叔叔就把简易木床放在车顶拿走了。

——那些百叶窗很脏了,帕特里克,妈妈说,东西脏了就得洗。特别是心爱的东西。你明白吗?

如果我回答是的就意味着我不仅仅是明白。我一语不发,就像辛巴德一直那样。

——帕特里克?

我一语不发。

——你怕痒吗?

我尽力看上去像在生气,不让自己笑出来。

艾丹是解说员。他很在行的。赛前我们得告诉他我们的名字。我们在马路上玩。我们的赛场没有了。各边的门算是球门。我们有八个人,刚刚好,每队四人。车子来的时候,不管是谁拿着球,都要在车子走的时候投球。如果你决定冒风险,而司机在你投球前使劲按喇叭,那么进球无效,如果进了的话。不准用石头给球做防护。超过杆子顶端的就算是越过球门。

我必须为乔治·贝斯特而战。

凯文不挺曼联。他支持利兹。曾经他是曼联的球迷,可因为他哥哥改变了;他哥哥支持利兹。

该凯文选名字了。

——埃迪·格雷,他说。

其他人都不想成为埃迪·格雷。伊恩·麦克艾弗也挺利兹,但他总选约翰·伊莱斯。有次凯文病了,于是伊恩·麦克艾弗就选了埃迪·格雷。

——为什么不是约翰·伊莱斯?

——只是——

他没选约翰·伊莱斯被我发现了。

我们队四个人支持曼联。我们所有人都想选乔治·贝斯特。我们只让辛巴德选诺比·斯戴尔兹,所以他就不支持曼联而去支持利物浦,虽然实际上他谁也不支持。有一阵子我也差点支持利兹,可我不能。因为他们会说我这么做是为了凯文,其实一大部分原因还是乔治·贝斯特。

我们的做法是,凯文拿出四根棒冰棍,弄断一根,每一个曼联支持者抽一根,谁抽到短的谁先选名字。

艾丹抽到了那根短的。

——鲍比·查尔顿,他说。

艾丹选了鲍比·查尔顿是因为他知道选乔治·贝斯特会有什么后果。我会修理他的。没有真正的裁判。你可以随心所欲,甚至抢自己队员的球。我可以打败艾丹。他很适合打斗,可他不喜欢。他总是在你正式屈服之前让你起来;这样你就可以还击。

凯文抽到一根长的棒冰棍。我抽到了那根短的。

——乔治·贝斯特。

利亚姆选了丹尼斯·罗。如果他抽到了那根短的棒冰棍,他会选乔治·贝斯特。我不会阻止他的。他不一样。我从没和他干上。有点蹊跷。他会赢。他不比我强壮多少。真有点蹊跷。但并不总是这样。以前他很瘦小。现在他也不强壮。是他的眼睛。没有光亮。他们两兄弟并排站在一起的时候,你就能像我们一样一眼看出他们的特点:矮小、爱闹笑话、悲伤、友善。他们是我们的朋友,因为我们讨厌他们;有他们在身边很爽的。我比他们干净,比他们聪明。

我比他们优越。他们分开时，情况不同。艾丹看上去更小，还没长大的样子。利亚姆变得危险。他们在一起的时候看起来一样。你只遇到他们中的一个时他们没一点像的地方。不过这样的概率微乎其微。他们不是双胞胎。利亚姆比艾丹大。他们都支持曼联。

——这样我们更容易得手了，伊恩·麦克艾弗说，当他哥俩不在的时候。

——比赛马上开始，艾丹说。

我，艾丹，伊恩·麦克艾弗和辛巴德对阵凯文，利亚姆，爱德华·斯万维克和詹姆斯·奥吉弗。因为有辛巴德我们队先计两球。辛巴德比其他人都要小很多。有辛巴德的那个队通常是赢家。我们所有人都认为我们赢了是因为那两个事先自动计分的球，但不是这样的。（比赛得分是七十三对六十七。）我们赢了是因为辛巴德是个出色的球员。可我们没人知道这一点；他是一个讨人厌的家伙；我们跟他黏在一起是因为他是我的弟弟。他很有运球天赋。我还不知道这个，直到奥吉弗先生，也就是詹姆斯的爸爸，告诉我。

——他有着一个足球运动员的完美重心，奥吉弗先生说道。

我看着辛巴德。他只是我的弟弟而已。我讨厌他。他从不擦鼻涕。他爱哭。他尿床。他不吃饭就走掉。他得戴一副有一个黑色镜片的眼镜。他跑着追那个球。没人这么干。所有人都是等着球来自己这。他在他们之间穿梭，很自如的样子。他很聪明。他不像大部分会运球的人那么自私。这样看着他，感觉好怪呀。太牛了，可我想杀了他。你不可以为弟弟感到骄傲。

在开始之前我们先得两分。

——队长握手。

我和凯文握手。我们都很用力。我们队代表北爱尔兰。凯文队代表苏格兰。鲍比·查尔顿为北爱尔兰踢球,因为他正在那度假。

——苏格兰队中线开球。

比赛进行得很快。和草地上的完全不同。马路不宽。我们都挤在一堆。门关着。球撞到门上就算得分。守门员几乎得了一半的分。我们试图改变比赛规则,可守门员反对;假如不给他们计分他们就不会防守了。踢球很次的球员会进乌龙球,但我们依然需要他们。有一次,詹姆斯·奥吉弗,我们中球技最逊的,把球踢出了球门。他得了一分,但球反弹过来,越过马路,进了自家的球门。他为此得了一分,还有一片喝彩。

——哇,解说员叫道,非同一般啊。

苏格兰队中线开球。

——丹尼斯·罗轻击埃迪·格雷——

我插了一脚;球进了。

——太棒了!

——哇,解说员叫道,贝斯特进了一球。北爱尔兰对苏格兰一比零。

——嘿!我提醒他,辛巴德有两分的。

——三比零。这开局真让人兴奋。苏格兰队接下来该怎么办呢?

苏格兰进了三个球。

这令你眩晕。球飞快地落到马路上,滚动着。有点突然。打到腿上时会疼。

——再没比这更让人激动的比赛了,解说员说,哇。

他刚好投进一球。

踢了一会儿比赛进度总会慢下来。如果不这样,我们玩不下去。傻子才会一直很猛地踢球。如果踢到一只迅疾的球,你的脚会痛死的。

——北爱尔兰对苏格兰,十七比十六。

——是十七平!

——不是。我一直数着呢。

——你说比分是多少?凯文问爱德华·斯万维克。

——十七平。

——我说的吧,凯文说。

——他和你一队的,我说,他这么说是因为你这么说。

——他和你一队的,凯文说。

他指着解说员。

——确实,裁判会裁夺的。

——闭嘴,你。

——我应该说的。这是我的职责。

——闭嘴;你爸可是个酒鬼。

事情总会发展成这个样子。

——好吧,我说,十七平。反正我们总是赢。

——我们走着瞧。

凯文转向他的队友。

——加油啊!醒来吧!醒来吧!

我们说利亚姆和艾丹的爸爸时,他们从来没什么反应。

比赛慢下来。艾丹停了一会儿。天色变暗。比赛会进行到下午茶时间。詹姆斯·奥吉弗如果没准时回去吃下午茶,他妈妈会把他的下午茶给猫吃。那天他妈妈就是这么大声说的,她叫他,而他藏在树篱后面。

——詹姆斯·奥吉弗!我把你的炸鱼条给猫吃了啊!

詹姆斯·奥吉弗进屋了。后来他说他藏起来是因为他以为下午茶是果馅和萝卜，而不是炸鱼条。可他是个骗子。他是巴里镇上的骗子大王。

二十七比二十三；我们又要赢了。

——哇，艾丹说，罗格·亨特可真是苏格兰队防守的一大障碍啊。

罗格·亨特就是辛巴德。他们拿他没办法。因为辛巴德个小，能把球藏在背后。凯文擅长捞球，可我们是在马路上踢球，辛巴德不会受到威胁。戏弄和你身材相仿的人比这简单得多。另外，辛巴德不自己进球。他会把球传给一个不会失球的人——大多数情况下是我——他们就会给我计分而不是辛巴德，因为是我进的球。我进了二十一个球。七次帽子戏法。

——为什么叫帽子戏法？

——因为你连进三个球他们就给你一顶帽子。

如果你是爱尔兰队的，会得到一顶鸭舌帽。像是校帽，或俱乐部帽，上面有个徽章。英格兰队的鸭舌帽顶端有根带子，就像我爸爸晨衣上的系带。如果得了一顶这样的帽子是不会戴的，而是放在有玻璃门的柜子里，有客人来的时候他们就会看到，还有勋章。我生病的时候可以穿爸爸的晨衣。

奥吉弗先生创建了巴里镇联队。我喜欢奥吉弗先生。他小名汤米，他让我们这么称呼他。刚开始很怪的。詹姆斯·奥吉弗不叫他汤米，有奥吉弗太太在场的时候我们也不叫他汤米，这并不是因为他让我们不要这么叫。我们只是不这么叫他。詹姆斯·奥吉弗不知道他妈妈小名是什么。

——昂吉斯。

那是伊恩·麦克艾弗妈妈的。

——格尔蒂,利亚姆说。

那是他和艾丹妈妈的。

——她的墓碑上有写吗?

——写了。

该詹姆斯·奥吉弗说了。

——不知道。

我不相信他,然后我又相信他了。我在想他不告诉我们是因为我们肯定会嘲笑那个名字,但不管是哪个名字我们都笑话过,除了格尔蒂。我们严刑拷问他,同时狠狠地拧他的两只手臂,可他还是不知道。

——去找出来,凯文说,我们松开他,因为他被熏得够呛。

——怎么找啊?

——你自己去找,凯文说,这是你的使命。

詹姆斯·奥吉弗看上去很痛苦。

——你问她吧。

——别给他提示,凯文说,最好晚饭后就找出来,他跟詹姆斯·奥吉弗说。

可我们后来都忘了这回事儿。

奥吉弗太太没那么坏。

——乔治·贝斯特的胳膊蹭到了艾伦·吉尔泽安的脸上。

——我没碰他,我说。

我把球踢开,比赛没法进行。

——我没碰他。是他撞我。

只是爱德华·斯万维克而已。他捂着鼻子,我们看不到他有没有流血。他哭了。

——他在哭,伊恩·麦克艾弗说,看啊。

如果是其他任何一个人我都不会这么做。他们知道的,他们不在乎;只是爱德华·斯万维克而已。

——确实啊,解说员说,艾伦·吉尔泽安似乎在品尝他撞人的后果。

有趣的是,艾丹从没像那样过——那样有趣——当他只是他自己的时候,当他不是解说员的时候。北爱尔兰对苏格兰,四十二比三十八。凯文的脖子都红了;他要输了。太棒了。天在变暗。奥吉弗太太是最后的口哨。比赛随时都会结束。

——巴里镇联队。

——巴里镇罗孚队。

我们在给球队起名字。

——巴里镇凯尔特队。

——巴里镇最佳联队。

这是我说的。必须是联队。我们坐在奥吉弗家的后花园里。奥吉弗先生坐在一块砖头上。抽着烟。

——巴里镇福斯特队,利亚姆建议。

奥吉弗先生笑了,可没人说话。

——联队。(又意"团结"。)

——坚决不用。(从没有过。)

——我们投票吧,伊恩·麦克艾弗说。

奥吉弗先生搓了搓手。

——这样子最好吧,他说。

——要叫联队。

——不,不要!

——嘘嘘嘘,奥吉弗先生示意,嘘嘘,好了。不要争了;选巴里镇福斯特的举手。

利亚姆稍稍举了一下手,马上又放回去。没人选这个。我们欢呼。

——巴里镇罗孚队?

没人举手。

——巴里镇——联队。

——支持曼彻斯特联队和利兹联队的都举起手。没人落下,除了辛巴德。

——那就叫巴里镇联队吧,奥吉弗先生说,这可是绝大多数人共同的意愿。你想叫什么呢?他问辛巴德。

——利物浦队,辛巴德说。

成为联队一员的感觉太妙了,因此没人在乎辛巴德说了什么。

——联——队!

——联——队!

我极力伸长手臂,直到有生疼的感觉,然后开始跑步转圈。手臂能感受到空气的阻力,那空气阻碍它们的速度,像是要把它们拽到水里。我继续转圈。双眼睁开,几小步就成一圈;脚后跟踩在草叶上,溅出汁液;速度真的很快——房子,厨房,树篱,后院,另一道树篱,苹果树,房子,厨房,树篱,后院——都在等我停下脚步。我从不这样告示自己。就这么发生了——另一道树篱,苹果树,房子，厨房——停——地面上，我平躺着，流汗，喘气，所有一切还在转圈。天空——转啊转——几乎都要呕吐了。全身被汗湿透，忽冷忽热。打嗝。我得躺在那等打嗝停下来。转啊转：睁着眼睛比较好，我试图盯着一样东西，这样就不会有旋转的感觉。鼻涕，汗水，转啊，转啊，转啊。我不知道自己为什么这么做；感觉真难受——或许这就是原因。在那很好——可以转圈。停下来的那一刻，有些不舒服，在那之后人也不好受。可必须来这；我不可能一辈子就这样转啊转啊。正在恢复。粘在地上了。依然觉得天旋地转。地心引力粘牢我，压着我，我的肩膀；小腿生疼。世界是圆的，爱尔兰被粘在一边；我清楚这一点，当我转圈——脱离这个世界的时候。最糟糕的情况莫过于天空一览无余，除了蓝色，蓝色，还是蓝色，让人抓狂。

我只呕吐过一次。

晚饭后立即做其他的事很危险。如果去游泳可能会被淹死。我站到水齐肚脐的地方看看有没有什么状况——我不会再去更深的地方——只是为了检测。相安无事。水还是一样的水；吸引力没有增强。可这并不能代表什么。只有双脚离开水底沙子至少五秒钟的时间，才可以称得上是游泳。那才叫游泳；那才叫晚饭后游泳被淹死。肚子太满太沉。双腿双脚无法支撑起整个身体。呛到了水。水流进肺里。不过，死的话，也得过上好一阵子的工夫。转圈是同样的理，只是人不会死罢了，除非呕吐的时候还平躺着，因为头晕什么的无法翻过身去，或头遭受重击，失去意识，满嘴呕吐浊物。于是快窒息而死，除非有人及时看到，救你一命；他们会将你翻个身，拍打背部，好让空气从喉咙里通过。你喘气，咳嗽；于是他们对你人工呼吸，确保你活过来。他们的嘴唇会碰到你自己的，而你自己的嘴巴里满是呕吐脏物。他们自己会呕吐到你身上。他们可能是一个男人，一个男人亲我——也可能是一个女人。

亲吻是很傻逼的。上学什么的时候给妈妈一个吻，那不要紧，但是因为喜欢的缘故吻一个人——你觉得他们可爱——是很傻逼的。没任何意义。像地面上一个男人压在一个女人身上的时候，或者在床上。

——床。继续往前走。

我们偷偷溜进凯文爸妈的卧室，看着他们的床。凯文推我到床上，不让我出去；他在另一侧握住床柄。

因为转圈而呕吐的时候，我不会晕或者怎么样。停下来躺在草地上时，我就知道我要吐了——草地温暖而僵硬——所以我试着站起来，可只能单膝跪在地上，然后吐了；不是真的呕吐——是胃里堆着的最上面的食物跑出来了。爸爸说过在吞下食物之前要先咀嚼。我从没那样做过；那只是浪费时间，又不好玩。有时候吞下某块大的食物后喉咙痛；我知道会痛的，可想不吞下去已经来不及了，下咽时太快，只好吞下去。水煮土豆，大块的肥熏肉，大白菜——这些食物都跑出来了。还有"天使要快乐"系列[1]的草莓口味。以及牛奶。我可以叫出每一种食物的名字。我感觉好一些了，人要强壮一点了。我站起来。在后花园。脑袋稍稍摆动一下——房子，厨房——但它们已经不转了。我看了看自己的衣服。没有吐到上面。外套也是干净的。腿也是。全吐到了地上。像是一个盘子被打翻了。我得收拾干净吗？不是地板上，也并非在小径。而是在一个花园，不是原野上的花园，不是某个不认识的人的花园。不确定。我向厨

---

[1] Angel Delight，英国食品品牌，以生产销售甜品为主。

房门走去。我转过身向后看。我不清楚自己能否看到是否在那。我向那看，因为我知道在那。我能看到，但是我知道在那。我绕到前门，捣鼓那些花儿。然后又回来，来到厨房前，张望，什么也辨不出。我不管了。我每天都去看。越来越硬，越来越黑。我把熏肉扔到我家花园背后的花园，科里根家的。我顺着栅栏丢下去，这样假使他们有人向外看的话，也不会看到有东西在空中飞。我等着有人大声喊叫。没有。洗手。其他的呕吐脏物渐渐不见。雨后看上去黏糊糊，惨不忍睹。然后就没了。前后大概两个星期。

——现在是不是太早了不用起床？
——嗯，是太早了。
——回去睡觉，小伙子们。

桌子还是脏的。所有的盘子都还在，昨天晚上的。妈妈把我吃过玉米片的碗放在一个脏盘子的上面。

我不喜欢那样子。桌子在早上应该是干净的。上面什么也没有，除了放在中间的盐和胡椒粉。番茄酱的瓶盖上只有一点已经干掉的番茄酱——我讨厌那样子。我和辛巴德的餐具垫上各放一个勺子。一直以来都是这样的。

吃饭的时候我不让身体的任何一个部位碰到桌子。我把自己的勺子和辛巴德的换了。他在洗手间。他肯定又会把地板弄湿。他总是那样。他害怕马桶座掉下来砸在身上。虽然那只是塑料做的，不是很重，他依然害怕。我比辛巴德大很多，所以我只要把马桶盖拿起来就好了。我从没把地板弄湿一大块，而且我总是会把地板拖干。一直这样。洗手间里滋生疾病。如果一只耗子跑到你家，它一定是去你家洗手间。

妈妈在忙。

晚上不洗盘子真让人恼。那时候洗的话食物还是软的，很容易洗掉，一放到水里就掉了。而现在，她得使劲刷，使劲擦。鲜血，汗水和泪水。她会被自己的工作累死。活该。谁叫她昨晚不洗，那时候洗最好不过了。

早晨是新的一天的开始；一切都应该干净整洁。以前我想在水槽里玩的时候必须踩在一张椅子上——我还记得把椅子推到自己面前弄出的声音，它似乎是在阻止我。我现在根本不需要椅子。甚至稍稍伸手就可以碰到水龙头。如果水槽太满，靠过去套头衫就会湿掉。不过穿着套头衫，你都不会意识到衣服湿了，除非是浸泡在水槽里。我不怎么捣弄水槽了。很傻的。邻居可以从窗外看到，因为白天不可以拉窗帘。每逢周二、周四和周六，就该我洗盘子了。我向妈妈展示我可以轻易碰到那些水龙头，然后套头衫就湿了；妈妈说让我在那三天洗盘子。有时候她允许我不洗，有时候她也没叫我洗。我洗。辛巴德擦，可他一点用都没有。他做什么事都慢。在他拿一块茶巾时，让他再拿一个盘子，得要老半天。他怀疑自己拿着布的手会拿不住东西。唯一让他喜欢的是那几个杯子，因为杯子不容易摔。他用茶巾裹住拳头，把茶杯倒扣在拳头上，然后转动茶杯。我要确定他把杯底所有的肥皂水都弄干净了。肥皂水是不该喝的；它们尝起来像毒药。

辛巴德不想让我看。

——给我看。

——不。

——给我看看。

——不。

——不给，我让你不好过。

——这是我的工作。

——我是老板。

——谁说的？

——妈妈。

——我不想那么做。

——我会跟她讲你刚才说的话。我是老大。

辛巴德拿着杯子让我瞧里面干净了没。

——好的，我说，过关。

每次我说我是老大的时候他都会屈服。在放好一个杯子之前，他会确定杯子是平放在桌子上的，这样杯子掉地上就不是他的责任了。放开手后他跳着回到原来的位置。当我被任命做某事而他没有时，爸爸妈妈只是说我比他大，然后他就停止抱怨。有时候他的圣诞礼物比我小，有时候他周日的零花钱比我少，不过他不是很在意这些。

——我很高兴我不是你，我对他说。

——我很高兴我不是你，他反击道。

我不信他说的话。

他拿着杯子给我看，我都没问他要。

——还有肥皂水，我说。

——在哪？

——这儿。

我用手指将肥皂水弹进他的眼睛。妈妈听到他的声音后进来了。

——我不是故意弄到他眼睛的，我跟妈妈说，他正好张着眼睛。

妈妈在劝辛巴德不要哭；这个她很拿手。她能让辛巴德在几秒内破涕为笑。

现在是周四早上。周三晚上盘子不是我们洗。妈妈应该洗掉的。我问她。

——你为什么没洗盘子呢？

我问的时候有点不对劲；是我声音的变化，开始和结束时不一样。原因，不言而喻。她没洗盘子的原因。我乘过一次电梯——两次——先是上升，然后下降。我问的时候就像在下降。我差点没把话问完；我知道答案。我问的时候就知道答案了。原因。

妈妈回答。

——我没有时间。

妈妈没在撒谎，可那不是真正的答案。

——我很抱歉，妈妈说。

她对我笑。但那不是一个真正的微笑，很勉强。

他们又打架了。

——你总是忙这忙那忙死人，我说。

这是他们轻声说的一句话。

她笑了。

在他们压低音量吵闹尖叫的时候说到的一句话。

总是妈妈第一个哭出来，爸爸不停地用脸色戳她，用话伤她。

——我知道的，妈妈说。

那个时候妈妈不是这样子的。她哭了，然后他们就停了。那次过后情况一直还不错。

——你会有很多活儿要累死累活地干。

她又笑了。

——你真是个小混球,帕特里克,妈妈说。

这样子很好。我们不需要潜伏,假装我们没听到。辛巴德一点也不会假装。他必须去看去听。就像一切都是电视节目。我得把他支开。

——发生什么事了?

——他们在吵架。

——才没有。

——他们有。

——他们为什么吵呢?

——他们就是要吵。

然后等他们吵完了辛巴德总是说什么事也没发生过;他不愿意记住。

——鲜血,汗水和眼泪,我告诉妈妈。

她再次笑了,没以前笑得好。

第一次吵架结束了。爸爸胜出,因为妈妈哭了;他把她弄哭了。吵架结束;回归正常,不,变好了。吵架结束,不会再有了。我把盘子堆在一起,所有的刀叉放在最上面的盘子里,朝一个方向。吵架没有结束。中间会有间歇,有时候隔得很长,可我再也不相信吵架会结束。这些只是间歇。我慢慢把盘子推到桌子边缘,直到底部盘子倾斜的部分和上面的盘子都露在了桌子的外面。我在想我的大脑是不是足够坚强,能支使我的胳膊继续推那些盘子。

——他们应该被安排到差班里去。

凯文是对的。我们讨厌他们。九月份,返校的第一天,两个来自大公司房子的男生插到了我们班上。一个是查尔斯·立夫,一个是肖恩·华伦。亨诺老师把他们的名字加到了点名册上。

——告诉他,我说。

我低声说道。

——告诉他什么?凯文问。

——告诉他差班还有位置留给他们。

——好的。

凯文举起手。我简直不敢相信。我只是在浑说;如果凯文说了我们就死定了。我试图拽住凯文的胳膊,同时又不弄出声响。

亨诺老师低头盯着点名册,写得很慢很慢。凯文打了个响指。

——怎么了?[1] 亨诺老师问。

他没抬头。

——我可以去下洗手间吗?[2]

——不行[3],亨诺老师说。

——吓死你了吧,凯文悄声说。

第二年我们还是由亨诺老师上课,是第四节。我十岁。大多数人都十岁。只有伊恩·麦克艾弗九岁,可他快要十岁了,而且是班上长得最高的。查尔斯·立夫比我小两个月。亨诺老师把名字记入点名册时,他们都要说出自己的年龄。肖恩·华伦和我差不多大。他告诉亨诺老师他的生日时停了一会,因为他只知道月份和日期,在说年份之前得想一想。我能一下子说出来。

——笨蛋。

老师让他坐在大卫·格拉提的旁边。他差点被大卫·格拉提的

---

1. 原文为爱尔兰语 Sea。
2. 原文为爱尔兰语 An bhfuil cead agam dul go dtí an leithreas?
3. 原文为爱尔兰语 Níl。

拐杖绊倒。我们哄堂大笑。

——有什么好笑的？亨诺老师说，可他现在很忙，也就不在意了。

肖恩·华伦知道大家是笑他。他丢脸了，但仍竭力要融入进来。不过，太迟了。

——你看到没，自己笑自己？

接着是查尔斯·立夫。亨诺老师要安排他的座位了。亨诺老师站起来。

——好的。

有两个男生自己坐。利亚姆是其中一个。他抢到后面窗户旁那个最好的位子后，没有人坐到他的旁边。他看上去很得意，希望我和凯文能保护他。这样他就一个人坐。弗鲁克·卡西迪也一个人坐。

——好的，立夫同学，看看我们可以让你坐哪。

弗鲁克试图溜到利亚姆的桌子那。

——待在你原来的座位上，卡西迪同学。

这么一来，亨诺老师必定会让查尔斯·立夫坐到他旁边。

——你坐那儿，亨诺老师指着利亚姆的桌子。

我们笑了。亨诺知道为什么。

——安——静。

这样好极了。利亚姆完了，凯文和我甚至都不会再和他说话。我很高兴。我不知道为什么。我喜欢利亚姆。然而重要的是，如果你想要和某个人成为最好的朋友——比如凯文——你就得讨厌其他很多人，你们两个一起讨厌。这么做会使你成为更好的朋友。现在利亚姆坐在查尔斯·立夫的旁边，就只有我和凯文在一起了，没有其他人。

大卫·格拉提那个家伙患有小儿麻痹症。这就是为什么他身旁没人坐。你得帮他拿书包，他身上又有药味。有一次在拼词测试中，我表现很好，而大卫·格拉提没表现好，于是我必须在他身旁坐一个星期。我挨着桌子的边儿坐着，几乎要掉下来，有一半屁股都悬在空中。他开始讲话，一刻也不停。整天，声音从他嘴巴的一侧传过来，好像另一侧瘫痪了一样。但你几乎听不到他在讲什么，虽然他并不是窃窃私语。亨诺老师肯定能听到，我确定，可他从来没说什么。或许是因为大卫·格拉提要拄着拐杖走路，而且毫不费力就是班上最优秀的。

——你可以看到他的鼻毛，而且数得清。一个孔五根，另一个七根。

他一整天都像这样说说。当我意识到大卫·格拉提不会有任何麻烦，而我因为坐在他旁边也不会有任何麻烦时，我就端正坐好，开始过得开心起来。

——他屁股上有十七根毛，被分成三个五根一群的，另外再加两根。每天早上，他妻子都给他梳好。

一整天都这样。

大卫·格拉提让我试了一下他的拐杖。我的胳膊在颤抖。我无法笔直握很长时间。它不像你腿断时用的那种金属拐杖。是古旧的、用木头和皮革合制的、穷人家患小儿麻痹症的人用的拐杖。你无法调整它。大卫·格拉提的胳膊和腿一样强壮。有时候我希望我能再坐到他的旁边，但我又总是很高兴我没有坐在他旁边。

肖恩·华伦戴着眼镜。课桌上有凹下放钢笔和铅笔的地方，他把眼镜放在上面的黑色眼镜盒里。每当亨诺老师走近黑板，他就拿出眼镜盒；亨诺老师在黑板上写字，他拿出眼镜戴上。每当亨诺老师停下来,他便摘下眼镜;亨诺老师又开始写,他也立马戴上。我不看亨诺老师,只看肖恩·华伦。我可以仅仅根据他手的位置,判断出亨诺老师在哪。他的手会慢慢移到眼镜盒那,停下来,放回身体侧边;再伸到眼镜盒那,拿起眼镜盒,打开,戴上眼镜。他摘下眼镜,把双手放回身体两侧。我等他的手再动一遍。亨诺老师停下来。我仍目不转睛看着肖恩·华伦,等着信号。他只是笔直坐着,盯着托马斯·布莱德肖的后背。他稍稍向我这边瞅了瞅。就在这时,亨诺老师在我的后脑勺狠狠打了一下。亨诺老师还要打,我闭上眼睛低头闪躲,刚好看到肖恩·华伦跳起来。

——醒醒吧,克拉克同学!

班上大笑,又立马止住。

亨诺老师张开僵硬的手掌,打起人来和木板打一样疼。我要把这些巴掌还给肖恩·华伦。这是他的错。我要拿到他的眼镜盒,搞些破坏,他的眼镜也跑不了。他有一头棕色的鬈发,原本是直的,被某个人——或许是他妈妈——弄得往一边长。结果,他的头看起来好像半座山丘。要抓到他很容易。他不会反击的。他长得没那么强硬。

和查尔斯·立夫一样。

查尔斯·立夫穿凉鞋,蓝色的。我们虽然嘲笑他,却得非常小心。第一天上学他什么都没带。亨诺老师问他为什么不带时,他什么也不说,只是看着他桌上的袖子。他没有不安地扭动。他的一只胳膊肘上几乎磨破了一个洞。透过那个洞,你可以看到里面大面积的衬衫。他的头发一醋溜的短。他时不时伸伸脖子,把头向前一侧,似乎是在顶球,却可以看都不看一眼。他朝我这边看过来,我朝别的地方看过去。脸发烧,我感到害怕。

——爱尔兰书，翻开第——格林姆斯，你说第几页？

——第一页，老师。

——正确。

——A h-aon（拉丁语，第一页），老师。

——谢谢格林姆斯同学。非洲的桑卜。他在独木舟上。

我们安静地笑了。他说独木舟的方式很有趣。

故事名字下的图片在这页白纸的上面，画面既有黑色，又有红色——一个黑人小男孩没穿衬衫，坐在黑色灌木丛下红色的独木舟里。我向旁边看过去。利亚姆和查尔斯·立夫在共用一本书。他把一只手压在书的中间，这样书就不会合上了。查尔斯·立夫一直等利亚姆看完，然后倾斜着身子去看。另一边，肖恩·华伦自己有书，用壁纸包好了。他读书时不戴眼镜。

课间休息，十一点零一分，我们排队归位，我推了肖恩·华伦一把。

——给我小心点！

肖恩·华伦没做什么也没说什么，看起来好像已经决定不去看我。我很开心他这么做。我强行挤到凯文旁边。

——我会让肖恩·华伦好看的，我告诉他。

——当然，你会的，凯文说。

我感到惊奇，差点沮丧起来。

——我会的，我说，绝对会。他推我。

我得现在就让他好看。我朝后看了看肖恩·华伦。他的视线扫过我，继而向前，却是往一个角落看。

他死定了。

可这场架让我觉得出其不意。我在等一个堂而皇之的借口出现，但凯文一把将我推到了肖恩·华伦的身上——我们已在校门外的田野上，这田野横穿马路，刚被开垦出来——然后，肖恩·华伦用胳膊肘推我，也许是他的胳膊肘刚好就在那个位置。于是，我砰的撞到他身上，又砰的被撞回来，很是让我出乎意料。我挥舞握紧拳头的手臂，已没有时间去准备、去记住打拳不能太猛。这么想这么做都太迟了。我的下巴压着他的脑袋，牙齿咬得直作响。我放开他的胳膊，向后退几步，踢了他一脚。我收回左脚，又踢了他一下。肖恩·华伦竭力想要握紧我的脚，把我绊倒。我抽回脚，没被绊倒。肖恩·华伦向后退，他后面的男生打他，因为我准备再踢他。我跑着去踢他，给了他一顿好果子吃，尤其是膝盖上方的部位。他跳着向后退，像断了腿似的。他哼哼着表示不满。他栽在我的手上，我要赢了。我准备扯他的头发，用膝盖蹭他的脸。以前我没做过。有一次，我差一点像这样整到辛巴德，可仅仅把辛巴德的头往下压就够让他受的了。他大声尖叫，我不能把腿再往上抬了，虽然我可以提高一点，却也只是有劲使不上。然而，肖恩·华伦不是辛巴德，我揪住他的一撮头发——

一股疼痛感朝我身体两侧袭来，我不由得蹲下去。

我被人踢了，刚好踢在左屁股下面，还有两根手指头尖。肖恩·华伦在我的前面。过了好一会儿，我才回过神来——

是查尔斯·立夫的。

现在已没有了喧呼。事情变得严重。我想去洗手间，两根手指头一阵阵灼痛，像被冰冻住一般。肖恩·华伦在人群里，看了看。我试图假装还在和他对战。

被踢到的地方又挨了一下。还是查尔斯·立夫。

没人跳进来。没人说什么。没人动一下。大家都知道，即将有一场前所未有的战斗要上演。流血，嗑牙，衣服扯破。东西打坏。没有规则。

我无法再装了。我真的希望我从没踢过肖恩·华伦。我不可能再去踢查尔斯·立夫。我什么事都不能做。但我必须做点什么，这是唯一的路。

他踢我。

——在那儿！住手！

是一个工人。他正在墙上做修葺工作。有些工人听到他喊就停下手头的活儿，跑过来看看要发生什么事了。

——不准用脚踢，那个工人说，打架可不是那么打。

他的肚子好大。我记起来了：初夏的时候我们朝他大喊大叫，他还追过我们。

——不准用脚踢，他又说了一遍。

凯文离他比我离得远。

——少管闲事，胖子。

我们跑了。这样好。我快要哭了。我能听到书包里书和卷子哒哒哒的声音，像马飞驰时发出的。我得救了，边笑边疼，可觉得过瘾。跑到新路上后，我们停下来。

查尔斯·立夫要做掉我时，没人跳过来救我。过了好一会儿，我才适应，才弄明白，才知道这样也没什么。那种安静，那种等待。所有的人都在围观。凯文站在肖恩·华伦的旁边。围观。

我爸妈的床底下有一个大的棕色箱子，看起来像皮革的，可听声音却像木质的。箱子上有褶皱。我使劲擦它后，有一种棕色的屑末掉到我手上。箱子里什么也没有。辛巴德钻进去，像躺在床上一样躺在箱底。我关上箱子。

——里面怎么样？

——很好。

我把箱子一边的扣钩扣好，发出很大的咔嗒声。我等着辛巴德的反应。我把另一边的扣钩也扣好。

——现在里面怎么样？

——还是很好啊。

我离开箱子，脚踩在地板上，地毯咚咚地响。我又摇门，发出嗖嗖声，然后关上，门差点就砰地被关上。门如果是砰地被关上，爸爸会跟我们急的。我等着。我想要听到辛巴德踢腿，哭喊，用手抓盖子。这样我就会放他出来。

我等着。

下楼的时候我唱起歌：

——**孩子，你是个光棍儿——**

事情就是这样的——

我偷偷跑上去，没弄出咯吱声，溜到门那儿。感觉很棒。但是突然之间，我走进房间后，停住脚步，有点害怕。

——辛巴德？

我按下箱子上的锁，松开扣钩。扣钩弹了出来，弄疼了我的手。

——弗朗西斯！

另一个锁打不开。我打开箱盖的一角，箱子只开了一点，我什么都看不到。我把两个手指头放进去，什么也感觉不到，还刮伤了皮肤。我保持手的那种姿势，以便空气能进去。然后我摸到了牙齿，我觉得我摸到了。

我听到了呜咽声。是我自己的。

我关上身后的门，这样没什么可以进去。我一路扶着楼梯的把手。厅里很黑。爸爸在客厅，但电视没开。

我告诉了他。

他站起身，什么也没说。我没告诉他是我锁的箱子，而箱子又打不开了。他走到大厅等我。

——带路。

他跟着我上楼。他本可以比我走得更快，可他没有。辛巴德会没事的。

——在里面还好吗，弗朗西斯？

——他也许睡着了。我说。

爸爸一推，锁啪嗒一声开了。他打开箱盖，辛巴德仍然在里面，一点都没睡，眼睛还睁得大大的。他转过身，爬着站起来，走出箱子。他什么也不说，站在那，目光呆呆的。

爸爸认为自己可以坐在一间房子里，电视开着却看都不看一眼，这很了不起。他只看新闻，仅此而已。他读报纸或读书时都会打盹儿。我看着他的烟烧着烧着就要烧到他的手指头了，但他总能及时醒过来。他有一张属于自己的椅子。他回家后，我们必须从那把椅子上下来。我、辛巴德、妈妈，还有她膝盖上抱着的妹妹们，所有人可以一起坐在那张椅子上。有一天外面下着雨，雨打在屋顶窗户上，噼里啪啦的，我们一起坐在那张椅子上听雨，坐了好久。房子里渐渐暗下来。妈妈身上有好闻的味道，还有食物和肥皂的香味。

我叫辛巴德辛巴德的时候，他不愿意应我。因为他不听我们的话，我和凯文抓住他，在他身体两侧分别狠狠踢了一脚。他哭了，是没有声音的那种哭。我得看着他的脸才会看到他在哭。

——辛巴德。

他闭上眼睛。

——辛巴德。

我必须停下来,不叫他辛巴德。他看上去不再像那个辛巴德士兵,他的脸颊愈加扁平了。我仍然比他大,但这不再那么重要。打架时要好好教训他是没问题的,但他的反应让我感到害怕。他让我狠狠打他,然后他就走开。

他不再需要夜明灯。当妈妈在关灯之前打开夜明灯时,他会起来把夜明灯关掉。夜明灯是为他开的,是他要的。他的夜明灯亮的时候,是一只兔子,发着红光。房间一片黑暗。我想把夜明灯重新打开,却又不能,夜明灯是辛巴德的。我从来都不想要它。我说过这是傻子做的事。我曾命令他关掉,说开着我睡不着。妈妈打开夜明灯,辛巴德关掉,这样持续了一个星期。他关掉灯后,我陷入一片黑暗之中。

爸爸抓住辛巴德。他握紧辛巴德的胳膊,挡着他的去路。他还没打过他。辛巴德低下头。他没有拉着推着要逃开。

——万能的主啊,爸爸说。

辛巴德把食糖放到了汉利先生的汽油箱里。

——你为什么会这么做?你为什么老是做这些事?

辛巴德回答他。

——恶魔在引诱我。

我看到爸爸松开捏紧辛巴德胳膊的手,捧着他的脸。

——不要哭了,乖,没什么好哭鼻子的。

我开始唱歌。

——我会告诉妈妈什么时候回家——

男孩不会扔下女孩不管——
　　爸爸也和我一起唱起来。他举起辛巴德，在空中旋转。接着，轮到我了。

　　我第一次听到的时候就听出来了，可我并不知道究竟是什么。我知道那种声音，从厨房里传出来的。我独自一人在厅里，肚子朝下躺着，把一个罗尔斯·罗伊斯玩具汽车装到滑板上。油漆里有块薄片，每次都会变大一点。有重击的声音。爸爸妈妈在谈话。
　　然后我听到了噼啪声。谈话停止。我从滑板上摘下罗尔斯·罗伊斯玩具汽车。厨房的门嗖的一声开了。妈妈出来了。她转身向楼梯走去，动作很快，所以我不需要给她让路。她上楼梯的速度越来越快。
　　我认出了这个声音。我知道噼啪声是什么，卧室的门被关上。
　　爸爸一个人在厨房。没出来。迪尔德丽在摇篮里哭；她醒了。我听到爸爸走路的声音。我听到他来回不停地走。透过前门的玻璃，我看到了他的轮廓。在他走到大门之前，他的轮廓转化成绚丽的色彩，但一下子就消失了。我无法判断他去的方向。我待在原地不动。妈妈走下来。迪尔德丽在哭。

　　他打她了。打在脸上；一记耳光。我试图去想象这个场景。毫无意义。我听到了；他打了她。她从厨房出来，径直朝卧室走去。
　　打在脸上。

　　我看着。我听着。我待在里面。我保护她。
　　没动静。

我不知道要做什么。如果我在的话,他就不会再那么做了,就是这样。我熬夜。我竖着耳朵听。我走到浴室,洒冷水在睡衣上。让自己保持清醒。让自己不打瞌睡,不因暖和而睡过去。我稍微留了一点门,没有全关上。我听着。没动静。我花很长很长的时间写作业,这样就能多坚持一会儿。我把英语书上的课文从头到尾抄了一遍,假装是必须完成的。我学习还没学过的拼写。我让她给我检查,而从来不是他。

——S,u,b,m,a,r,i,n,e(潜水艇)。

——好样的。Substandard(不合规格的)呢,怎么拼?

——S,u,b,s,t,a,n,d,a,r,d。

——好样的。太棒了。还有要做的吗?

——还有。

——是什么?给我看看。

——书写。

她看着我写的课文,整整两页,没有图画,还有我之前已经写过的。

——你为什么要做所有这些呢?

——练习书法。

——哦,很好。

我在厨房的桌子上写,然后跟着她进了会客室。她把妹妹们送到床上的时候,他和我一起在房间里,所以这样就好了。我享受书写;我喜欢这么做。

他朝我笑。

我爱他。他是我的爸爸。没什么道理。她是我的妈妈。

我走进厨房。独自一个人。楼上有声响。我拍击桌子。没有很大力。我又拍击了一下。就是这种声音。然而更呆滞，有些空洞。也许在外面听不一样。在我刚才待的大厅里。也许他这么做过，猛地拍打桌子。我再次拍桌子。我无法做出判断。我上瘾了。我用手掌的侧面拍打。她从厨房出来，径直走上卧室里去。她什么也没说。她不让我看到她的脸。刚开始上楼时她步伐很快，快到的时候才放慢脚步。不是他拍打桌子的缘故。也许是因为他发火了。也许这就是为什么她从我旁边经过走到楼上去，躲着我。也许。

我不知道。

我回到会客室。他想要检查我的拼写。我让他检查了。我拼错了一个，故意的。我不知道为什么。我只是在写的时候就这么做了；我把 Submarine 里的 r 漏掉了。

我听着。我关注着。我写作业。

周五午餐的时间我回到家。

——我坐在了代表最优秀的那个位子上。

是真的。一整个星期无任何错误。我所有的算术都是对的。我在三十秒内算出十二的乘法。我的书法

——大大地进步了。

我把作业装在书包里，走到教室前面去，坐到代表第一名的位子上。亨诺老师握住我的手。

——我会瞧瞧你可以在这坐多久，他说，干得好，帕特里克同学。

我坐在大卫·格拉提的旁边。

——你好，人渣。

——我坐在了代表第一名的位子上，我后来跟爸爸说。

——是吗？他说，真叫人开心。

他和我握手。

——写在这儿。Submarine 怎么拼？

——S, u, b, m, a, r, i, n, e。

——好小子。

虽然没下雨，可草是湿的。白天太短了都来不及把它晒干。放学了；天很快就黑。有一条新的沟渠。真的很大，很深。底部黏糊糊的，不是碎渣子；什么都是湿湿的。

——流沙。

——不，才不是。

——为什么不是？

——只有淤泥。

艾丹在里面。

艾丹和利亚姆有时候逃课。他们乖的时候，他们的爸爸就让他们待在家里。我们看到新的白色木棍插在草地上。我们知道那是记号，我们走过去看它们究竟是什么记号，艾丹在沟渠里面。他出不来。没什么可以抓的。

——他在下沉。

我在一旁看着。

他的一只靴子踩在淤泥里面，那泥都没过了他的膝盖。我看着他的那条腿；我数数数到二十。那条腿没再往下沉。利亚姆跑去找梯子或绳子什么的了。我希望是绳子。

——他怎么下去的啊？

这个问题蠢到家了。我们都遇到过这样的状况。下到里面去绝对不是什么难题。太容易了，一直如此。从来没想过怎么上来。

我检查了一下艾丹的腿。他的膝盖被淹了。他在下沉。他试图抓住渠壁不往下沉，试图不哭出来。他老早就哭了，从他脸上可以看出来。我想过朝他扔石子，但没这个必要。

我们坐在书包上。

——在泥里面会被淹死吗？伊恩·麦克艾弗问。

——会啊。

——不会。

——大声点儿，我悄悄说，这样他能听见。

——在泥里面会被淹死吗？

——有时候会。

——如果你的靴子满是泥，而你又无法起来。

我们假装艾丹没在那听。他试图抬起一条腿，保持一只靴子在泥上面。我们能听到泥巴吮吸般的声音。凯文用嘴巴弄出那个声音。我们都这么做。艾丹滑倒了，可没有往下沉。

然后我开始担忧起来。他真的会被淹死。我们看着他；我们必须看着他。我突然感觉草地很湿。像是我做的一个梦，那个我有时候会做的梦，梦中我嘴巴里全是泥，干干的夏天里的泥；我无法将它弄湿，也无法吞下去。我没办法合上嘴巴。那泥巴占满了我的嘴，越来越深。我的下巴疼了，拼命战斗，还知道我要输了，我嘴巴里的泥越来越多，我又吞不下。我不能喊，我不能呼吸。利亚姆拿来一把梯子，并找来了他的爸爸，他们救了艾丹。利亚姆的爸爸要去投诉建筑商，可他不让我们跟着。

凯斯·辛普森不是在沟渠里淹死的。他淹死在一个池塘里。那个池塘当时穿越了上面还没有建房子的六七块田地。很适合产蛙卵，也容易结冰。不深，可黏糊糊的；你不会光着脚丫踩进去。当你屈身在冰面上，冰就会发出愤愤不平的撕裂声。太小了，还不够称得上湖泊。

凯斯·辛普森是在那被发现的。他只是被发现了。没人知道他怎么到那的。

妈妈哭了。她不认识凯斯·辛普森。我也不认识。他是大公司房子里的人。我知道他长什么样子。个子小小的,脸上有雀斑。她在抽鼻子,我知道是在哭泣。整个巴里镇变得静悄悄,似乎这个不幸的消息已经不胫而走。他脸朝下摔倒,外套和连衫裤湿透了,太重,以至于他起不来;他们是这么说的。水浸泡着他的衣服。我可以看到。我把自己的袜子放在水槽里,倒着放进水里。水爬到袜子上面。一半的水跑到了袜子里。

我看着那座房子。我知道是哪一家。街角的那一家就是。有一次我看到一个男人——肯定是凯斯·辛普森的爸爸——在屋顶摆弄天线。窗帘是拉着的。我向前走近。我触摸他家的门。

爸爸回家的时候拥抱妈妈。葬礼上他走过去和凯斯·辛普森的妈妈和爸爸握手。我看到他了。我在学校;大家都在学校,穿着体面的衣服。亨诺老师让我们每个人独自说万福马利亚的前一半,然后其他人加入进来一起说后一半,这花了好一会儿的工夫,最后我们才被带到教堂。妈妈坐在她的位子上。有一条很长的队伍排着等握手,都排到了教堂底下,沿着耶稣受难像,在后面绕了一圈。棺材是白色的。奉献仪式(弥撒礼仪的一部分)过程中有一些弥撒卡扔下来了。它们噼里啪啦落在地板上。很响亮。其他就只剩前面人的抽泣声,牧师僵硬的衣服摆弄声,以及祭坛助手的铃声。抽泣的人越来越多。

我们不被准许去墓地。

——你可以自己在其他时间去那祈祷,沃特金森老师说,下周日。那样会好一些。

她在哭泣。

——他们只是不想让我们看到棺材被埋进去,凯文说。

没有课了。我们坐在商店后面田地里一个表面平滑的纸板箱上,这样衣服就不会弄脏了,我们不会被妈妈们干掉。箱子上只能坐三个人,可我们有五个人。艾丹得站着,伊恩·麦克艾弗回家了。

——他是我表弟,我告诉他们。

——谁是你表弟?凯文问。

他们知道我要说谁。

——凯斯·辛普森,我说。

我想起了妈妈哭的样子。他最起码也得是个表弟。我相信自己。

——Hari-kari。

——是 hari-kiri(日语:切腹自尽),我说。

——什么意思啊?伊恩·麦克艾弗问。

——你不知道吗?凯文说,蠢驴。

——这是日本佬自尽的方式,我告诉伊恩·麦克艾弗。

——为什么?艾丹问。

——什么为什么?

——他们为什么要自杀?

——很多原因。

这个问题很蠢。不过没关系。

——因为他们在战场上被打败了,凯文说。

——现在还这样吗?艾丹说,战争是好多年前的事了。

——我叔叔参过战,伊恩·麦克艾弗说。

——没有,他才没有;闭嘴。

——他有。

——他没有。

凯文拽住他的一只胳膊拧在背后。伊恩·麦克艾弗没有要反抗的意思。

——他没有参战,凯文说,他肯定没有参战,对吗?

——没有,伊恩·麦克艾弗说。

他甚至一点都没放松他的胳膊。

这不公平;伊恩·麦克艾弗说没有的时候他就应该放开他的。

——那你为什么还这么说?

他拽住伊恩·麦克艾弗的手腕,愈加贴近后背。伊恩·麦克艾弗得向前弓着腰。他没有回答;他或许什么也想不起来,想不起来说什么好让凯文放开自己。

——放开他,利亚姆说。

利亚姆说的时候像是在学校里回答问题而又知道自己回答得不正确。可他还是说了。他站在那。他说了。我希望凯文去教训他一顿,因为是他这么说,而不是我,凯文去教训他就说明我做对了。凯文把他的胳膊抬得更高了,直到他弯下腰——伊恩·麦克艾弗大叫起来——然后凯文放开他。

伊恩·麦克艾弗直起身,假装他们只是在混着玩。我等着。利亚姆也等着。没什么事情发生。艾丹让一切恢复正常。

——他们必须自杀吗?

——不是的,我说。

——那为什么要自杀呢?

——他们只在迫不得已的时候才这么做,我说,或者他们想这么做,我说,也说不定。

——他们什么时候必须自杀呢?辛巴德问。

也许打他可以让他闭嘴,可我不想么么做。他两个鼻孔都在流鼻涕,尽管天没那么冷。

——当他们打败仗什么的时候,我说。

——当他们难过的时候,艾丹说。

他说的时候像是在问问题。

——是的啊,我说,有时候难过就会的。

——非常难过,只有非常难过的时候。

——是的。

——愁眉苦脸的时候不见得会。

——不会的。只在难过得哭个不停的时候。当你妈妈没了或这类的事情发生。或者你的小狗死了。

我记起来了,可已太迟:艾丹和利亚姆的妈妈已经不在人世。但他们什么也没做,没有看着彼此什么的。利亚姆只是点点头;他知道我什么意思。

还有两户人家没有爸爸或妈妈。苏利文家没有妈妈,理查德家没有爸爸。理查德先生在一场车祸中丧生。苏利文太太就那样过世了。理查德先生走后,他们一家就搬走了,可后来又搬回来了。他们走的时间不长,一年都不到。他们没去我们读书的学校上课,那三个儿子。还有一个女儿,玛丽。她是姐姐。

——有点鲁莽,妈妈说。

——她去了伦敦,逃去的。他们在那找到她。她是个嬉皮士,巴里镇唯一的真正的嬉皮士。英格兰的警察找到了她。他们让她回家。

——他们有一把刀,他们把刀捅进自己的肚子里,我告诉他们。

这是不可能的,他们的脸在那么说。我同意。你不可能把一把刀捅进自己的肚子里。而吞下一大把药片是不难想到的。这很容易。我会弄来一瓶液体把它们冲到底部,这样就更容易,可口可乐或牛奶。或许可口可乐。甚至火车来时往桥下跳也很容易想象。我可以做到。我可以往下跳,不撞到火车。以前我从高处往下跳过。刻意让自己窒息而死是不可能的。如果你跳到一个泳池的深处,离边沿很远,旁边又没人来救你,你肯定会淹死,假如你不会游泳或者是个菜鸟。或者你刚吃完饭碰到抽筋。我无法想象自己用刀捅自己。我甚至都不会去试验。

——不是切面包用的刀,我说,或者这之类的刀。

——屠夫用的刀。

——是的。

——不小心切到自己,这是很容易见到的。我们见过一个屠夫用刀。他让我们围看。他让我们在角落里看。奥吉弗太太,詹姆斯·奥吉弗的妈妈,在小窗口拿过钱并找出零钱,她朝我们大声吆喝,因为我们偷锯屑。我们偷这个是为了伊恩·麦克艾弗的天竺鼠。那有很多的锯屑。因为是早上很早的时候,所以锯屑很干净很清新。我们都大把大把地抓,然后放进口袋。其实不是真的偷窃。锯屑一文不值的。而且是为了天竺鼠。她朝我们吆喝;嘴里发出哼哼唧唧的声音。于是她喊出一个名字。

——西里尔!

那是屠夫的名字。我们没有跑开。只是锯屑而已。我们以为她不是因为我们喊他。他从后面的大冰箱那儿走出来。

——什么事?

她指着我们。太晚,跑都来不及了。

他看到我们手里的锯屑。他是个巨人。他是巴里镇上最高大、最胖的人。他不住在巴里镇,不像其他人住在自己商店上面的房间里。他开着本田 50 来上班。他做了一个怪脸,像是被奥吉弗太太惹恼了。她在浪费他的时间;他正在忙事。

——过来,伙计们,来我这给你们看样东西。

他说的是我,凯文,伊恩·麦克艾弗和辛巴德。利亚姆和艾丹又住到莱黑尼的姑妈家了。我们走到他面前。

——站这儿。

他走进冷冻库,回来时拿着一只动物的腿。扛在肩膀上。他穿了一件白色外套。我认为那是一只奶牛的腿。

——过来。

我们在柜台后面跟着他走到一个木滑车边。那只腿是干净的。我能看到刷子刮过的痕迹。我以前看过他刷刷子。上面是一个刷子的形状,但不是鬃毛刷,是金属刷。他稍微弹了一下手就把那只腿从背后拿到了木滑车上。啪嗒一声击在木板上。他让我们上前摸一摸。

——好了,伙计们。

他的刀插在桌子上方挂钩挂住的刀鞘里。他拔出刀来。嗖的一声。我们看得一清二楚。

——这花了我几百英镑,伙计们,他说,别碰它。

我们不会碰的。

——现在,看这儿,他说。

他用刀划过肉的表皮——只是划一下——刀就顺势切下去;是一块排骨。他毫不费力;他倚着腿的边缘,仅此而已。没有声音,没有紧张。只是他在流汗。他用另一把刀弄碎骨头，劈刀。他敲那块排骨，一下，两下，然后排骨就平整地躺在案板上。

——好了，他说，就这样。下次要是我逮到你们偷锯屑，你们就成这排骨了。

他看起来仍然友善可亲。

——出去的时候撒到地板上。再见，伙计们。

他回到冷冻库。我确保自己的锯屑全在地板上。辛巴德把口袋里的锯屑抛出去后就跑开了。

——他拉稀了，我告诉他们，从腿上流下来了。

——**全从腿上流下来**——

  大便大便—啦啦—

——流到鞋子上了，我说。

——**全从腿上流下来**——

  大便大便—啦啦——

伊恩·麦克艾弗的天竺鼠死了，因为那个寒冷的夜晚。上学前他出去看了一下天竺鼠，天竺鼠在一个角落结满冻霜的箱子里。他怪他妈妈不让自己把它带到床上一起睡。

——她说我会闷死它的，他说。

——我宁愿窒息而死，也不要冻死，利亚姆说。

——昨晚温度在零度以下，我告诉他们。

假如你每天给天竺鼠换水，冬天每顿晚饭给它吃热麸皮糊，它可以活上七年。伊恩·麦克艾弗的只活了三天。他甚至还没给它取名字。他问过他妈妈，可他妈妈不告诉他热麸皮糊是什么；她说她不知道。

——吃草就可以了，伊恩·麦克艾弗说他妈妈这么说。

他爸爸也没帮他。

——给他买件厚夹克就行了,他说。

他认为自己很搞笑。

我们拿到了他妹妹的娃娃和大头针。我们把它们带到田地上;我们偷偷拿出来的。娃娃看上去一点也不像麦克艾弗太太。

——没关系,凯文说。

——她没有那样的白色头发,我说。

——没关系,凯文说,只要我们在用大头针刺的时候想着她就行。

我们要用机动人对付麦克艾弗先生,可爱德华·斯万维克不让我们用他的,而只有他有机动人。

——没关系,凯文说,麦克艾弗太太死后他会心碎的,这就够了。

——他没那么喜欢她,伊恩·麦克艾弗说,我觉得没有。

——他仍会想她的,凯文说。

不管怎样我们还是揍了爱德华·斯万维克,但没有打他的脸。

凯文还是最高位的牧师,不过他让伊恩·麦克艾弗第一个刺大头针,因为那是他妹妹的娃娃。

——麦克艾弗太太!

凯文举起手伸向天空。

——麦克艾弗太太!

我们抓住一条胳膊和腿,好像娃娃会逃走。

——你必死!

伊恩·麦克艾弗把大头针刺进娃娃的肚子里,刺透娃娃的裙子。我在想,会不会在某个地方,一个女孩穿着裙子,大眼睛,痛苦地大叫。

——你必死！

我拽住她的脑袋。凯文抓住阴部。利亚姆对付屁股，而艾丹则负责眼睛。几乎没有大头针的痕迹；我们除此之外没对娃娃做什么。伊恩·麦克艾弗不让。他将娃娃带回家。他进屋看有什么动静。我们在外面等他。他出来了。

——她在煮晚饭。

——该死。

——在炖汤。

是周三。

我们没有太失望，可我们假装有。我们把天竺鼠塞到科尔马丁的信箱里，科尔马丁小姐找不出是谁干的。我们先把指纹擦掉了。

她听他的比他听她的要多。她的回答比他的长。整个过程有三分之二是她在讲，她很容易就会讲那么多。可她不是个话多的人，一点都不是；她只是比他更感兴趣，虽然他是那个看报看新闻时就要求我们安静的人，即使我们没有吵闹。我知道她比他能说；我一直都知道这个。有时候他很能讲，有时候一句话都不会讲，还有时候你可以看得出自己不能靠近他、问他事情或和他说话。他不喜欢被分心；这个词他说了很多遍，可我知道那是什么意思，分心，但我不知道他怎么会被分心，因为他其实什么也没在做。我不介意，只在有些时候会。爸爸们都那样，我所知道的爸爸们都那样，除了欧康纳先生，而我不喜欢像他一样的爸爸，喜欢的话也许只在假日的时候。碎饼干很惹人爱，可你需要蔬菜和肉，即使你不喜欢。所有的爸爸们都会坐在房间的一个角落里，不希望被分心。他们需要休息。他们把食物放在桌上。爸爸周五回家时，肩膀上稳稳地背着一大帆布袋的食物。布袋上端有一条系带用来系住袋口。是那种会伤手的绳带。如果系的速度太快，绳带会勒到皮肤。总是妈妈清空布袋。里面装满蔬菜。全是爸爸在莫尔街买的。也是爸爸付钱买其他的食物，一切都是。他得在周末养精蓄锐。有时候我不相信这是不能靠近他、他要走进他的角落不出来的唯一原因。有时候他就是很坏。

我赢了一枚奖牌。百米赛跑第二名，只是那没有一百米，甚至不到五十米。是周六，学校开运动会，第一届。比赛二十个人，跑到田径场对面去。亨诺老师负责起跑。他有一个哨子。还有一面旗子，但不用。田径场一点点都不平。很难跑直线，有些地方草长得太高突出来了。我看到弗鲁克·卡西迪倒下。他在我前面一点，可我追上他了。我看到他的腿软掉。我从他身边跑过。我听到他的喘息声。我把双手伸起指向终点线，赢的人一直都这么做。我以为我赢了；跑过终点线的时候没有录像带，也没人在我身旁。最后赢的是理查德·希尔斯，他已跑到田径场的尽头。我第二名，共二十个选手——胜出其他十八个人。亨诺老师有话说。

——很好，克拉克。只是你要是能像你在班上回答问题那么快就更好了。

上课时我反应很快；我知道的比亨诺老师还多。亨诺老师是个私生子。私生子是指他的父母没有结婚，或者是指他非法出生。亨诺老师不是一个孩子了，但他还是一个私生子。他不能只给我一块奖牌，他还要嘲笑一番。我不认识非法这个词，但合法意味着要遵守法律法规，而非法就是它的反义词。多毛（hirsute）就是毛多（hairy）。

——他的小鸡鸡毛很多。

——毛很多!

——毛很多毛很多毛很多!

奖牌上有个跑步运动员,没有名字或其他什么写在上面。那个运动员穿着一件白色背心,红色短裤,没穿运动衫。他的皮肤和奖牌一个颜色。我步行回家;我不想跑步。我首先找到爸爸。

——出去;现在别找我。

他头都没抬起看我。他在看报。他总是在周六谈论下议院,告诉妈妈下议院说了些什么,所以他很可能在读下议院的报纸。他弹了一下报纸,将它朝上弄平整。他没有生气什么的。

我感到很傻。我应该先找妈妈的;那样子就会容易些。我朝门走去;双腿里的骨头像橡胶似的。他在会客室。安静平和,他在那的时候就那个样子,只有在那儿的时候才安静平和。我不介意等等的,真的不介意,可他甚至连头都不抬一下。我准备轻轻带上门。

他看了看我。

——帕特里克?

——对不起。

——不是;进来吧。

报纸从他面前拿下来了,自动折起来;他不去管它了。

我松开把手。需要上油了。我走回去。害怕和高兴,都有一点点。我想去洗手间;我觉得我要去,就那种感觉。我问他。

——你在读下议院报纸吗?

他笑了。

——你拿的什么?

——一块奖牌。

——给我们瞧瞧；你该告诉我的。你赢了。

——第二名。

——差不多第一了。

——是啊。

——真行啊你。

——我以为我赢了。

——下次吧。第二名已经很好了。放这儿吧。

他伸出手。

我希望他一开始就这么做的。这不公平，他把你快弄哭了，然后才改变主意，做让你称心的事。情况并不总是这样，但对于他而言——想拥有房子里自己的部分空间——已经足够，而且也足够在周末让房子变得不一样。我可以从不去找他；我得先查看一下。我把这归罪于报纸。新闻就一傻帽儿，专报道第三次世界大战要来了，以色列要踏平阿拉伯之类的事。我讨厌报纸。如果有人说要杀人，最好他们真的这么做了。

——我不会让你好受的。

这样子好一点。

报纸很无聊。爸爸有时候读给妈妈听下议院在干吗干吗，傻到家了。妈妈有在听，只是因为他在读，而他又是自己的丈夫。

——很好。

妈妈经常这么回应，听上去不像是这个意思；她说这个和说去睡觉给人感觉一样。

——道成肉身！

嗖嗖。

——下议院！

报纸很大字很小，要花一整天才能读完，尤其是双休日的。我读过一篇报道说一个十字架被一个蓄意破坏文物的人破坏了。是《晚报》的头条，花了我八分钟。有一张十字架的图片，上面却没什么破坏的痕迹。每次去下面商店拿报纸的时候，如果是夏日里阳光灿烂的一天，我就知道沙滩上会有女生或小孩子在，通常是三个人一排；小孩子前面总是放着一只桶和一把铲子。爸爸总是那样：他开始读报纸，然后就必须看完——他觉得这样做很好——于是就要花一整天的时间。他变得爱发牢骚并且很危险；他在浪费时间。字很小所以他不能分心。周日下午：妈妈紧张，我们讨厌他，他就只知道读下议院报。

我会修理你的。

詹姆斯·奥吉弗的妈妈总是这么说他和他的几个兄弟以及妹妹。她是想让他们听自己的话。我会抽死你。我会扒了你的皮。我会碎了你的骨头。我会一片一片撕了你。我会残了你。

这些都很傻。

你这个魔头，定要我落下个绞死的下场不可。我不知道这什么意思。科尔马丁太太就这么冲她的呆儿子埃里克吼叫。埃里克把六箱袋装的脆饼都拆开了。

妈妈解释给我听。

——这是说她会杀了他，然后因此而被判绞刑[1]，不过她不是当真的。

——那她为什么说一些并不当真的话呢？

——人说话就是这个样子的。

---

1. 英文俚语 I'll swing for you。

精神病肯定很爽。你可以随心所欲又不会招致任何麻烦。可这个是装不来的；你得一直保持那样。不会有家庭作业，可以在晚餐上吐口水，想吐多少就吐多少。

艾格尼丝，在科尔马丁太太商店做事的女人——因为科尔马丁太太要忙着在门后监视别人，每天都会拿着一把剪刀剪下报纸的首页，只有报纸名称和下面的日期。

——为什么呢？

——把它们寄回去。

——为什么？

——因为他们不想要整张的报纸。

——为什么不想？

——他们就是不想。他们不需要。那报纸都过期了，没用。

——能给我吗？

——不能。

我不想要那些报纸。我这么说是因为我知道她会说不能，我要确认一下她会这么说。

——科尔马丁太太用这个擦屁股，我说。

声音不大。

辛巴德在。他盯着窗户门；她在后面。艾格尼丝轻声回应。

——走开，小屁孩，否则我会告诉她的。

艾格尼丝和她妈妈住一起；她其实算不上一个真正的女人。她们在新房子群正中间的一个小屋里住着。花园里的草从来都长得极好。

爸爸读报纸的时候神情就变了。身体朝前凑，眉毛扬起。有时候嘴巴张开牙齿紧闭。我听到他磨牙但起先不知道那是什么。我朝房间四周看。我起立。我原先一直坐在地板上,他旁边,等他看完。我什么也看不到。我看妈妈。她在读《女性》;不是真的在读,翻翻而已,翻页的时候仍看着页码,手随着书页走,每翻开一页花掉相同的时间。我看爸爸,看他是否和我一样在听,似乎是坚硬的东西要碎了的感觉。结果我看到他的嘴巴在动——我仔细看,嘴巴动一下就有那个声音;这就是了。我等着他打盹儿。我想要提醒他。我讨厌他这么做。报纸就是十足的混蛋。

——我想要变一下,换成猪肉。

他什么也没说;连看都不看一眼。

——可以的。

他的脸粘在报纸上了。他的眼睛没朝下看。他没在读报纸。他故意让她问出这句话。

——你觉得怎么样?

他把报纸弄得劈啪作响。他将报纸折起。他努力一心扑在上面。他在说话,可一点也不像是他在说话;像是随着一声叹息说出来的话——甚至都算不上耳语。

——想做什么就做什么。

脸对着报纸,双腿交叉,僵硬,没有节奏。

我没回看妈妈;还没有。

——你总是这样。

我还是没看。

她什么也没说。

我在听。

我只能听到他的呼吸。他呼出空气,从鼻子里。氧气吸进,二氧化碳呼出。植物相反。我现在能听到她了，她的呼吸。

——我能开电视吗？我说。

我想要提醒他我的存在。他们要吵架了，我的存在可以阻止他们。

——是电视机，她说，纠正我道。

没什么问题。如果有的话她就不会那样说了。妈妈讨厌半词或不完整的表达。只喜欢完整的、正确的词。

——电视机，我说。

她不介意我用那样的缩略语。它们是不一样的。是一部电视机，她会说，并不是真的在发难。这是一双威灵顿长靴。这是一间厕所。

她的声音正常。

——电视机，我说，可以吗？

——在放什么？她问。

我不知道。这没关系。房子里会充满声音。他会抬起头看。

——节目，我说，可能，也许，是关于政治的。有趣的。

——比如说呢？

——共和党对抗统一党，我说。

这话吸引了爸爸，他看着我。

——在放什么？他说。

——也许是的，我说，不确定。

——他们之间的比赛吗？

——不是，我说，他们之间的谈话。

谈话节目是爸爸唯一不会假装没看到的电视节目，还有《弗吉尼亚人》。

——你想要开电视吗？他说。

——是啊。

——你刚才为什么不说呢？

——我说过了，我说。

——去开吧，他说。

他的腿在动，一条腿在地上，另一条腿在那条腿上，上下晃动。有时候他会把凯瑟琳和迪得丽放在腿上，也这样上下晃动。他还把辛巴德放在腿上过——我还记得——所以他肯定也把我放在腿上过。我起身。

——你的作业做完了吗？

——做完了。

——所有的都做完了？

——是的。

——预习呢？

——是的。

——你做了什么？

——十个拼字练习。

——学了十个呵；给我们来一个？

——Sediment（沉淀）。你想要我现在拼出来吗？

——没什么意义，不过还是拼吧。

——S，e，d，i，m，e，n，t。

——Sediment（沉淀）。

——C，e，n，t，e，n，a，r，y。

——Centenary。

——是的。是指一百周年纪念。

——就像你妈妈的生日。

我做到了。可以了。又恢复正常。他讲了个笑话。妈妈笑了。我笑了。他笑了。我笑得最久。笑的时候,我以为我会哭出来。可没有。眼睛使劲眨着然后就好了。

——Sediment 有三个音节,我告诉他们。

——好棒,妈妈说。

——Sed-i-ment。

——Centenary 有几个呢?

我已经准备好了;有一个还是家庭作业里面的。

——Cen-ten-ar-y。四个。

——非——常好。Bed(床)呢?

在回答之前我知道了那是个笑话;我的嘴几乎就要张开了。

我快速站起。

——好的。

当一切都好的时候我想走开。是我把一切变好的。

有两个老师因病不在,所以亨诺老师得照看另一个班。他在黑板上留一大堆算术给我们做。他走时没关门。没有很吵或很闹。我喜欢做长除法。我用尺子确保线条绝对笔直。我喜欢猜测在写到页面最底端前自己是否能算出答案。有尖叫声和笑声。凯文侧过身去在费格斯·斯温尼的本子上画了一条弯弯曲曲的线,他只是用钢笔的另一头画线,这样本子上不会有笔迹,但这把费格斯·斯温尼吓了一跳。我没看到。那星期我坐在第二排的第一个,凯文坐在第三排中间。

你总能判断出亨诺老师什么时候回来。几秒钟内教室里变得静悄悄。他在教室;我知道。我快算出答案了。

他站在我旁边。

他把一个本子放在我眼睛下面。打开着的。不是我的。有泪水混着墨迹一直流到页面底端的痕迹。泪水让墨汁变成浅蓝色;本子上有些地方是浅蓝色的,明显是有人想要擦掉泪水。

我准备挨打。

我向上看。

亨诺老师把辛巴德带过来了。那些是辛巴德的泪水;我可以从他的脸上还有他急促的喘息看出来。

——你看看,亨诺老师对我说。

他让我看辛巴德的本子。我照做了。

——是不是太不体面了?

我什么都没说。

错就错在泪水。它们让写的字都看不清了,也没别的。辛巴德写的字还不赖。很大,线条有点弯曲,像河流,因为他写得很慢。有些折线都超出本子了,不过也还好。就是那些泪水。

我等着。

——你没在这个班上课真他妈走运,克拉克二世,亨诺老师对辛巴德说,你问问你哥哥吧。

我还是不知道出什么问题了,为什么我要看本子,为什么我的弟弟会在这。他没哭了;脸色正常。

这是一种从没有过的感觉:太不公平了;太疯狂了。辛巴德只是哭了而已。亨诺老师不了解他;只是在对他挑刺。

他对我说。

——你把这个本子放到你书包里,一回到家就给你妈妈看。让她看看她有怎样的怪胎。明白了吗?

我不会这么做的但我必须说会。

——好的，老师。

我想要看看辛巴德，让他知道。我想要看看每个人。

——现在就放到书包里。

我轻轻合上本子。还有点湿。

——你走吧，亨诺老师对辛巴德说。

辛巴德走了。亨诺老师叫他回来关上门；问他是不是在畜舍里生出来的。然后亨诺老师走过去，重新打开门，听另一个班的动静。

我把本子给辛巴德。

——我不会把这给妈妈看的，我告诉他。

他什么也没说。

——我不会让她知道的，我说。

我需要他知道这一点。

有一天早上她没起床。爸爸下楼去叫麦克沃伊太太来照看两个妹妹。我和辛巴德还是要去上学。

——你们的早饭在这，他说。

他打开后门。

——你们洗漱过了吗？

他走了，我没能告诉他吃早饭前我总是会先洗漱好。我总是自己弄玉米花，拿好碗，把玉米花放进去——从不撒出来。然后加糖。以前我总是轻轻抖动勺子后面的手指，这样糖就会均匀撒在玉米花上。可这个早上我不知道怎么办了；我都弄乱了。没有碗。我知道她放在哪。有时候是我收好的。没有牛奶。可能还在门口的台阶上。只有糖。我走过去。我不想思考。我不想去想妈妈在上面的卧室里。

想她生病了。我不想看到她。我害怕。

辛巴德跟着我。

如果她没生病,如果她只是待在上面,我一定会去弄清楚她为什么还没起床。我不想知道。我无法走到那去。我不想知道。过一会儿我们从学校回来后一切就恢复正常了。

我吃了一勺糖。还没融化我就吞下去了。我不饿。我不需要吃早饭。我要煎吐司。我喜欢汽油。

——妈妈怎么了?

我不想知道。

——闭嘴。

——她生病了吗?

——她厌烦你;闭嘴。

——她不舒服吗?

我喜欢汽油发出的嘶嘶声,还有那味道。我抓住辛巴德。我把他的脸拽到汽油旁。他反推我。他没以前那么好控制了。他的胳膊很结实。但他还是打不过我。他永远不可能打过我。我总是比他大。他跑掉了。

——我会告发你的。

——向谁?

——爸爸。

——你要向他告发什么?我说,靠近他。

——你在瞎摆弄汽油,他说。

——那又怎么样?

——我们不许那么做的。

他跑进大厅。

——你会吵醒妈妈的,我说,然后她就永远好不了,而这要怪你。

他什么也不会说的。

——肯定是你们俩做的好事。

爸爸几乎每次都这么说。

我打开后门,好让汽油味消散掉。

如果妈妈没有真的生病;如果他们又吵架了。我什么也没听到。我去睡觉之前他们还笑了。他们还说话了。

我关上门。

爸爸要回来了。我能听到脚步声。他打开门,走进来,双脚同时着地。他让门开着。

——真是出门的好天气,他说,吃过早饭了吗?

——吃过了,我说。

——弗朗西斯也吃了吗?

——是的。

——好小子。好孩子。麦克沃伊太太会照看凯瑟琳和迪得丽的。她人很好。

我盯着他的脸。没有紧绷绷的或脸色苍白;看不到脖子上的血管。看上去很好,很平静;没有不好的事发生。妈妈生病了。

——这样你们的妈咪就可以变好点儿了,他说。

我现在想去看她;可以的。她只是生病了。

——我没时间吃早饭了,他说,但他看上去很高兴,做坏事的没得休息。

——我能上去看看她吗?我说。

——她需要睡觉的。

——只看一会儿。

——最好不要去;你会吵醒她的。最好不要去。你介意吗?

——不介意。

他不想我去。肯定有事情。

——你中饭怎么解决?他说,你得待在家里。

——吃三明治,我说。

——你可以应付吗?我已经把妹妹们安排好了。

——可以的。

——好孩子,他说,还有弗朗西斯,怎么样?

——好的。

黄油是硬的。我见过妈妈处理黄油,用刀子刮最上面的。可我做不来。我只是在面包的四个角放上小块儿。冰箱里没什么可以夹在三明治里,除了奶酪,但我讨厌奶酪。所以我只做了面包三明治。我给辛巴德也做了个,以防爸爸要检查。妈妈没什么事的。如果他下楼的时候面带笑容,我会向他要钱买炸土豆片。

他笑了。

——我们可以在三明治里放炸土豆片吗?

——好主意,他说。

他知道我是在要钱买炸土豆片。他手臂里抱着两个妹妹;他在逗她们笑。炸土豆片三明治。我得在课间溜出去,因为我们不许离开校园,除非我们是给某一个班主任跑腿儿。她肯定没什么事。只是有点感冒;我现在能完全确定。她会胃痛或头痛,就这样,或者重感冒。爸爸把凯瑟琳放到地上,这样他就能从口袋里拿钱。我们回家的时候她绝对已经下楼了。

——好了。

他找到钱了。

——喏,拿去吧。

两个先令。

——每人一个,他说,弄清楚啊。

——谢谢爸爸。

辛巴德回来了。

——爸爸给了我们每人一个先令,我告诉他。

——我们回来的时候妈妈会好一点吗?他说。

——可能吧,爸爸说,也许不会;可能吧。

——炸土豆片三明治,我告诉辛巴德。

我给他看两个先令。我拿出手帕,把两个先令放在里面,将手帕塞进去,正好塞到口袋的一个角落,两个先令就牢牢待在那。

我慢慢回家,故意的。我把书包放在艾丹和利亚姆家的树篱和墙壁间,我们去找那个怪家伙。几乎没什么田地留下来了,可他还是待在外面。我见过他一次。我看的时候他就跳到了沟渠里。他穿了件黑色的大外套,戴了一顶帽子。身上很脏,后背有点驼。没有牙,只剩下两排黑黑的牙柱,像杜茜的。我没看到他的牙——太远了——可看起来就是那样。我只看到了他的轮廓。那天我们都看到他了。我们在后面追他,但他跑开了。因为他的所作所为我们要杀了他。他吃鸟啊鼠啊,只要从垃圾箱里能拿出来的他都吃。爸爸总是周三晚上把垃圾箱放在门外,因为收垃圾的人会在周四早上来,他早上总会很赶很赶。一个周四,垃圾箱的盖子拿下来了,东西撒了一地,袋子啊骨头啊罐子啊,垃圾箱里几乎一半的东西都在外面,周一、周二、周三用过的东西。我回家跟妈妈说了这件事。

——是猫啦,她说,无所谓。

我再次出门;我要去学校。我看。有面包皮留在那。圆圆的,鞋子的形状。我踢了一脚;面包还是粘在地面上。那个怪家伙。

他不属于任何人。他从一根柱子后面跳出来,把鸡巴给巴尔多伊尔的一个女孩看,结果那个女孩当场晕倒,被送往杰维斯街上的一家医院。治安人员总也找不到他。他知道你什么时候是单独一个人。

——打仗那时候他参军了,艾丹说。

只有我、艾丹和利亚姆。凯文得和他爸爸妈妈去个地方;他奶奶生病了,他得穿上体面的衣服。他有张条子可以让他早点回家。我很高兴凯文没来,但我什么也没说。

——你怎么知道的?

我没有像凯文在时的那个样子说话。

——他脑袋上中了一枪,他们没办法取出子弹,结果他就疯了。

——我们还是应该杀了他。

——是啊。

——我敢说凯文的奶奶要死了,利亚姆说,妈妈死的时候我们要穿上体面的衣服。你还记得吗?

——不记得了,艾丹说,哦是的。然后有一个招待会。

——招待会?

——是啊,艾丹说。

——是啊,利亚姆也说,是的吧。有三明治,大人们还有酒喝。

——我们也一样。

——他们有些人还唱歌。

我想要回家。

——我觉得我们找不到他了，我说，天太亮了。

他们同意。没有说懦夫胆小鬼之类的话。我拿起书本，慢下来，让自己正常地走路。我摘下汉利家树上的一片叶子，折起来，看到折缝变黑，有些断掉。我来到了门前。

她还是穿着睡衣。就那样。

——你好啊，她说。

——你好，我说。

辛巴德已经在家脱了鞋。她看上去没什么事。

——你还觉得不舒服吗？

——没有了，她说，我很好。

——你想让我去商店吗？

——不用了，她说，弗朗西斯在给我唱一首他新学的歌呢。

——我们中饭吃的是炸土豆片三明治，我告诉她。

——我信你，她说，你可以为我唱完吗，宝贝？

——泰莉追赶着，走远了——

辛巴德看着旁边的地毡。

——泰莉追赶着，走远了——

　泰莉追赶着，走远了——

　　我的男孩走远了——

妈妈开始给他打节拍。

第二天她还是穿着睡衣，不过那只是因为她还没梳洗好。她好多了。看起来腰更直。动作也更快。

晚上我坚持熬夜，尽我最大努力熬夜，熬大半个晚上。没什么事发生。我一早就醒了——天才蒙蒙亮。我起床。脚踩到地板上时没弄出声音。我走到他们的门前面，轻轻推开门，发出咯吱声。我听。没什么事。都睡着了。爸爸的声音。妈妈的声音，稍比他轻。我回自己房间。下床一会儿后回来，里面还有余温，就觉得床很温暖。我抬起双脚往胸前靠，一直保持这个姿势。我不在乎就这样醒着。就我一个人。我朝辛巴德看去。他的头睡到了原本他脚在的地方。他的脚在床上某个地方。我能看到他的后脑勺。我看他。我看到他呼吸的样子。外面有鸟儿，很多很多；一共有三种。我知道的：它们在吸牛奶喝。以前有一块屋面石板瓦放在阶梯旁边，好让送奶人把它放到牛奶瓶上面不让鸟儿喝到，可现在屋面石板瓦不见了。于是就有一个饼干罐的盖子和石头可以放牛奶瓶上面，可同样不见了；是盖子不见了，不是石头。我不知道为什么每个人都不想让鸟儿喝到牛奶。鸟儿只能喝到上面一点点，不算什么的。我听到他们房间的闹钟响了。我能听到爸爸旁边的木橱柜上面闹钟的声音。我听到闹钟声音被弄停了。我等着。我听到她朝房门走来。我已经轻轻关上门了。我假装睡着。

——早上好，孩子们。

我还在假装。我不需要看；通过她的声音我就知道。她好多了。

——起床啦起床啦！

辛巴德笑起来了。她在挠他痒痒。他也在嘟哝着，既好玩又恼人的。我等着她来挠我痒痒。

那并不意味着没什么状况、没什么事情发生。所有这一切只说明如果他们之间发生了什么事，如果他们吵架了，她现在是已经好多了。这是她第一次早上没起床，除了那次她在医院生下迪得丽，回家后有两天没下床。我们从姨妈家回来的时候她还躺在床上；她在医院期间我们待在姨妈家。我们的姨妈努阿拉。她是妈妈的大姐。我不喜欢住在那。我知道发生了什么但辛巴德不知道,真的不知道。

——我妈妈在院义[1]。

他现在不那样说话了。他现在会说多了。

我们回家的时候她在床上。我们坐公交车回的,中途换了一次车,和姨夫一起。

我继续观察。我听。

——他们有一个招待会,我告诉凯文,葬礼后。在房子里。唱歌什么的。

我去商店给亨诺老师买两块蛋糕作为他的午餐。

——没有蛋糕的话买一包天皇寿司。

他说我可以留下半便士作跑路费,我就用来买了一大块硬糖。我在桌下给凯文看。我希望我买了其他的什么东西,其他什么可以和凯文分享的东西。

亨诺老师叫我们睡觉的时候,凯文说我不敢吃硬糖,会被逮住的。如果我把硬糖从嘴巴里拿出来——因为亨诺老师会听到声音或者他会下来检查我们的作业——如果我怯懦了,我就得把剩下的硬糖给凯文。他只要在水龙头那用冷水冲一下就可以吃。

我刚把硬糖放嘴里,亨诺老师就到外面去和詹姆斯·奥吉弗的妈妈谈话。奥吉弗太太在大喊大叫。詹姆斯·奥吉弗不在学校。我拼命地吃糖。她说亨诺老师总是挑詹姆斯·奥吉弗的刺。硬糖在我

---

1. 辛巴德将 hospital(医院)发成了 hop-sital。

嘴里变得越来越圆，摩擦着我的口腔肌肉，不过更多的是摩擦我嘴巴里的天花板和舌头。变得越来越光滑。我已经拿不出来了。我让伊恩·麦克艾弗看；我张开嘴巴：硬糖是白色的。我已经把外面一圈舔完了。他和班上其他男孩一样聪明，奥吉弗太太告诉亨诺老师。她认识一些同学，不过这些人并不怎么出色。亨诺老师打开门，再次警告我们。冷静一点，奥吉弗太太，我们听到他在说。然后他走了。外面没声音了。他和奥吉弗太太去了其他地方。我们开始大笑，因为大家都在看着我吃硬糖。他们一直说他来了，假装他在，但我并没上当。他走了好久。他打开门的时候硬糖已经小得可以在必要的时候吞下去了。我赢了。我看着亨诺老师的脸，吞了下去。我得用力吞；吞下去后喉咙痛了好半天。接下来一整天亨诺老师对我们都很好。他带我们去球场教我们投球。我的舌头粉红粉红的。

他们现在吵架吵个不停。他们什么也不说，可那就是吵架。他折报纸的方式，弄出的噼啪声，他是在表达什么。她因其中一个妹妹在楼上哭而起身的时候，那叹息，那站立，是想让他知道她很疲惫。发生了。他们也许认为他们瞒过我们了。

我不明白。她惹人爱。他很友善。他们有四个孩子。我是其中一个，长子。爸爸不在时家里的男人。她紧紧抱住我们不放，紧紧地抱住，越过我们看地板或天花板。她没注意到我在试图推开她；我已经很大了，不适合这样做，在辛巴德面前。我还是喜欢她的味道。她不是搂着我们；她是紧靠在我们身上。

回应之前他在等，他一直这样，假装什么也没听到。她总是那个试图让谈话继续下去的人。我以为她需要再问一遍、改变语调、很生气地说的时候，他回应了。等他回应真是件痛苦的事。

——帕迪?

——什么?

——你没听到我吗?

——听到什么?

——你听到了。

——听到什么?

她不问了。我们在听;她看我们。他认为他赢了;我认为他是赢了。

——辛巴德?

他没有回答。可他没睡着;我知道那个呼吸声。

——辛巴德。

我能听到他在听。我一动不动。我不想让他觉得我要揍他了。

——辛巴德?弗朗西斯。

——什么事?

我想起要说什么了。

——你不喜欢被叫做辛巴德对吧?

——是的。

——好的。

有一会儿我没说话。我听到他在移动,往墙那边移。

——弗朗西斯?

——什么事?

——你能听到他们吗?

他没回答。

——你能听到他们吗?弗朗西斯?

——是的。

这就是了。我知道他不会再说了。我们听从楼上传来的含混不清的尖叫声。我们一起听,不是我一个人。我们听了好久。安静最让人受不了,要等着重新开始,或他们吵得更厉害。门砰的关上了;是后门——我听到了玻璃的震动。

——弗朗西斯?

——什么事?

——他们每天晚上都那样。

他什么也不说。

——每天晚上都那样,我说。

他的呼吸变得急促。自从嘴唇烧伤后他经常那个样子。

——他们只是在谈话,他说。

——不是的。

——是的。

——不是的;他们在吼叫。

——没有,他们没有。

——他们有,我说,压低声音的吼叫。

我听,找证据。什么也没有。

——他们停下了,他说,他们没有在吼叫。

他听起来很开心又紧张。

——他们明天还会那样子的。

——不,他们不会,他说,他们只是在谈话,在谈一些事情。

我看着他穿裤子。他总是在扣好上面的扣子前就开始拉拉链,这要花他很多时间,不过他从来面不改色。他向下盯着自己的手,露出双下巴。他忘了衬衫和背心,所以得重来。我想走过去帮他,但没有。我动一下他就会动一下;他会后退,侧着身子,哀声抱怨。

——扣子要先扣好,我告诉他,上面的扣子。先扣好。

我以平常的语调说的。

他还是按照自己的方式做。楼下的收音机听起来很不错;那些声音。

——弗朗西斯。

他必须看着我。我要照顾他。

——弗朗西斯。

他抓住裤子上面的两侧。

——你为什么叫我弗朗西斯呢?他问。

——因为弗朗西斯是你的名字啊,我说。

他的脸上没表现出什么特别的意思。

——这是你的真名,我说,你不喜欢被叫做辛巴德。

他一只手抓住两侧,另一只手拉拉链,还是老方法。这让我恼火。很笨的。

——你不喜欢对吧?

我还是很平常地跟他说。

——走开,他说。

我放弃了。

——辛——巴达——!

——我会跟妈妈说的。

——她才不在乎呢,我说。

他什么也没说。

我等着他说为什么不在乎。我要揍他。他没说。他什么也没说。

他侧过身去，穿好裤子。

我没打他。

——她不会在乎的，打开卧室门的时候我说。

我又试了一遍。

——弗朗西斯。

他不会看我。他穿上套头衫的时候躲在里面。

——我要用膝盖撞你，我说，然后狠狠给了他一脚。

在还没反应到痛之前他倒在了地上，径直倒下去，像很重的东西掉在地上。我这么做很多次了，也看到别人这么做很多次，所以不好玩了。这只是个借口；假装伤害别人只是为了个笑话。我甚至不知道对方的名字。他太小，还不够有一个名字。他知道这只是假装后，尖叫声立马停止了。

另一个就是把手指插到别人的肋骨里，狠狠地插进去，像一把刀，还要拧一下，并说我让你感到无聊了吗。这是新玩法，周末后周一在学校里。你不能放松。你最好的朋友会逮到你：是个笑话。或者抓住一个乳头说吹口哨。有些人会吹。辛巴德一个乳头被抓住，还被踢了一脚。每个人都这样被别人揍过，除了查尔斯·立夫。

查尔斯·立夫也没对别人这么做过。很奇怪的。查尔斯·立夫能够让我们排队排好，像周五早上的亨诺老师，然后死命地用膝盖撞击我们的腿。你会想要在查尔斯·立夫面前炫耀。你想要说脏话。你想要他用一种独特的眼光看你。

他们很长时间不说话，不过那还好；他们在看电视或看书，或者妈妈在做针线活儿。这没让我紧张；他们的脸看上去没什么异常。

看《弗吉尼亚人》的时候妈妈说话了。

——我们以前在哪个节目看过他?

以前我们看到电视里的他是什么样子啊?

爸爸喜欢《弗吉尼亚人》。他没有假装他没看电视。

——我想,他说,我不是很确定;但肯定看到什么了。

辛巴德不能把 Virginian(弗吉尼亚人)这个词说清楚。他也不知道那是什么意思,为什么他们称他为弗吉尼亚人。我知道。

——他来自弗吉尼亚。

——对的,爸爸说,都柏林人来自哪里啊,弗朗西斯?

——都柏林,辛巴德说。

——真聪明。

爸爸用手肘轻推我。我也这么对他,用膝盖顶他的腿。我坐在他椅子旁边的地板上。广告的时候妈妈问爸爸要不要茶。他说不用了,然后又改变主意大声叫道,好的。

他们看新闻的时候总是在谈话;他们谈新闻里的事。有时候那称不上谈话,不是对话,只是些评论。

——真他妈的蠢啊。

——是的。

我能判断爸爸什么时候会说真他妈的蠢啊;他的椅子会嘎吱作响。总是一个男人在那,在和记者说什么。

——谁有问他啊?

记者问他了,但我知道爸爸什么意思。有时候我比他先说。

——真他妈的蠢啊。

——不错啊,帕特里克。

看新闻的时候,妈妈不介意我说真他妈的。新闻很无聊,可有时候我认真地看,从头到尾。我认为美国人在越南和大猩猩作战;听起来就是这个样子。可这没什么意义。以色列人总是在和阿拉伯人作战,美国人和大猩猩作战。大猩猩有自己的国家,不像动物园,很棒的,而美国人为了它们的国家在屠杀它们。美国人也有被杀的。他们被包围了,战争快要结束了。他们有直升机。湄公河三角洲。非军事区。春节攻势[1]。动物园里的大猩猩看上去并不像是会在战场上叱咤风云的那种。它们很友善,很老相,很机智,毛很脏。它们的胳膊太妙了;我希望有那样的胳膊。我从没上过屋顶。凯文有,他爸爸回家后发现了,给了他一顿好果子吃。凯文只上过厨房的屋顶,平顶的那种。我支持大猩猩,虽然我有两个叔叔住在美国。我从没见过他们。他们寄了十美元,给我和辛巴德,在一个圣诞节。我不记得我用那五美元买了什么。

——我应该是七美元,因为我最大。

我不记得给我们寄美元的叔叔婶婶具体是哪一对;布兰登和丽塔或者萨姆和卜。在美国我有七个堂亲。两个和我同名。但我不介意;我还是力挺大猩猩。直到我问了。

——为什么美国佬打大猩猩?

——你说什么?

——为什么美国佬打大猩猩?

——你听到了吗,玛丽?帕特里克想知道为什么美国佬打大猩猩。

他们没笑但这很好玩,我能判断出来。我想哭;我泄露什么秘密了。我很蠢。我讨厌当场被抓住,什么都没这个讨厌。在学校就

---

1. 越战中越方于1968年1月31日开战。

这些事，自己不被当场抓住，看别人被当场抓住。但现在也没什么；这不是在学校。他告诉我什么是游击队[1]。现在明白了。

——不可能被打倒，游击队。

我还是挺他们，游击队。

镜头转回播音室那个男人了。查尔斯·米歇尔。

——他的领带弯了，你们看。

然后镜头里是理查德·尼克松。

——鼻子，爸爸说，你们看。

——他比其他有些人更帅一点。

他的镜头没有持续很久。只是和几个人握了一下手。查尔斯·米歇尔回来的时候领带变直了。他们笑了。我也笑了。其他没什么好看的；一个农民在说有两头奶牛死了。他很生气。我听到了嘎吱声。

——真他妈的蠢啊。

说这话的时候就只是单纯这么说，没有暗示，没有尖酸刻薄，没有弦外音，没有强硬的语调。和平常说话一样。

——睡觉时间了，儿子。

我不介意。我想要走了。我想要躺一会儿。我和他们吻别。他试图要用下巴扎我。我躲开。我让他不下椅子就可以一把抓住我。我再躲开。

——你爸妈会吵架吗？

---

1. 英语中 gorilla 和 guerrilla 发音很像，这里帕特里克错把 guerrilla 听成 gorilla 了。gorilla：大猩猩；guerrilla：游击队。

——不会。

——不是拳打脚踢那样的,我说,是大声叫啊。向对方出气。

——那有的,凯文说,他们一直那样。

——是吗?

——是啊。

我很高兴我问了。我挨了一整天时间才问的。我们去多丽山了,在那玩了一会儿——天很冷——然后回家,我一直等我们回到巴里镇街时才问的,都快到商店那边了。

——你爸妈呢?凯文问。

——吵架吗?

——对啊。

——没有。

——那你刚才为什么问?他们肯定有。

——他们没有,我说,他们会有争论,就争论;像你爸妈。

——那你刚才为什么问?

——我叔叔婶婶在吵架,我说,我妈妈和我爸爸说的。我叔叔打我婶婶,她反击回来,称之为防护。

——他们做什么了?

——他们抓了他,我说,他们开着警车来抓他。

——他坐牢了吗?

——没有;他们放他出去了。他只要保证以后再不那么做了。书面保证。他要写下来,签上自己的名字。如果他再犯,他就得坐十年牢,我的堂兄弟们就会被送往安坦,我婶婶只照看几个女儿,因为她没钱抚养所有的孩子。

——你叔叔长什么样子?

——很强壮。

——十年,凯文说。

我们刚好十岁。

——只打伤了某人就得十年。那她呢?他记起来了,她也打他了啊。

——打得不重,我说。

我喜欢编故事;我喜欢我脑子里不断冒出新东西,而且又讲得通,我可以一直编啊编,一直到最后;就像在赛跑。我总是赢的那个人。我一想好就讲出来,而且我信,我真的信。可这次不一样。我不该第一个就问凯文;他不是对的人。我该先问问利亚姆。我没有被看出来说谎,可凯文可能会告诉他妈妈我叔叔婶婶的事,然后他妈妈告诉我妈妈,尽管她们没那么喜欢对方;这一点你可以看出来,她们在街上或商店外面碰到后也不停下来,就像她们太忙了没时间停,她们在赶路。她会告诉我妈妈,然后妈妈会问我跟凯文说叔叔婶婶什么事了,我觉得我没能力圆那个谎。

——但你为什么要谈论爸爸妈妈们吵架的事呢?

我得离家出走。

我没有给故事里的叔叔婶婶起名字。我这样做,不给他们起名字,是故意的。

——我只是和他说着玩的。

——骗他的。

我花了很久时间——亨诺老师出去和别的老师聊天了——看爱尔兰地图。

——糊弄他的。

她会笑的。我说那样的事她总会笑起来。她认为我这么做很聪明。

——我要离开一小会儿,绅士们,亨诺老师说。

我们喜欢他那么说;我几乎听到了后背松弛下来的声音。准备好。

——只有几分钟,亨诺老师说,我会让门开着。你们也知道我这有名的耳朵。

——是的,老师,弗鲁克·卡西迪说。

他不是在捣乱。如果是其他人这么说肯定会挨揍。

亨诺出去了。我们等着。他回到门旁边,等着。我们依然看着我们的书,没有抬头看他是否在那。我们听到他鞋子的声音。它们停下了。我们又听到了,是离开的声音。

——你的名耳去死吧。

我们尽力没很大声笑出来。那样子更好,尽力不要大声笑出来。我比通常笑得更久;我控制不住。我把地图集从书包里拿出来。我们不怎么用的,目前只用来学习爱尔兰的郡县。奥法利郡最容易记住,因为最难。都柏林还行,只要不和劳斯混淆。费马纳和蒂龙很难记住哪个是哪个。我盯着爱尔兰地图,从上至下。没有我想要逃去的地方,也许除了一些小岛。但我还是想逃走。你不可能逃到一个岛上去;如果去你就得开船或游泳。但这不是一个游戏;没有规则需要遵守。我一个叔叔就逃到澳大利亚去了。

我翻开地图集中间的一张地图。最中央有些地方我读不出名字,因为地图有褶皱。但也还是有很多其他地方的。

我是认真的。

亨诺老师说我的眼睛有红血丝。他说我睡眠不足。在班上每个人面前。他当场发难,说要给我妈妈打电话,告诉她要确保我每晚八点半就在床上。在班上每个人面前。家里让我看电视看太多了。

他弯下腰向我的脸靠过来。

——你昨天喝酒了吗，帕特里克同学？

是为了搞笑。

我家没有电话，但我没告诉他。

我叔叔去了澳大利亚，自己一个人。他不是离家出走，但他走的时候很年轻，还不到十八岁。他现在还在那。他有自己的生意，有一条自己的船。

晚上我整夜没睡。所以妈妈说我脸色苍白，亨诺老师说我眼中有红血丝。我让自己醒着；我做到了，刚刚好。

我不知道天色开始由黑转灰的时候是怎样的情况；比黑暗更让人害怕。黎明。然后鸟儿开始唱歌。我在防守。我在确保他们不会重新开始；我只要坚持不睡就可以了。就像耶稣在伊甸园时的圣彼得。[1] 圣彼得一直在睡觉但我没有，一次也没有。我待在床上的一个角落，笔直坐在黑暗里。我阻止自己钻到毛毯下面去。我用头撞墙壁。我掐自己；我集中精力想我能坚持多久。我走去浴室，洒水在睡衣上，这样就会冷。我保持清醒的状态。

公鸡啼鸣了。

没有再吵架了。我来到爸妈的房前，屏住呼吸听。我能听到爸爸的呼吸声，还有妈妈的——他的呼吸声很响，她试图赶上他的节奏。我走开，深吸了一口气，然后我开始哭了。

任务完成。

---

1. 圣彼得是耶稣十二门徒之一，也是耶稣第一个选的门徒，圣彼得手上掌握着两把打开天国之门的钥匙。

公鸡真的叫了；我没在撒谎。它这样子叫的：咯咯——喔——嘟——喔，只是四个声音连得更紧密一点。是在唐纳利家的农场上，在路边，剩下的一小块农场那。我以前从没听到过。我见过无数次，在铁丝网后面和一群小鸡在一起。我从不知道那是一只公鸡，直到现在；我只是以为那是一只强壮一点的小鸡，小鸡之王。我们把草从铁丝网中递过去吸引它靠近。

——它很危险。

——小鸡没什么危险的。

——这只很危险。

——看它的眼睛。

——它下的蛋要大一些。是蓝色的。

它不愿靠近我们。我们无法透过铁丝网把石块扔在它身上。

她尖叫了，那声音我发不出来。她打碎了什么东西；我认为是她打碎的，因为这紧接在尖叫声之后，就像尖叫声的结尾。他笑了，是那种觉得不好笑的笑。然后是啜泣声。我下床去关门，可我走到门口时反而把门开得更大了。

——帕特里克。

辛巴德在叫我。

——只是谈话。

——迷路了，我说。

他还没来得及重新开始哭便睡着了。

该我了。

他们停下来了。没什么事。他们上床睡觉，一个接一个，他在前面。他没去洗手间；早上他闻起来会很脏很臭。我听到床咯吱的声音，是他那边的。然后她进去了。直到她关了电视我才知道电视刚才是开着的。然后她上楼梯，走在边上免得弄出声音。她走进洗手间，打开水龙头，刷牙；她的牙刷是蓝色的，他的是红色，我和辛巴德的小一号，绿色和红色，我的是红色。她关掉水龙头，气泡弹在管道上后飞到了阁楼里。然后她走到他们的卧室里。她推开门，用尽全力将门推得很远，砰的一声躺到床上——和他同一侧——同时甩手将门关上。楼梯上静悄悄的，吵闹声转移到了房间里。

我待在那，一直站着。我必须站在那不动。如果我动了，他们又会开始。我只可以呼吸，其他什么都不能做。就像凯瑟琳或其他婴儿哭过之后；四十五秒，妈妈说——如果四十五秒内他们没再哭就会重新睡觉。我站着。我没有数数；这不是游戏，或者婴儿。我不知道需要多久。久得让人发冷。没有讲话声，只是模模糊糊、咯咯吱吱的声音；开始舒服起来了，每个人，除了我。

一切都在我的掌控之内。他们不知道。我现在可以动了；最坏的时候已经过去了；我做到了。但我还是得整晚不睡；我必须整个晚上都保持警觉。

罗德西亚。靠近赤道，想象出来的围绕世界中央的一条线。那里有大象，猴子和贫困的黑人。大象从不忘事。它们在生命快要结束的时候会回到大象墓园，然后躺下死去。在地面上。太远了。等我大一些的时候再去。我还知道罗德西亚其他一些事。它的命名是为了纪念塞西尔·罗兹[1]，可我不知道为什么；我不记得是为什么。他可能是征服了它或者发现了它。已经没有国家可以去发现了；都被涂上了颜色。我看了一下其他粉红色的国家。加拿大面积广阔，

---

1. Cecil Rhodes（1853—1902），英国殖民者，1895 年夺得非洲赞比亚河和林波波河河间地区及赞比亚河以北地区，并将此区域命名为"罗德西亚"。

是爱尔兰的四五十倍。加拿大骑警队。骑警队员。骑在马背上的警察。消瘦的人骑在快马上。没人戴眼镜。红色外套。裤子两侧很扎眼。手枪皮套上有个盖子可以合起关上,枪支就放在里面。这样他们快速前进的时候枪支也不会掉出来。追偷马贼的时候。不是加拿大的偷马贼;是走私分子。爱斯基摩人不会遵守法律。残杀熊。带狗橇在雪里前进。用鞭子抽打狗。卷曲的尾巴。护目镜。

——快跑啊;伙计。

地图正在我面前。我可以闻到纸和桌子的味道。

亨尼西老师在的。

我不知道发生什么了,还要发生什么。

——站起来;快点。

听起来一点不像亨诺老师。有两只手放在我身体两侧,男人的手,在我胳膊下。我被提起来了。我站在桌子旁。我可以看到地板。很脏。手放在我肩膀上。推我向前,将我举起。举到最前面。我看不到任何人。没有声音。门关着。

亨尼西老师的脸。

向上看着我。

——你还好吗?

点头,就一下。

——很累吗?

点头。

——好的;我们所有人都会累的。

手放在我侧边。

举起。

很粗糙的手。

太累了，脸都不想动，太沉了。

一股味道。

很好闻的。

我醒了。我没动。我不在床上。那味道不一样，是皮革的味道。我看到了椅子的扶手。我躺在一张椅子上。两张椅子，面对面组成一张床。我睡在里面。两张皮革的扶手椅。我还是没动。我身上有条毛毯，还有别的东西，一件外套。毛毯是灰色的，很硬。我认识那件外套。我认识那天花板，它的颜色，以及那些拼在一起像一幅地图的碎片。门那边的窗户得有一个支杆才能开着。我认识从烟灰缸里升起的烟雾，升至最上面就很稀薄，呈扁平状。过了一会儿，我意识到我在班主任办公室。

——醒了吗？

——是的，老师。

——那就好[1]。

他分开两张椅子好让我起来。他拿起外套，挂在衣架上帽子的旁边。

——你到底怎么了？

——我不知道，老师。

——你睡着了。

——是的，老师。

——在课堂上。

——是的，老师。我不记得了。

---

1. 原文为爱尔兰语 Maith thú。

——你昨天睡得好吗?

——是的,老师。我很早就醒了。

——很早。

——是的,老师。我听到鸡叫了。

——那是很早。

——是的,老师。

——牙痛?

——没有,老师。腿痛。

——跟你妈妈说。

——是的,老师。

——现在回去上课。看看你哪些没听到。

——是的,老师。

我不想回去。我害怕。我被当场抓住了。他们在等我。我被当场抓住了。一个人。我还是觉得累。还有,很蠢。有一些没听到。

没什么事发生。我先敲了一下门。我开门的时候亨诺老师不在前面。透过窗户我看到了利亚姆,弗鲁克·卡西迪。亨诺老师走到前面的过道上。他什么也没说。他朝我的课桌点头示意。我走过去。没人使劲看着我。我课桌上也没任何纸条。他们都认为我生病了;我是真的不舒服,因为亨诺老师没有打我,反而几乎是背我出去的。我回班上的时候他们都看着我,似乎是在等什么事发生,等我重新再来一遍。他们什么也没说,甚至连凯文也没说。

我还是觉得傻逼。

我还想再睡觉。在家里。我想要醒着睡,好知道我睡着了。

接下来的时间里亨诺老师只在我举手的时候让我回答问题。他没再想要把谁拖出去。他没打任何人。他们都知道这是因为我的缘故。

——哪条回归线是在赤道以北？

我知道。我举起手。我用另一只手撑着举起的手。

——老师老师。

——帕特里克·克拉克。

——北回归线，老师。

——很好。

铃声响了。

——坐好——！起立——第一排……

他们在外面等我，不是成群结队的。他们假装他们没有。他们想和我在一起。

我一点也不喜欢这样。

——克拉克同学？

亨诺老师站在门边。

——是的，老师？

——过来一下。

我去了。我一点不紧张。

他往后移好让我进去。他没关门。他回走几步，坐在一张课桌上。

他试图笑，同时又看起来严肃。

——你现在觉得怎么样？

我不知道怎么回答。

——感觉好点了吗？

——是的，老师。

——你有什么事？

——我睡着了,老师;我不知道。

——累吗?

——是的,老师。

——昨晚没睡?

——有睡的,老师。我很早醒了。

他把手放在膝盖上,朝我靠了靠。

——一切都好吗?

——是的,老师。

——家里都好?

——是的,老师。

——好的。保持下去。

——好的,老师。谢谢,老师。

——看看你还有哪些作业没做,明天做好。

——是的,老师。门需要关上吗?

——好的。好孩子。

门太大空间太小。湿气让门膨胀了。我拉把手,几乎是把门刮擦着关上的。

他们都在门外,假装没有在等我。他们都想和我一起;我知道的。这并没让我觉得好受。应该有的。但没有。他们不想丢下我一个人,我知道缘故:他们不想错过一丁点细节 —— 他们想要成为我寻求帮助的那个人。他们都想拯救我。可他们没有头绪。

——有哪些作业我没听到?

他们纷纷从后背上取下书包,比赛似的。

他们一群蠢蛋。查尔斯·立夫不在。大卫·格拉提也不在。他也许直接回家了,给他的脚敷药什么的。其余人都将他们的作业日志拿出来。我拿出自己的,靠墙坐下。我让头顶着栏杆。我让凯文给我他的日志。

查尔斯·立夫不在乎的。他是唯一一个知道发生什么状况的人:我睡着了。他一直都是整晚不睡。听他爸爸妈妈的动静。不在乎。说狗日的操你妈的。用手做假装顶球的动作。

他们看着我把当天作业任务填满。我胡乱写了一点,然后放弃。我一点不喜欢这样。他们都在,我不喜欢他们。我是一个人。

我们没有很多作业要写。

我意识到了好玩的东西;我想和辛巴德在一起。

——弗朗西斯。你想要这个吗?

是一块饼干,只是一块饼干。我也很想要,但我想要他拿去。我让给他。可他甚至看都不看一眼。

我抓住他。

——张嘴!

他闭上嘴巴时嘴唇就没有了。他做好被欺负的准备,浑身僵硬,死死的。

——张嘴!

我把饼干放他眼前。

——看。

他还是不张嘴,闭得牢牢的。我拿住饼干,抓住他的脑袋,把饼干往他嘴里塞,一直塞啊塞直到饼干碎了,拿不牢了。是一块无花果酥饼。

——看!只是一块饼干!一块饼干。

他还是眼睛嘴巴紧闭。

——无花果酥饼。

我捡起地上的碎片。

——我吃；你看。

我喜欢吃无花果酥饼，软软的，夹杂着一些碎粒。酥饼外圈全碎了。没有一块大一点的可以捡起来吃掉。

他的嘴巴眼睛还是紧闭。他没有用手捂住耳朵，因为它们也是关着的，我能判断出来。

——我吃完了，我说，我没有被毒死，看。

我在他面前举起双手。

——看。

我跳舞。

——看。

我停下来。

——我还活着，弗朗西斯。

我不确定他是否还在呼吸。他脸上有些地方都变成紫红色了，眼睛下面发着白。他不愿为了我回来。我想过狠狠踢他一脚——他自找的——但我没那么费力；我只是踢了他一下。突然踢在他小腿上。我的腿弹回来了。他听到了声音；我看到他的嘴鼓起来。我上去再揍他，但我没有。

他让我害怕了。

他可以让一切停止，我不能。

——弗朗西斯——

一动不动，笔挺挺的。

——弗朗西斯。

我摸他的脑袋，用手指梳理他的头发。他什么也没感觉到。

——对不起我踢你了。

没反应。

我出去关上门。我用力关上以使他听到关门的声音；我没有摔门。我等。我蹲下来看锁眼。看不到他在哪。锁眼从来都不好用。我数到十。开门，和平常一样。

他还在那，没什么变化。一模一样。

我想杀了他。我要去杀了他；这不公平。我只是想要帮助他，他却不让。他甚至都不愿我待在房间里，可我在。他会发现的。

我捏住他的鼻子。我用手指堵住他的鼻孔，没弄疼他，没用力。

好了。

他的鼻子干了。这样容易点，继续。他有的空气只是已经在他体内的。

好了。

他会没命的，除非他做点什么。

——弗朗西斯。

他得吸入氧气，呼出二氧化碳，迟早必须的。我看到他脸上两种颜色在变换。出事情了。

他的嘴巴张开——就只是嘴巴——砰地迅速张开，又闭上，动作快得像条金鱼。他不可能呼吸到的，还不够。他在吓我。

——弗朗西斯，你要死了。

他的鼻子还是没流汗。

——你会死的，除非你吸进氧气，我说，几分钟之内的事。弗朗西斯。是为了你好。

他重复了一遍刚才的动作。张开，砰的一声响，闭上。

有事情发生：我开始哭了。我去用拳头打他，可还没握好拳头我却哭了。我继续捏住他的鼻子，只是为了抓住他。我不知道自己为什么哭；这让我震惊。我松开他的鼻子。我用双手抱住他。我的手碰到他的后背。他还是硬硬的不睬我。我以为我的手臂可以让他松下来。它们必须让他松下来。

我抱着一座雕像。我甚至闻不到他的气味因为我流鼻涕了没办法擦掉。我继续保持那种姿势因为我不想放弃。我的手臂酸了。我的哭声变小；没有眼泪。我想知道到底辛巴德——弗朗西斯——是否知道我在哭。是他的缘故，大部分都是他的缘故。

这些天我控制不住老会哭。

我放开他。

——弗朗西斯？

我擦脸，不过大部分眼泪鼻涕已经干了。蒸发掉的。

——我不会打你的，好吧；再也不会。

我没期待他的回答或什么反应。我等了一会儿。然后我踢他了。我用拳头打他了。两下。然后我觉得后背发凉：有人在看着。我转过身。没人。但我不可能再打他了。

我走了，门开着。

我想帮助他。他必须知道；他要准备喜欢我。我想要能站在他身边。他让人觉得温暖。我想要他做好准备。我比他大；知道的比他多。我想要睡在他的旁边这样我们可以一起听。我忍不住这么做。当他不愿做我想要他做的事，我就忍不住还像以前那样惹他生气，吓唬他，打他。讨厌他。这些更容易。他不愿听我的。他不愿让我做任何事。

他吃他的晚饭，像没发生任何事一样。我也是。土豆肉馅饼。

圣诞土豆蛋糕无可挑剔；顶上面棕色，脆皮的，敷在上面的一层像是皮肤。妈妈的晚餐几乎让我觉得没出什么事情；从来都不会变得不好吃。我全吃光了。很可口。

我走到冰箱那。

K，E，L，V，I，N，A，T，O，R（家荣华，电冰箱品牌）。

她教给我这些字母的。我记得。

冰箱把手试图阻止我打开冰箱，我喜欢这样，并且我每次都赢。有四品脱牛奶，一瓶开过的。我双手拿过那瓶开过的——玻璃让人紧张——放在桌子上。我在还差一英寸就要倒满杯子的时候停住。我讨厌洒得到处都是。

——弗朗西斯，我说，你想让我给你的杯子里倒满牛奶吗？

我想要妈妈看到。

——好的，他说。

我没动，我很肯定地以为他会说不用了或不。

——好的，谢谢，妈妈说。

——好的，谢谢，辛巴德说。

我将牛奶瓶嘴刚好对准他的杯口，给他倒，和我一样的量。牛奶瓶里没剩多少了。

——谢谢，帕特里克，辛巴德说。

我不知道要怎么回答他。然后我记起来了。

——不客气。

我从冰箱那坐回原位。妈妈坐着。爸爸在上班。

——你们两个有再打架吗？她问。

——没有，我说。

——确定没有吗？

——没有，我说，确定。我们当然没有了，对吧？
——是的，辛巴德说。
——我希望你们没有再打架，她说。
——我们没有的，我说。
然后我把她弄笑了。
——我向你保证。
她笑了。
我朝辛巴德看去。他看着妈妈笑。他也显得高兴。他试图笑一下，但他还没笑出来妈妈就不笑了。
——我很喜欢这顿晚餐，我说。
可她没再笑了。

我看了他很久，想弄清楚有什么不一样。一定有的。他刚回家，很晚，我都快睡觉了。他应该要检查我的作业和拼写。他的脸不一样了，愈加的黑，愈加的粗糙。他慢慢拿起餐刀，看上去似乎是刚刚才发现盘子另一侧有把叉子，然后他举了起来，好像不知道那是什么。他追随盘子里的热气而动。

他喝醉了。这让我很受打击。我拿着拼写本，以此为借口坐在桌子旁，前面一本是英语，后面一本是爱尔兰语。我被吸引住了。他喝醉了。这可没发生过。我以前从没见过。利亚姆和艾丹的爸爸对着月亮嚎叫，现在是我的爸爸了。他在告诉自己做每一件他做过的事，我能看出来，很专心。他的脸一边绷紧，一边松垮。他很友善。他有时间注意到我时咧嘴笑了。

——你在啊，他说。
他从没这样子说过。

——你有拼写要让我做吗?

他让我测试他。他十个对了八个。他拼不出 Aggravate（加剧）或者 Rhythm（节奏）。

但不是这个缘故。他们不是因为爸爸醉酒才不和的。家里只有一小瓶雪利酒。我检查过的。一直在那。我对醉酒一无所知，怎么醉的，会醉多久，会发生什么。但我就是知道不是这个缘故。我在他的衬衫领口上找口红的印记；我在《秘密特工》里看到过。领口上没有。也许女人在黑暗里就找不准方向了。我不知道我为什么要去看爸爸的领口。

我无法证明。有时候我不相信；我真的觉得没什么事情发生——他们还是那样聊天喝茶，我们还是一起看电视——但在幸福骗住我之前我就缓过神来了。她惹人爱。他很友善。

她看上去更瘦了。他看上去更老了。他看上去很坏，好像是他在让自己看上去很坏。她一直看着他。当他没看她的时候；好像她想在他身上寻找什么或者努力地要认出他；好像他说出一个她认识的人名可她记起的时候不确定自己是否喜欢他。有时候她的嘴巴张开了，然后看的时候就一直那样。她在等他看她。她哭了很多回。她以为我没在看。她用袖口擦拭眼睛，让自己笑出来，甚至是咯咯地笑，似乎哭是个错误，可她才发现这一点。

没有证据。

老路街头房子的奥德里斯科尔先生不住那儿了。他还活着；我见过他。理查德·希尔斯的妈妈没有住在家里。理查德·希尔斯说她得去某个地方找份工作——

——非洲。

但我不相信他。他妈妈的一只眼睛曾被打得发青。**爱德华·斯**

万维克的妈妈跟一个来自国家航空公司的飞行员私奔了。他曾经常常低空飞行,刚好越过他家的屋顶。他家的一个烟囱都被撞坏了。她从没回来过。斯万维克一家——

——那家被遗弃的,凯文的妈妈说。

搬家了,去了萨顿。

我们是下一个。我们再没见过爱德华·斯万维克。我们是下一个。我知道的,我要做好准备。

我们看着他们。查尔斯·立夫在得分区,门在他后面关着。肖恩·华伦把球射进球门。该他进得分区了。查尔斯·立夫接住球,踢到门上。他们又互换了位置。查尔斯·立夫的头在颤搐。门给球弹了一下。

——他都没用力截球,凯文说。

——他不想进得分区,我说。

只有傻子才去得分区。

只有他们两个人。大多数的新房子还是没人住,但街道看上去进一步完工了,因为水泥一直铺到了巴里镇街道;缺的那段被补起来了。我的名字写在水泥里。是我最后的亲笔签名;我感到恶心。那条路现在有名字了,策士纳道,一直通到辛普森一家那里,因为他们家就在街角。路标也附上了爱尔兰文,Ascal na gCastán。球滚到路上的时候可以听到石头和沙砾的声音。灰尘到处都是,虽然都快冬天了。策士纳道的拐角还没任何意义。你不知道这条街道完工时会建成什么形状。

查尔斯·立夫回到进球区。他救了一球,可那是因为他控制不了,球直接打到了他腿上。肖恩·华伦在下一个回合中变得兴奋起来。他可以把球控制得很低。球门咔哒作响。

我们向前走近。

——三球制吧,凯文说。

他们不理我们。

——嘿,凯文说,我们玩三球制吧。

查尔斯·立夫等着肖恩·华伦去重新关好门。他的一个球撞到了门柱上,角落边的一个位置,然后球从我们旁边飞过。我跑去追。我这么做是为了查尔斯·立夫。我把球踢给他,很小心,让球笔直奔他那去。他一直等球停下来,似乎意味着他没必要承认是我给他捡球的,因为他都没看我。

凯文又说了一遍。

——你们想玩三球制吗?

查尔斯·立夫看着肖恩·华伦。肖恩·华伦摇头,查尔斯·立夫转向我们。

——滚远点儿,他说。

我想走;我以前从没听到他这样说过,是当真的。这是命令。没有选择。如果我们不走,他会杀了我们。凯文也知道这一点。我能看到他不再坚持、准备走开的样子。我一直等到查尔斯·立夫看到我们正在离开才开口说话。

——我们进得分区,我说。我和凯文。

我们没停下来。

——你们可以一直在外面。

查尔斯·立夫把球猛地踢进球门,肖恩·华伦走出来。查尔斯·立夫还没到球门,肖恩·华伦就得分了,他们又互换位置。这次肖恩·华伦耸耸肩,查尔斯·立夫就把球扔给我,而不是扔给凯文。

我让他从我那带走球。我让他成功拦截抢球。我把球放在离我很远的地方，这样他甚至都不用拦我就可以截球。我几乎是把球传给他的。我想要他赢。我需要他喜欢我。我很用力地对抗肖恩·华伦。我穿着体面的衣服——妈妈周日的时候会让我们整天穿着体面的衣服。我甚至一次也不用进得分区，因为我没赢过。查尔斯·立夫在得分区外的时候，我从不对他设阻；他在得分区内的时候，我就让着凯文。他们总是有一个人在得分区外，所以我也总不赢球。我不在乎。我在和查尔斯·立夫踢球。我和他距离近了。我假装试图要从他脚上带走球。他在和我踢球。

他一点用处也没。肖恩·华伦绝对聪明过人。球一直就在他脚下，除非他不想要。我们四个人踢球的时候他表现得更好，相比仅仅只有他们两个人的时候。他让球在我们腿间来回；他让球一直在他脚下转，倾过身体阻止你截球；他把球踢到栏杆上，球反弹后他接住，直接就踢进了球网——那扇门。他这样子来了七回。他从查尔斯·立夫脚下抢过球，他用手肘推他，用身体隔开查尔斯·立夫和球。

——犯规，我说。

可他们都没理我。他们笑啊，推啊，想要把对方绊倒。等凯文再得到球我假装要绊倒他，结果他踢我一脚。

查尔斯·立夫拿回脚准备射球；肖恩·华伦先踢到球，球从凯文旁边飞过进球门了，查尔斯·立夫凭空踢一脚，出于害怕大叫一声。他慢慢倒下——他故意的——开始笑。

——你真他妈的走狗屎运，他对肖恩·华伦说。

我讨厌肖恩·华伦。他又向栏杆踢球。凯文闪过。门忽然动了。

华伦太太出来了。

——滚开！她说，走远点儿；去踢破别人家的门。你，华伦，小心你的裤子。

她回去了。

我以为我们会去其他地方，可肖恩·华伦没动，查尔斯·立夫也是。他们等华伦太太关门，然后又开始。每次球射到门上我都要看一下。相安无事。

游戏结束了。我们坐在墙上。小路上有一段缺口，是为了在建筑完工的时候放东西；可你看不出来是放什么东西。华伦家的花园被挖了；里面有很多棕色的木块，像是在乡下。

——为什么没有草呢？

——不知道，肖恩·华伦说。

他不想回答；我可以从他脸上看出来。我去看凯文的脸色，看他在想什么。

——应该要长的，查尔斯·立夫说。

凯文看看垃圾的周围，仿佛在等草长出来。我想要查尔斯·立夫一直说下去。

——会要多久呢？我问。

——什么？我他妈不知道。几年吧。

——是啊，我赞成道。

坐在查尔斯·立夫的旁边，在墙上。还有凯文。

——我们去仓库吧，凯文说，怎么样？

——去干吗？

我也认为不要去。那里什么都没有了，那场大火过后，甚至农场都没有了。无趣。老鼠溜了。它们跑去一些新房子的花园里。我见过一个被老鼠咬了的小女孩；她把伤口给每个人看。你能做的就只能是向生锈烂掉的铁墙扔石头，看着一堆碎片脱落。那声音倒蛮好听，会响一会儿。

凯文没有回答查尔斯·立夫。我感觉很好：是他提议的，不是我。通常会是我。我感觉更好了。

——仓库很无趣的，我说。

凯文什么也没说。查尔斯·立夫也没有。其实仓库是有趣的；我喜欢，可以坐在那什么也不做。虽然那除了马路对面的房子连可以看的东西都没有。查尔斯·立夫住在马路对面的一座房子里。我不知道是哪一座。我在想那个花园里碎砖块堆成山、砖块啊泥块啊硬石灰啊纸箱碎片啊都翘出头来的是不是就是他家的房子。而且有高壮的、带茎秆的野草自生自长，像大黄。大厅门上的窗户玻璃也碎掉了。我觉得就是那家。看起来很相符。这让我害怕，仅仅只是看着那房子，又让我兴奋。荒凉，贫穷，疯狂；全新而古老。那砖块堆成的山似乎会一年年待下去。野草会折断，弯掉，变灰，然后愈加持久不褪色。我知道那家房子的味道：像尿布和蒸汽的味道。我想要去那，然后被他们接纳。

查尔斯·立夫坐在我旁边。他用头做顶球的动作，三次——砰砰砰，没有声音——然后他的头定住了。他脚穿跑鞋。橡胶和帆布连结的地方裂开了。帆布是灰色的，有点磨损。橘红色的袜子。一个周日。他说操你（Fuck）——我想和他说的一模一样。必须听起来就知道不是在说别的词儿，快，尖，勇。我打算不巡视四周就说，就像查尔斯·立夫那样。他的头猛地朝前，就像要钻到你的脸里面去。他的头回去后，那个词儿就击中你。妈的（Off）就像头顶的喷气式飞机；一直在那挥之不去。操你是用拳狠击，妈的是你痉挛性喘气。

操你妈妈妈妈妈的。

我想听他说。

——你作业做了吗？

——操你妈的。

——操你妈的，在黑暗里我对辛巴德说。

我能听到他在听。愈加安静了；他屏住呼吸。他一直在床上翻来覆去。

——操你妈的，我说。

我是在演练。

他依旧如故。

我观察查尔斯·立夫。我学他。我学他抽搐。我学他耸肩。我眯起眼睛让眼睛变小。爸爸走后，或者甚至是妈妈走后，我会用头顶假想中的球。我会出去玩。我会在第二天去上学前把作业全部写完。我想要像查尔斯·立夫那样。我想要变得强硬。我想要穿塑料拖鞋，把它们狠狠摔在地上，但没人敢看我。查尔斯·立夫不会让别人怕他；他比这个还厉害：他忽略他们的存在。我想要达到这种境界。我想要看着爸爸妈妈但不会有任何感觉。我想要准备好。

——操你妈的，我对辛巴德说。

他现在睡着了。

——操你妈的。

他在楼下喊，是爸爸，一声嚎叫。

——操你妈的，我说。

我听到大厅里有人吞眼泪。
——操你妈的。
门被摔上,厨房的门;我可以根据嗖嗖声判断。
我现在也哭了,不过那一刻来临的时候我会准备好的。

他靠在操场上的一根柱子上,稍微朝里靠了点,这样即使有老师开车进来或走进来也不会看到。但他没有在躲谁。他在抽烟。自己一个人。

我抽烟了;我们一群人围着一根烟头,假装吸了很大一口,凑在烟雾里很久。我们确保每个人看到从我们嘴里鼻子里冒出来的烟都是笔直的稀薄的,是吸过香烟之后冒出来的。我很擅长这个。

查尔斯·立夫抽烟时一个人。我们从不那样。香烟价格高,从商店里偷的话太难,甚至是杜茜的店铺,所以你非得在某个人面前抽;这是全部的计划。但不适合查尔斯·立夫。他抽烟时一个人。

他让我害怕。他在那,独自一人。从来都是独自一人。他从不笑;即使笑也算不上真正的笑。他的笑是一种他开始发出然后突然停止的声音,像机器。他不和任何人亲近。他和肖恩·华伦一起闲逛但仅此而已。他没有朋友。我们喜欢成群结队,喜欢数字,喜欢冲进冲出,喜欢参与。他本可以有属于自己的帮派,像一支军队的帮派;他不知道而已。早上在操场排队我们每个人都自觉排在他旁边;他也不知道。有拳斗围绕着他,却从不会找上他。

我独自一人。从我嘴巴里吐出的气像抽烟后的烟雾。有时候我把手指放到嘴巴那,像是拿着一根烟,然后呼气。但现在不会,再也不会。那只是捣乱好玩。

这太棒了。就只有我们两个人。我激动得胃都变小了;疼。

我说话了。

——给我抽一口吧。

他照做了。

他把香烟递给我。我简直不能相信，这也太简单了。我的手在颤抖，但他没看到因为他没有真的在看我。他在全神贯注地吐气。是梅吉尔牌的，那香烟；味道最重的一种。我希望我不会呕吐。我要确保嘴唇是干的，这样我才不会把香烟压扁。我吸了一小口，然后迅速还给他；我的嘴巴似乎要爆炸，有什么东西快速地直击我的喉咙，有时候这种情况就会发生。但我阻止了爆炸。我不让自己咳嗽，抓过香烟，狠狠地吸了一口。太难受了。我以前从没抽过梅吉尔香烟。喉咙像被烧焦，胃里翻江倒海。额头出汗，就额头上出汗，还发冷。我仰起脸，让嘴巴成为一个通道，把烟放出去。烟出来的样子很好看，本来就该很好看，渐渐升入棚顶。是我做的。

我得坐下来；双腿已没知觉。后面有一条板凳，刚好抵住棚屋后面一堵墙的两侧。我走过去。一会儿就会好的。我知道那种感觉。

——真他妈爽，我说。

棚屋底下我的声音听起来很棒，深沉而空阔。

——我喜欢抽烟，我说，这他妈的很爽，是吧？

我讲得太多了，我知道。

——我在试着他妈的戒掉，他说。

——是啊，我说。

这样说不够。

——我也是，我说。

我想要说更多的话，我迫不及待地想要不停地说，让这时光再持久一点，直到铃声响起。我迅速地想，想说点什么，说点没那么蠢的。想不出什么。凯文来到了操场上。他四处看。他还不能看到我们。他毁了这一切。我讨厌他。

我想出说什么了；在想法形成之前我感到了轻松。

——那人真他妈的是个蠢蛋，我说道。

查尔斯·立夫看过去。

——康威，我说，凯文，我补充确认道。

查尔斯·立夫什么也没说。他掐掉梅吉尔，放到烟盒里，然后放回口袋。我可以看到他裤子口袋里烟盒的形状。

我感觉很好。我开始了。我朝凯文看去。我看到他了。然而我害怕。我没有任何人在一起了。我想要这样子。

查尔斯·立夫走开，出了操场，出了学校。他没背书包。他逃学。他不在乎。我却不能学他。我甚至都无法改变想法。老师们会进来，家长在外，冷。我做不到。不管怎样，我写完所有的作业，我不想荒废学业。

我起身，稍微走出棚屋一点，这样凯文就可以看到我。我假装自己还喜欢他。可我要逃学。独自一人；很快就会。我会逃一天。我不会告诉任何人。我要一直等到他们问。我不会告诉他们很多。我独自一人逃学。

我列了一个清单。

钱、食物和衣服。我需要这些东西。我没有钱。我的圣餐钱存放在邮局可妈妈拿着账本。那钱是备着我再大一点时用的。是浪费而已；大一些的时候只会买衣服和课本。那个账本我只见过一次。

——我可以收起来保管吗？

——好。

那账本上有三页邮票,每一张邮票值一个先令。有一页纸没贴满。我不记得所有邮票在一起值多少钱。不过足够了。我所有的亲戚以及一些邻居都给过我钱。甚至艾迪叔叔都给了我三便士。我的任务就是得到那个账本。

食物容易;罐头食品就可以。它们可以存放得更久,因为被压缩在真空里,那样能保鲜。除非瓶罐有大的凹陷,否则食物不会坏的;必须是大的凹陷。我们吃过有小凹陷的瓶罐里的食物,最后相安无事。曾有一次我等着被毒死——我想要被毒死,证明给爸爸看——可我甚至都不用上厕所,直到第二天。大豆最理想;非常营养,我喜欢。我得弄个开瓶器。我们家有一个,是牢牢粘在墙上的那种。我会从杜茜店里偷一个。我们曾偷过一个,但不是为了要用。我们把它埋了。我以前从没用开瓶器开过。瓶罐会很沉。

他们又开战了,很大很吵的一场架。他们两个都跑出屋子,他在前,她在后。他出去了就待在外面;她会回来。她这次也大声吼叫了。他呼吸的味道,关于这个吵起来的。他回家的时候我甚至没看到他,只在窗户外面见过。他回家,他们大吵,他离开。他迟到了。我们都在床上。门当啷一声响。楼下恢复平静。

——你听到了吗?

辛巴德没有回答。也许他没听到。也许他可以决定去听同时保证自己听不到什么。我听到了。我等他回来。我想去楼下她那。但这次她也伤害了他;听起来就是这样的。

我只会带几罐,等需要的时候再买。我也会带苹果而不是橘子。橘子太脏了。水果有益。我不会带任何需要烹饪的食物。我会做三明治,用锡纸包好。我从没等大豆凉了才吃完。我从沙司里一颗颗挑出来吃。

我不喜欢她大声吼叫。这不合适。

在走之前我会美美吃上一顿晚餐。

最后就考虑衣服了。我会身上穿一些，但还需要别的；一件什么时候都可以穿的，一件厚夹克衫。我要记着把帽子用拉链拉上去。大多数离家出走的人忘了内裤和袜子。它们都在我的清单上。我不知道妈妈把它们放在哪。在热压机里，但我不确定。每个周日我们醒来的时候床上都会放有干净的衣服，就像是圣诞老人放那的。周六晚上在浴室里洗头时我们会把脏的内裤放在眼前，以防泡沫钻到里面去。

他后来回来得有点迟。我听到了屋旁他的回声以及后门关上的声音。电视打开了。妈妈在会客室。他在厨房待了一会儿，泡茶或等她注意到他；因为他把什么掉地上了——滚开了。她还是待在会客室。他走到客厅。有一会儿他站着没动。然后我听到了楼梯咯吱作响的声音；那是他踩在楼梯上发出的声音。然后我又听到了相同的咯吱声：他转身了。他推会客室的门时，墙边的地毯抵在后面。我等着。我使劲地听着。

我打了一个嗝。我后背拱起，就像要阻止某人把我按在下面。又打了一个嗝。弄疼了喉咙。我想喝杯水。我听他们的声音；我拼命想透过电视机的声音听到他们的声音。我不能起床去靠近一点；我得在床上听他们的动静，就是床上。我听不到。电视机的声音比以前大了；我是这么觉得的。

我等着，然后我不记得了。

他们两个都有错。一个巴掌拍不响。三个人就不行；没有我的空间。我什么也不能做。因为我不知道怎么阻止他们开始。我可以祈祷、哭泣、熬夜，这样子可以确定他们结束，但我无法阻止他们开始。我不懂。我永远不会懂。不管我怎么听、怎么和他们在一起，还是不懂。我就是不明白。我好笨。

这一次并不是那种小打小闹。动静很大，不啻于真正的吵架。没有像拳击赛中那样的十五个回合，他们不会停下来。就像古时候比赛中，大家不戴手套，拼命击打对方，直到对方被踢出局或死亡。妈妈和爸爸不止打了十五个回合；他们打了好几年——现在说得通了——可他们之间的间歇越来越短，这就是唯一的区别。他们中有个人快要倒下了。

妈妈。我希望是爸爸。他更强壮。我也不想是他。

我什么也不能做。有时候，当你在想什么的时候，拼命想理解什么的时候，它出其不意地在你脑海中展开，像一束柔软的、海绵状的光线散发开，然后你就懂了，永远地明白了。他们说这是智慧，但不是的；这是运气，就像抓住一条鱼或在马路上捡到一个先令。妙不可言，就像长大。然而，这一次，运气没有发生。我可以想啊想啊，全神贯注地想，但仍然想不出什么。

我是裁判。

我是他们不知道的裁判。又聋又哑。还是隐形的。

——还有几秒——

我不想谁赢。我想要争吵一直继续下去，永远没有结束。我可以控制它，所以它就一直进行着一直进行着。

——休息——

站在他们中间。

——休——息！

接着，手挡在他们胸前。

铛铛铛。

为什么人不能彼此喜欢?

我讨厌辛巴德。

可不是的。当我问自己为什么讨厌他的时候,唯一的理由就是他是我的弟弟,仅此而已。哥哥讨厌弟弟。他们必须讨厌。这是规矩。但他们同样可以喜欢。我喜欢辛巴德。我喜欢他的身材和体形,他脑后头发不自然的样子;我喜欢我们叫他辛巴德而在家他是弗朗西斯。辛巴德是个秘密。

辛巴德死了。

我哭了。

辛巴德死了。

他死了的话没什么好的;我想不出有什么好。没有。我没有人去讨厌,去假装讨厌。那间卧室,我喜欢它的样子,需要他的声音和气味,还有他的存在。我真的开始哭了。想念辛巴德的感觉很好。我知道一会儿就要见到他。我还是一直哭。没有别人。我会见到他,我可能会打他,给他膝盖死命的一脚。

我爱辛巴德。

左边的眼泪比右边的流得快。

为什么爸爸不喜欢妈妈?她喜欢他的;是他不喜欢她。她有什么不好的吗?

没有。她长得好看,虽然很难肯定地这么说。她做可口的晚餐。房子干净整洁,草坪被修得很直,因为凯瑟琳喜欢她还会在中间留一些雏菊。她不喜欢像其他妈妈们那样大喊大叫。她从不穿没有拉链的裤子。她不胖。她从不会很长时间地发脾气。我是这么认为的:她是我们这一带最好的妈妈。她真的是;我并没有因为她是我的妈妈就下这样的结论。她真的是最好的妈妈。伊恩·麦克艾弗的妈妈也很好，可她抽烟；她身上有一股烟味。凯文的妈妈让我害怕。利亚姆和艾丹没有妈妈。我经常想科尔南太太，但她不是妈妈，她没有小孩。叫她太太全是因为她嫁给了科尔南先生。妈妈是她们当中最好的，也是其他所有妈妈中最好的。查尔斯·立夫的妈妈很高大，她的脸几乎是紫色的。她外出的时候总是穿一件女孩的雨衣，用带子打一个结，而不是直接用扣子扣上。我甚至都无法想象睡觉前让她吻我一下；要看上去是我在吻她，这样就不会伤害她的感情或者给我自己惹麻烦，要紧闭着嘴唇不让她碰到。她也抽烟。

查尔斯·立夫可以吻她。

爸爸比妈妈有更多的问题。妈妈没有什么不好，就是有时候会很忙。爸爸经常发脾气，他喜欢发脾气。他后背的顶部长有黑色的东西，就像有几只黑色的昆虫趴在上面。我见过；大概有五个，弯弯曲曲地长在一排。我看他刮胡子的时候看到的。他的背心只能盖住三个。他在很多事情上都没什么作用。他玩游戏从不会玩到最后。他读报纸。他咳嗽。他老是坐在那里。

他从不放屁。我从没发现过。

如果你在快要放屁的时候在屁股那放一根火柴，出来的时候像火焰；凯文的爸爸告诉他的——但你必须要足够大才会有效，至少要二十岁。

全是他跟她过不去。

可探戈得两个人才跳得起来（一个巴掌拍不响）。他肯定有自己的理由。有时候爸爸不需要任何理由；他已经是那种情绪了。但不总是这样。通常他是很公正的，我们有麻烦的时候他会听我们说。他听我比听辛巴德的要多。他讨厌妈妈肯定是有理由的。她肯定有什么做得不好，至少有一件事情。我却看不出是什么。我想要看明白。我想要懂得。我想要站在两边。他是我爸爸。

辛巴德上床后我就去睡觉了，在我必须睡觉之前。我和妈妈吻别晚安，然后是爸爸。目前为止还没争吵；他们都在阅读；电视机开着，声音很小，等着播《新闻》。我的嘴唇几乎都没挨着爸爸的。我不想打扰他。我想要他一直保持那个样子。我很累。我想要睡觉。我希望那是本很精彩的书。

上楼梯的时候我听着。安静。去卧室前我刷牙。有一会儿我都没能好好地刷。我看着爸爸的剃须刀可我拿不出刀片。床很冷，不过盖在身上的被子挺沉；我喜欢那样。

我听着。

辛巴德没睡着；他吸气与呼气中间的间歇不够长。我什么也没说。我又核实了下，听着：他绝对没在睡觉。我进一步听着——关门时我稍微留了一点缝。楼下还是没人说话。如果在《新闻》的音乐响起前还没有的话他们就不会吵了。我还是什么也没说。我听的时候，在床上某个地方的时候，我的眼睛学会了如何在黑暗中看东西；窗帘，角落，乔治·贝斯特，辛巴德的床，辛巴德。

——弗朗西斯？

——别烦我。

——他们今晚不会吵了。

没有反应。

——弗朗西斯？

——帕特里克。

他在嘲笑我，他说话的方式。

——帕啊——特里克。

　　我想不出说什么。

　　——帕啊啊——特威克。

　　我觉得他好像知道我在做什么了，像我惹麻烦了，但我不知道是什么。我想要去洗手间。我起不来。

　　——帕啊啊——

　　好像他变成了我，我变成了他。我要尿床了。

　　——特威克。

　　我没有。

　　我掀开毛毯。

　　他发现了；他发现了。我想要他说话，因为我害怕。我假装保护他，想要他靠近我，和我分担，和我一起听；阻止或逃走。他知道：我既害怕又寂寞，比他厉害。

　　但不会永远这样。

　　毛毯上我大脚趾顶的那个地方有个小洞；我喜欢把脚趾放在里面，搜寻毛毯粗糙的感觉，然后又拿出。现在，我拿开毛毯时，那个地方撕开了。我知道为什么；他不知道。他听到了。我吓到他了。撕裂的毛毯。

　　——辛巴德。

　　我下床站着。我重新处于控制方了。

　　——辛巴德。

　　我要去洗手间，但不必匆忙。

　　——我要掐死你，我说。

　　我走到门那去。

　　——但首先我要去洗手间。你逃不了的。

我擦干净坐垫。浴室的灯关着,但我听到有一点洒到塑料上去了。我全擦了一遍,把纸巾扔到了马桶里。然后用水冲洗。我返回卧室时都没碰门。我蹑手蹑脚走到他床前,稍微加重了最后一个步伐。

——弗朗西斯。

我在给他最后一个机会。

——过来。

我们平了:双方都害怕。没有声音;他没动。我爬到他的床上。

——过来。

甚至都不是命令;我很友好地说的。

他睡着了。我能听出来。我没有吓到他睡不着觉。我坐在床上,提起脚。

——弗朗西斯——

没有空间。我没有推他。他睡着的时候重多了。我不想弄醒他。我回到自己的床上。还有余温。毛毯上的洞大了些,已经过大了。我的脚困到里面了。我担心会撕开更大的缝。

我要睡觉了。我知道我可以睡着。早上我会跟辛巴德说我没弄醒他。

我听着。

无事,然后他们讲话了。她说,他说,她说,他说更久一点,她说,他又说很久,她说一会儿,他说。只是讲话,平常的讲话。他跟她讲。男人和妻子。克拉克先生和克拉克太太。我的眼睛自动关上。我停下来,不再听他们讲话。我练习呼吸。

——我没有弄醒你,我告诉他。

他在我前面。全错了。

——本来可以的,我告诉他。

他不在乎;他睡着了。他不相信我。

——但我没有。

我们很快就要到学校了,就不会在一起了。我让自己跟上他,然后超过他。他没有看我。我挡住他的去路。他绕着我走的时候我说话了。

——他讨厌她。

他继续走,离我足够远,相同的速度,我没能抓住。

——他真的讨厌她。

我们走到了学校前面的田野那。没有地基的地方草长得很深,但里面已踏出几条小径,这几条小径在学校正对面田野的尽头汇合了。中间全是青草,然后有荨麻,以及扔在沟渠里的碎面包和贴纸。

——如果你不想相信我你可以不相信,我说,但我没骗你。

就这样。有两群男生从田野边走过来了,都走到了那条大路上。三个奖学金班上的家伙坐在湿湿的长草堆里抽烟。他们中一个人拔起一根草,将溢出的草汁滴到他的午餐饭盒里。我放慢脚步。辛巴德从一些人旁边过去,我看不到他了。我等着詹姆斯·奥吉弗赶上我。

——你作业写了吗?他问。

这问题够傻;我们都写作业的。

——写了啊,我说。

——全部的?

——是啊。

——我没有,他说。

他总是那么说。

——有一些预习也没完成,我说。

——那没什么可做的,他说。

我们的作业总是要被批改的,所有的。我们无法漏掉任何一个。我们得交换作业批改;亨诺老师在周围走,给我们答案,凑过肩膀看我们。他这是抽样调查。

——我在看你写的,帕特里克。告诉我为什么。

——这样我就不会写给他任何答案,老师。

——对了,他说,他也不会写给你。

他使劲捶了一下我的肩膀,也许是前几天他对我太好了。很疼,但我没有去揉它。

——我自己曾经也上过学,他说,我知道那些小把戏。下一个:十一乘以十除以五。第一个步骤,奥吉弗同学说。

——二十二,老师。

——第一个步骤。

他抓住詹姆斯·奥吉弗的肩膀。

——用十一乘以十,老师。

——对的。然后呢?

他又遭了一击。

——我说的是答案,你这个蠢蛋。

——一百一十,老师。

——一百一十。他正确吗,卡西迪同学?

——是的,老师。

——好,对了一次。第二个步骤呢?

沃特金森老师的就没那么难。我们总是只写完一部分作业,当我们应该批改已经做过的题目的时候，很容易当即就写出没做完的题目的答案。亨诺老师让我们改作业的时候用一支红色的铅笔。如果笔头不够尖锐，你就要被打三下。每周两次，周二和周四，我们可以两个两个地走到他桌子旁边的箱子那削铅笔。他有一把削笔刀用螺丝固定在他桌子的侧边——是那种把铅笔放到洞口然后摇手柄的削笔刀——可他不许我们用。我们得用自己的。如果你忘带了，就要打两下，而且不准是赫克托耳·格雷的，或米老鼠的，或七个小矮人的；必须得是一个很普通的。沃特金森老师总会九点之前在黑板上写好答案，然后她坐在讲台后面织毛衣。

——对的请举手。好的。下一个，替我读一下，嗯——

头也不抬，还是只顾着织毛衣。

——帕特里克·克拉克。

我读黑板上的答案，在我留下的空白里补上。有一次，她站起来，绕着我们的桌子走，停下来，看我写的；墨汁还没干，她却没注意。

——十个对了九个，她说，很好。

我总是错一个，有时候两个。我们都会错一两个，除了凯文。他总是十个全对，不管做什么。一个伟大的小爱尔兰人，她这么称呼他。伊恩·麦克艾弗这么叫他的时候被他在校园里揍了；他使劲给了他鼻子一拳。

她以为自己很好，但我们讨厌她。

——还醒着吗，克拉克同学？

全班大笑。他们是应该笑的。

——是的，老师。

我笑了。他们又笑了，没第一次笑得厉害。

——好的,亨诺老师说,现在几点了,麦克艾弗同学?

——不知道,老师。

——哦,你买不起一块手表。

我们笑了。

——华伦同学。

肖恩·华伦拎起套头衫的袖口,朝下看了看。

——十点半,老师。

——准确吗?

——几乎。

——请报准确的时间。

——十点二十九分,老师。

——今天星期几,欧康纳同学?

——星期四,老师。

——你确定吗?

——是的,老师。

我们大笑。

——我知道的是今天星期三,亨诺老师说。现在十点半。我们现在该从书包里拿出什么书呢,同学——同学——奥吉弗同学?

我们大笑。我们必须笑。

我上床睡觉。他还没回家。我给妈妈晚安吻。

——安安,她说。

——晚安,我说。

她脸上有个小东西上长了一根头发。就在她眼睛和耳朵之间。以前我从没见过,那根头发。很直很硬。

我醒了。马上她就上来了,要叫我们起床。我可以从楼下的声音判断出。辛巴德还睡着。我不等了。我起来。我十分清醒。我迅速穿好衣服。很好:窗帘是明亮的。

——我上来了啊,她说的时候我在厨房。

她在给妹妹们喂食,一个亲自喂,另一个确保可以自己好好吃。凯瑟琳经常没有把勺子正确地送到嘴巴里。她的碗总是吃空了,但她从没吃那么多。

——我起来了,我说。

——我看到了,她说。

我看着她给迪得丽喂食。她对此从不厌倦。

——弗朗西斯还在睡觉,我说。

——没事的,她说。

——他打鼾,我说。

——他没有,她说。

她是对的;他没有打鼾。我只是那么说说;不是想给他惹麻烦。我只是想说点好玩的。

我不饿,可我想吃点什么。

——你爸爸已经上班去了,她说。

我看着她。她弯下腰,在凯瑟琳背后,帮助她吃完最后一勺,挨着她的胳膊,不是握着,让勺子对准最后一点粥。

——女儿真乖——

我重新上楼去。我等着,听着;她在下面很安全。我走进他们的房间。床整理好了,可鸭绒被盖住了枕头,起皱了。我将它拉回来。我听着。我首先看枕头。我再把被子拉回一点,还有床单。她没有整理床尾的床单。只有她那一侧有睡过的痕迹,是那种褶皱;

它们刚好和枕头很搭。另一侧是平的,枕头还是饱满的。我把手放在床单上;她那一侧仍然觉得有温度,我是这么觉得的。我没有摸他那一侧的。

我没有把鸭绒被拉回去;是为了让她知道我来过。

我听着。我朝衣橱里看。他的鞋子和领带都在,三双鞋子,很多领带,纠缠在一起。

我改变主意;我把鸭绒被拉回去,抚平它。

我看着她。她在整理婴儿椅。她看上去没什么不同。除了那根头发,我现在也看不到了。我努力地看,我看着她,我拼命想知道她是什么表情。

她看上去没什么不一样。

——我去把弗朗西斯叫醒吧?

她扔过抹布,抹布刚好落在洗水池上。

她从不扔东西的。

——我们两个一起去,她说。

她抱起妹妹,把她放在膝盖上。然后她伸出手,朝向我。她的手是湿的。我们慢慢走上楼梯。楼梯咯吱响的时候我们笑了。她握紧我的手。

葬礼会很隆重。棺材上会有一面旗。被救人的家庭会给我和辛巴德钱。妈妈会蒙上一块面纱,刚好遮住脸。她在面纱后面看起来很好看。她会轻声地哭泣。我压根儿就不会哭。当走出教堂每个人都看着我们的时候,我会挽着她的胳膊。辛巴德还没过她的肩膀。凯文他们一伙人会想要在教堂外面和我一起站在棺材旁边,但他们无法这样,因为有很多人,不仅仅是亲戚。我会穿套装,长长的裤子，夹克衫里面有很精致的口袋。被救男孩的家庭会给我家前门边上送一块匾额。爸爸因为救那个男孩牺牲了。然而这种情况是不会发生的；很傻的。梦只有在梦中才会美好。爸爸不会发生任何事情。不管怎样，我真的不想他死掉或出什么事情；他是我爸爸。我宁愿那是自己的葬礼；如果那样，那个梦就更精彩。

我看到查尔斯·立夫走出校门。我向四周看看——我不想要其他任何人跟着——然后跟在他后面。我等着一声叫喊；课间休息时我们是不准外出的。我保持同样的速度步行。我把双手插进口袋。

他走到了田野那边。过马路时我踢了一个小石子。我向后看。棚屋挡住了大部分的校园。没人在看。我跑起来。他钻到深草里去了。我一直看着那个地方。我放慢脚步，走进草丛。还是很湿。我吹口哨。我以为我在为他做正确的事。

——是我。

我看到草丛有片空白，一个洞。

——是我。

他在那。我得坐下，但我不想。我的裤子湿了后就变成深色的了。他坐在一个被浸湿的纸箱子上。没有我坐的位置。我沿着边沿跪着。

——我看到你了。

——那又怎样？

——没什么。

他在抽梅吉尔。他肯定是在我追他的时候点上的。他没有把香烟递给我。我很高兴，但希望他会递给我。

——你逃课吗？

——如果我逃课会把书包留在教室吗？他说。

——不会，我说。

——那就好了。

——那样会很傻。

他又抽了一根。田野里只有我们两个人。只听到校园里的喊叫声、老师的哨子声，以及远处混凝土搅拌机什么的声音。我在观察烟冒出来。他没看。他在看天空。我全身湿了。我在等铃响。我们怎么回去呢？安静就像胃痛。他什么也没打算说。

——你一天抽多少根烟？

——大概二十根。

——你哪来的钱啊？

我不是想说我不相信他。他看着我。

——我偷的，他说。

我相信他。

——是啊，我说，就像我也会偷。

现在我也看着天空。没多少时间了。

——你逃跑过吗？我说。

——操你妈的，会的。

我很惊奇。然后明白了这个问题：为什么他会？

——你想过吗？

——如果我想的话我已经逃了，他说。

然后他问了个问题。

——你在想着做那件事，对吧？

——不是的。

——那你为什么会问？

——我只是问问。

——好吧,也许。

我想问他下次我可不可以和他一起走。这就是为什么我会跟着他。很傻。我陷入困境,远离校园。我和他在一起,可他不在乎。如果查尔斯·立夫离家出走,他就不会回来。我会一直待在外面。我不想要那样。

我不想被抓住。我站起来。

——再见。

他没回答。

我匍匐到田野的边缘,但一点都不好玩。

我想要离家出走吓吓他们,让他们感到内疚,把他们推向彼此。她会哭,他会把她抱入怀中。当我从警车后面下车回家的时候他的胳膊还抱着她。因为浪费警察的时间和财力,我会被送到阿塔纳少教所,但他们会每个周日来看我,我不会在那待很久的。他们会认为这是他们的错,还有辛巴德,但我会告诉他们不是。然后我就出来了。

这就是我的计划。

我从草丛里站起身。我向四周看,就像在找什么东西,看上去很着急。

——我丢了一英镑,老师。我害怕跟妈妈说,想要把它找回。

我耸耸肩,放弃了。钱被吹走了。我穿过马路。最危险的一段路,是绕着棚屋,回到校园。没人在等着。菲纽肯老师在铃响的时候走出教室。我来到艾丹和利亚姆的旁边。

——你去哪了?

——抽烟了。

他们看着我。

——和查尔斯一起,我说。

我忍不住又说了。

——你想闻闻我的气味吗？

菲纽肯老师一手举着铃，一手握住里面的铛。他总是这么拿的。他举着铃越过肩膀，然后松开铛，放下铃，然后又举起铃，放下，如此十个来回。他的嘴唇在动，是在数数。我们得在数到十的时候站成一排。查尔斯·立夫在我前面，隔着五个人。凯文在我后面。他用膝盖撞我的膝盖。

——别闹了。

——你还手啊。

——我会的。

——来啊。

我什么也没做。我想要还击。

——来啊。

我踢了他小腿后面。弄疼了他；我能感觉到。他跳起来，跌倒在地上。

——那里怎么回事儿？

——没什么，老师。

——你怎么了？

是阿诺德老师，不是亨诺老师。他在数他那一排的男生。他不太在意发生什么了。他只是在看着男生们的头顶上方。他都不愿意从他们中间挪脚穿过来。

——我跌倒了，老师，凯文说。

——哦，别再跌倒了。

——是的，老师。

凯文又站在我后面。

——我会报仇的,克拉克。

我甚至都没去看他。

——我会报仇的。你听到没有?

——后面不要说话。

亨诺老师走过来巡视我们。他从一边数过来,又数过去。他从我身边经过两次。我等着凯文打我。他捶打我的后背。他只有这么多时间。

——这只是个开始。

我不在乎。他没有伤我很重。不管怎样,我会还击的。他不再是我的朋友。他是个笨蛋,骗人的家伙,说谎大王。他一无所知。

——现在,亨诺老师在前面喊叫,向左转,向左转——

我们排队进入校园主区,绕向我们的教室。亨诺老师在门口。

——擦一下你的脚。

他只会说一遍。前面的家伙照做后,后面的每个人都跟着他做。最后一个进门的人得轻轻把门关上。进学校的时候不准偷看。亨诺老师会一直看着我们,这样我们的声音就不会和其他班的混在一起。如果他听到我们有人耳语,他就会让我们站半个小时。我们得一直站到前面的两个人进教室后才可以进去。

我还是打算离家出走,甚至没有辛巴德或查尔斯·立夫。我最想辛巴德和我一起,就像电影《青青河畔草》中的那样,我是老大,弟弟累的时候就背着他,穿过沟渠和沼泽,越过河流。照看他。

——下两个男生。

我会自己一个人走。

——下两个男生。

不会去太远的地方。去我可以步行到的地方,可以步行回来的地方。

——下两个。

凯文在等我。他已经和一些人说了。他们都在等着。我不在乎。我不害怕。他时不时会打我。他们不一样；我不想赢。现在我不在乎。如果他伤我我也要伤他。谁赢不重要。我不会走到他那，假装他不在或者我忘了。我径直走到他面前。我知道会发生什么。

他推我的前胸。我们之间的空间，大家围观的空间，都变小了。必须得快；老师们会很快出来的。我向后退一步。他得跟上我。

——来啊。

他推我，力气越来越大了——双手张开使劲推我——要让我还手。

我大声说。

——我看到你裤裆里的鸡鸡了。

我看到了，一瞬间他脸上的那种疼，那种痛，还有愤怒。他整个人变红了；眼睛越来越小，盈着眼泪。

围观的人愈加靠近了。

他举起握紧的双拳使劲要朝我打过来；他就是想打到我。他不在乎；他不看。他打我。一个拳头松开；他准备用手抓我。他在痛苦地呻吟。我走过去。对着他的脸给了他一拳；我的手都疼了。他转过身又扑过来；他把手指塞到我的鼻子里。我用膝盖撞他——没撞到；再撞——撞到了，刚好撞在他的膝盖上。我抱住他。他试图从衣服里逃开。我把手放在他头上；我的手是湿的——他的鼻涕和泪水。他分不开我们两个；他们看到他哭了。我试图摆脱他的双手跳出来——我不能。我又用膝盖撞他——没撞到。他现在发出了长而刺耳的尖叫声,从他嘴巴里。他拽住他的头发;我拉回他的脑袋。

——使诈!

有人在喊。我不在乎。很傻。这是发生在我身上最重要的一件事;我知道。

他的脑袋朝我袭来,几乎要进到我嘴巴里去了。流血了——我能尝出来。疼痛的感觉很好。不错的。没关系。他又袭过来,没前一次做得好。他在向后推我。如果我倒了情况会有所不同。我向后退——我自己要退的。我倒在某个人身上。他挣脱出去——向后跳回——但太迟了;我又重新站稳脚了。太棒了。

他把我的套头衫、衬衣和背心使劲向我的下巴上扯,想把我绊倒。他看起来肯定就一傻帽儿。我踢不到他;我需要把双腿弄出来。我握紧两只拳头,朝他脸的两侧击打,一次,两次,然后我拽住他的胳膊,不让他的手靠近我的脸。他看上去比我小多了。他的脸刚好在我的胸前,使劲往里钻,还咬我套头衫的衣角。他的脑袋滑到我肚皮那,他以为他得手了,可以快速向后推我,把我弄倒在地。我抓住他的头发。他快要窒息了——我向上抬起膝盖,狠狠地撞击他的脸——浑身解数都使出来了。他嗷嗷大叫,痛苦,被击败,很受惊。昔日的他不见了。围观的人都不敢出声。他们以前从没见过这种场面。他们想要看到凯文的脸,又害怕见到。

再也回不到以前那个样子了。

我的膝盖肿了。我能感觉到。我还在往下摁他的头。他还倚在我身上,推我,但他完了。我试图再来一次,用膝盖撞他,可我这次想太多了;这耽误了我腿的速度。只刚好到他脸那。他不放开的话我也无法放开。我拽住他的一只耳朵使劲拧。他大叫直到他自己停下来。我不想按照本来应该的方式结束;这次不一样。已经结束了可他不承认，所以我说话了。

——投降吗？

——不。

他不得不那么说。我现在得弄疼他。我又抓住耳朵，拧，用指甲掐。

——投降。

我没有停下让他说话。他无法回答。我知道。我松开他的耳朵。

——投降吗？

他什么也没说。所以我放开了他。我把双手放在他肩膀上，使劲向后推他，好使我有足够的空间走开。我甚至都没看他的脸。

我穿过马路。我一瘸一拐地走。他可以追上我；我没有赢。他没有屈服。他可以追上来突然袭击我。我没向后看。有人扔石头。我不在乎。我没向后看。我腿瘸了，我饿了。我的裤子上有凯文的血。我独自一人。

——我从不投降，他说。

晚饭后，在校园里。

他的鼻子红了，下巴破皮了，五个划痕组成一条弯曲的线。他右眼后面的皮肤红得发紫。他的套头衫上血迹已干，不是很多。他穿着一件干净的衬衫。

——你没有赢。

我停下来，径直朝他看过去。我可以看到他的眼睛在四处看，确保他可以逃跑。我什么也没说。我又开始步行。

他等着。

——懦夫。

妈妈看到我裤子上的血迹时朝我跑来。然后她停下，上下打量着我的脸。

——你是怎么了？

——我打架了。

——哦。

她让我换一条裤子，但关于打架她什么也没说。

——你那脏裤子呢？

我回到楼上拿起脏裤子，放在冰箱和墙壁之间角落里的一个塑料篮子里。

——裤子得放在水里浸泡一下，她说。

她拿出裤子。辛巴德看到了。很难看到上面有血迹。上面的血不是红色的。

另一个的声音。

——懦夫。

是伊恩·麦克艾弗。

——嘿，懦夫！

我身体内有一个洞；要习惯。

——拽头发。

——布哇，呱呱呱！

是詹姆斯·奥吉弗，在扮演小鸡。他做这个很擅长。我走进棚屋坐下，自己一个人。他们都站在外面太阳下，向里看着，搜寻着，因为里面很暗，太阳在棚屋顶的后面。很爽。我可以听到一只苍蝇或什么东西死了。

——联合抵制！

是凯文的声音。

——联合抵制!

他们所有人。

——联合抵制联合抵制联合抵制!

铃声响了,我站起来。

鲍伊考特将军被佃户联合抵制,因为他总是偷东西,并驱赶他们。他们不愿和他说话什么的,于是他疯掉了,回到了家乡英格兰。

我站到队伍里。在肖恩·华伦后面。我把书包放在地上。没人站我旁边。亨诺老师来了。

——站直了;快点。

他开始走,点数。大卫·格拉提在我旁边。他有一侧靠向拐杖。他的头转过去,看起来像是在观察亨诺老师的动向。

——他来了。

他直起身。

我仔细看着大卫·格拉提的嘴唇。我看不到它们在动。微张。

弗鲁克·卡西迪不得不坐在我旁边。他没看我。唯一看我的就是凯文。他的嘴巴在动。

联合抵制。

这很适合我。我想要独自一人。只是,我不需要所有的人一直都这样孤立我。我每看向一处,那些人的脸就会看向别处。无聊。我看向肖恩·华伦和查尔斯·立夫;他们和这不相干。看大卫·格拉提;他朝我飞吻。

其他每个人。

我停止看他们。只有我不想被联合抵制,他们才会联合抵制我。

——你赢了吗?她说。

我知道她说什么。

——什么？我说。

——那次打架。

——是的。

她没有说很好，但她表情就是那个意思。

——对方是谁？她说。

我看着她的肩膀。

——不想说？

——不想。

——好吧。

我跑到热压机里。我得爬上去，越过水槽。很热。我要确保腿不挨着它。我借助一张椅子爬上第一个架子；上面有几条毛巾和茶巾。我探出身子，把椅子从门那踢开。然后是我的小把戏：我进一步向前倾，抓住门，朝里拉，关上。里面一侧没有把手。我得把手指塞到门的板条里。空气呼哧地出去了；用手指一弹。

一片漆黑。一点光线也没有，里面没有，也没有光线透过木板射进来。我在检测自己。我闭上眼睛，捂住，张开。仍然一片漆黑，可我不害怕。

我知道这不真实。我知道外面没这么黑，可比这要令人害怕。我知道的。但我还是很高兴。黑暗本身没什么好怕的；里面没有什么会让我恐惧。在热压机里真不错，特别是在毛巾上；这比在桌子下好得多。我在那待过。

他像平常一样下班回家。他吃晚饭。他和妈妈讲话；一个女人在火车上吐了。

——真可怜，妈妈说。

一切如故。他的外套、衬衫、领带和鞋子。我看着他的鞋子；我把刀叉扔在了地上。鞋子是干净的，一直都是那么干净。我捡起刀叉。他的脸没像通常他回家时那么黑，他刮胡子的那个地方。早上他会刮胡子。他常常用胡茬搔我们痒痒。

——爸爸的脸搔你们的痒痒来啦——！

我们会跑开，可我们特喜欢他这么做。

他脸上没有胡茬。他的脸是光滑的；胡子藏在皮肤底下。他早上没有刮过胡须。

感觉很好：我发现了他的错误了。我吃掉了所有的胡萝卜。

我待在热压机上，听妈妈和妹妹们的声响。后门是开着的。凯瑟琳爬进爬出。我听辛巴德的动静；他不在。爸爸在那没动。仍然一片黑暗，仅门边缘有一点缝隙。在野外的话情况会有所不同。会有风、坏天气、动物和人，会冷。但需要打败的仅是黑暗而已。我可以穿得暖暖的，带上自己的手电筒驱逐动物。夜间动物。我的厚夹克——记住戴上帽子——可以挡雨雪。需要打败的仅是黑暗而已，而我已经战胜了它。黑暗一点也不让我害怕。我喜欢黑暗。这是成长的迹象，当黑暗之于你同白昼之于你没什么区别。

我准备好了，几乎就要准备好了。我偷了一个开瓶器。很容易。我甚至都没将它放在口袋里。我扯下标价签，握着它，就像是我自己带来商店的，然后拿着它走出门。目前我有两罐食物，大豆和菠萝。我不想一次拿很多；妈妈会发现有罐子少了。菠萝罐放在热压机里好几年了。我找到妈妈放内裤、袜子和套头衫什么的地方了；就在我待在热压机上时头上的架子里。我可以在我任何想拿的时候去拿。另外我还需要的就是一把椅子。问题是我没有钱。我存了五个便士但不够。我现在就需要找到邮局的那个账本,然后我就全副武装了。然后我将出发。

我唯一想念的就是说话,没有人和我说话。我喜欢说话。我不会让他们任何一个和我说话。他们全追随凯文,特别是詹姆斯·奥吉弗。他总是大叫。

——联合抵制!

艾丹和利亚姆没那么坏。他们看着我;如果我问什么的话他们会回答我。他们看起来很紧张,还很难过。他们了解目前的情形。伊恩·麦克艾弗的表情我以前从没见过。他朝我冷笑,只用半张嘴。我在旁边的时候他就往回走,就像是他本来朝着我走过来却又改变了主意。我不在乎。他对于我什么也不是。查尔斯·立夫和往常一样。他们没人和我说话,没有人。

除了大卫·格拉提。他停不下来。我们中间只隔着第一个过道。他探出身,倚靠在桌上,就在亨诺老师的眼皮子底下。

——您好。

想要引我发笑。

——您好您好。

他疯了。我差不多就要怀疑他是不是故意瘸的,不想同我们其余人一样需要双腿。他那样做不是想让我好受一点;他那样只是做做而已。他绝对疯了,完全一个人的世界;甚至比查尔斯·立夫还强:他不抽烟,也不会让我们关注他逃学。

——多好的天气啊。

他在弹舌头。

——是的老——师,流浪者。

他又在弹舌头。
——狗屎狗屎混蛋混蛋我操我操。
我笑了。
——神经病。

课间休息。我一个人坐着,远离每一个人,这样我们就没必要去联合抵制对方了。我在找辛巴德,只是想看看他在哪。

在我感觉到之前我听到了,空气呼哧的声音,然后我后背上就狠狠挨了一击。我被推向前,然后倒下了。真的很疼。我在地上滚了一下,我看是谁。大卫·格拉提。他用他的一根拐杖扇我。我可以感受到后背上的伤痕。那声音还在耳旁回响。

他哭了。他无法把手放回拐杖接缝处。他真的在哭。他看着我时说。
——凯文说要给你好看的。
我待在地上。他拿好拐杖,穿过棚屋。

我没有机会离家出走。太迟了。他先走了。他关门的方式;他没有摔门。有些事;我知道的:他不会回来。他只是关上门;就像去下面的商店,只是他走的是前门,我们只在客人来的时候用前门。他没有摔门。他把门关在身后——我透过窗户玻璃看到的。他等了几秒钟,然后走了。他没带行李箱,甚至没带一件外套,但我知道的。

我的嘴张开了,要大喊,可始终没喊出来。胸口疼,我能听到心脏往全身各处输血。我应该哭的;我想我是哭了。我抽噎了一下,如此而已。

他又打她了，我看到他了，他也看到我了。他用拳头使劲打她的肩膀。

——你听到我说的了吗?!

在厨房。我走进去，想喝杯水；我看到她倒下。他看着我。他松开拳头。他的脸通红。他看上去好像有麻烦了。他要对我说什么，我以为他会的。他没有。他看着她；他的手在动。我以为他要把她扶回她被打以前的位置。

——宝贝，你要什么？

是妈妈。她没捂住肩膀什么的。

——一杯水。

外面还是白天，吵架的话还太早。我想要说对不起，因为我在现场。妈妈在水槽那给我杯子里灌满水。是周日。

爸爸说话了。

——比赛怎么样了？

——他们要赢了，我说。

正在播大型比赛，是利物浦对阵阿森纳。我支持利物浦。

——很好，他说。

我是来告诉他的，不仅是来喝水的。

我从妈妈手里接过杯子。

——非常感谢。

然后我回去，看着利物浦赢比赛。最后哨子吹起的时候我大声欢呼，可没人进来看。

他关门的时候一点也没用力。我从窗户玻璃里看到他了，等着；然后他走了。

我知道的：明天或后天，妈妈会跟我说，就我们两个人，你现在就是家里的男子汉了,帕特里克。

这一天总会到来的。

——帕迪·克拉克——

帕迪·克拉克——

没有爸。

哈哈哈!

我不听他们的。他们只是孩子。

圣诞夜的前一天他回家了,只是看看。我再次从窗户玻璃里看到他。他穿着黑色外套。我看到他的外套时记起了它的味道,当那外套湿了的时候。我打开门。妈妈在厨房;她很忙。

他看到我了。

——帕特里克,他说。

他把几个包袱移到一只胳膊下面,伸出手。

——你好吗?他问。

他伸出手,想和我握手。

——你好吗?

他的手很凉,很大,干燥而结实。

——我很好,谢谢。

译后记

罗迪·道伊尔（Roddy Doyle）是当代爱尔兰最杰出的小说家之一，批评家们给他贴上各种各样的标签：马尔科姆·布雷德伯里（Malcolm Bradbury）称他为当代爱尔兰的"桂冠小说家"，约瑟夫·奥康纳（Joseph O'Connor）称他为"伟大的喜剧作家"。他的作品被《时代》杂志誉为"充满凯尔特式的黑色幽默"，甚至还有评论家将他与幽默大师肖恩·奥凯西（Sean O'Casey）相提并论。

道伊尔 1958 年 5 月 8 日出生于都柏林一个工人阶级家庭。父亲先在政府部门担任一个小小的印刷匠，后改在一个学徒协调机构工作；母亲是一名律师秘书。1963 年至 1971 年，道伊尔在莱黑尼的国立学校读书，1971 年至 1976 年求学于萨顿的圣·玠坦基督兄弟学校，1979 年获得都柏林大学学院文学学士学位。而后，他在都柏林北部郊区的格林代尔社区学校担任英语和地理教师，解疑答惑长达 14 年。1993 年，他放弃教职，全心从事文学创作，力挫群雄，凭《童年往事》（Paddy Clarke Ha Ha Ha）荣摘布克奖。其实，在获此殊荣之前，他已经小试牛刀，著有几部小说。早年创作的《你奶奶是个饥饿的罢工者》（Your Granny Was a Hunger Striker）被自认为是一部大学生式幽默、自作聪明的小说，写得很糟。1987 年，完成《追梦人》（The Commitments），但找不到出版社出版。当时的情况是，除非已有作品出版，否则代理商不会搭理你。万般无奈之下，道伊尔贷款用法鲁克国王印刷机自费出版。海利门出版社在第二年重印了这部小说。1990年和1991年,《噼啪小妹》(*The Snapper*)和《发财列车》(*The Van*)相继问世。由于这三部小说均以巴里镇为背景,所以通常被称为"巴里镇三部曲"。这三部小说均被拍成电影,道伊尔因此人气颇旺。1996年,他在自撰电视剧本《家庭》的启发下,完成了又一部影响巨大的小说《撞上门的女人》(*The Woman Who Walked Into Doors*)。"撞上门的女人"即指婚姻暴力,在爱尔兰,这个词大家心知肚明。该小说描写了酗酒的女主人公宝拉·斯宾塞的一段充满暴力、痛苦不堪的失败婚姻。1999年,道伊尔的《大明星亨利》(*A Star Called Henry*)一出版,就受到读者的热捧。或许是《童年往事》中10岁男孩帕迪的叙述提示了道伊尔,他又写了一系列受人欢迎的儿童读物,比如《咯咯精的招数》(*The Giggler Treatment*,2000)、《罗孚拯救了圣诞节》(*Rover Saves Christmas*,2001)和《险象环生》(*The Meanwhile Adventures*,2004)等。道伊尔还出版了短篇小说集《被驱逐者》(*The Deportees*,2007)、戏剧《黑面包》(*Brownbread*,1987)、《战争》(*War*,1989)等。

道伊尔最喜欢的作家有安妮·泰勒(Ann Tyler)和雷蒙德·卡佛(Raymond Carver)。20世纪最重要的作家之一多丽丝·莱辛(Doris Lessing)的《适合的婚姻》(*A Proper Marriage*)激发了《噼啪小妹》。理查德·福特(Richard Ford)的著作《野生动物》(*Wildlife*)是道伊尔认为最好的小说之一。《童年往事》的灵感即来源于此。而当构思这部小说时,很久以前读过的乔伊斯·卡罗尔·欧茨(Joyce Carol Oates)的《黑水》(*Black Water*)闪现在脑中,于是道伊尔放下《童年往事》,再专心读了一遍《黑水》。他很喜欢书中出现的重复的写法,后来重复的写法就出现在《童年往事》中。对于欧茨,道伊尔一直心怀感激。不过,道伊尔绝不承认有哪一个作家是他的创作模范。而且，虽然詹姆斯·乔伊斯是公认的爱尔兰文学大师，道伊尔对他却颇有微词。乔伊斯，作为都柏林生活记录的前辈，批评都柏林人不能自如地驾驭语言；而道伊尔善于倾听都柏林人的对话，对都柏林人的语言持肯定态度。在道伊尔看来，语言的地方化，能够让人物增强独立性，更能体现自我价值。

《童年往事》讲述的是一个10岁的爱尔兰小男孩帕迪·克拉克成长中爸爸妈妈婚姻关系逐渐失衡、导致最后爸爸离家出走的故事。在爱尔兰文学中，这类成长小说并不罕见。乔伊斯就写过几个以成长为主题的故事，比如《青年艺术家画像》和《阿拉比》等。但《童年往事》有着自己的独特之处。该故事背景是1968年的巴里镇，现实中都柏林的仿影。当时爱尔兰从英国联邦政府独立自治50年左右。虽然小说问世时，爱尔兰的经济已稳步进入"凯尔特虎"时期，但30年之前，即小说中的爱尔兰却还在饱受贫困和移民之苦。《童年往事》的主角帕迪一家在当时属于中下阶级，爸爸在外工作，几年之后买了辆小车，妈妈是家庭主妇，日夜忙碌照顾一家人的起居。帕迪还有一个弟弟弗朗西斯（帕迪喜欢叫他辛巴德）和两个年幼的妹妹。

帕迪的爸爸也叫帕迪。（在西方，父子、母女同名是很常见的现象。帕迪很喜欢和爸爸名字一样。在家，他被称为帕特里克·克拉克。帕迪是帕特里克的简称。）他最大的特点是一方面认为报纸新闻可笑、不值得相信，有点愤世嫉俗的味道；另一方面，他却可以在周末花一整天埋在报纸堆里，对外界发生的事不闻不问。有时候他可以和帕迪他们几个孩子一起开心地坐在地上看电视，然后突然莫名地坐到自己的椅子上看报纸，不让帕迪他们吵到自己。他会在窗户旁边教帕迪印指纹，告诉他每个人的指纹都是独一无二的；会带着帕迪去镇上的图书馆借书，但帕迪看的书得他说了算。他也会开着刚买的小汽车，载着帕迪一伙兜兜风。他还会打妻子、酗酒，彻夜不归。他的婚姻失控，最后离家出走，一家的重心就转移在10岁的帕迪身上。

帕迪的妈妈克拉克太太是一个温柔、慈爱的母亲，总是把家打理得井井有条。生下帕迪后，第二个女儿安吉拉·玛丽难产，接着又生下弗朗西斯和凯瑟琳·安吉拉，最小的女儿迪得丽还不会走路。作为四个孩子的妈妈，小说中的她总是忙忙碌碌，忙着洗衣服煮饭，忙着给帕迪和辛巴德解释他们不懂的事情，忙着照顾还不会说话走路的迪得丽。也许正是因为一心扑在孩子和家务上，克拉克太太忽略了和丈夫之间的情感交流，慢慢的吵架成了家常便饭，甚至逐渐演变成了家庭暴力。帕迪是一个小孩子，怎么也不理解大人的世界到底怎么了。妈妈很友爱很耐心，爸爸很幽默很风趣，他很爱爸爸和妈妈，但始终不明白他们到底是为什么不再爱对方了。

辛巴德比帕迪小，就是帕迪的跟屁虫。因为他是弟弟，所以帕迪欺负他是天经地义的。否则，帕迪如果在众人面前摆布不了辛巴德，那是很失脸面的事，后果很严重（帕迪会狠狠揍他的）。辛巴德虽然老是被欺负，但仍愿意跟在哥哥后面。他的书写有点笨拙，可并不难看；他有足球天赋，玩街边足球时有他的一队总是获胜的一方；他很爱哭，有一次因为额头撞到床的护栏上竟然哭了一整晚。帕迪很讨厌他，也很喜欢他。尤其是后来爸妈成天吵架，帕迪无能为力，感觉孤独，而此时辛巴德成了他唯一的寄托。他希望带上辛巴德远走高飞，一路上好好照顾他。可辛巴德似乎因为经常挨打，不怎么理会他。即使自己又被帕迪欺负、被捏住鼻子不准呼吸、被帕迪紧紧抱住，他也强忍着一声不吭，对帕迪完全封闭自我。

帕迪和两个妹妹仿佛没什么交流，也确实没什么可以交流，因为他经常就和他们一群男孩子——凯文、利亚姆、艾丹、伊恩·麦克艾弗和辛巴德——混在一起没心没肺地打闹、恶作剧。他们一起在巴里镇还未干的水泥路上写自己的名字，一起翻越一家家花园的篱笆当作赛马大赛，一起在巴里镇新铺的地下管道奔跑，一起在街边玩足球，一起骑自行车去贝赛德捣乱。而他们这一群人中凯文是老大。

凯文比帕迪年纪大，也更强壮。在他们一群人中，通常都是他说了算，比如他们要玩什么游戏、谁当裁判。他们一群男孩子的友谊有时候表现为互相攻击对方，当然只是小打小闹，不是很严重的那种。利亚姆和艾丹是兄弟，他们没有妈妈，所以在圈中地位就弱一点。而利亚姆是哥哥，更是经常被凯文欺负。在一次游戏中利亚姆实在被凯文的拨火棍打疼了，不再追随凯文，独自回家。当时帕迪很同情利亚姆，但还是觉得留在凯文身边好，因为这意味着他还在圈中。在学校，帕迪的同学还有查尔斯·立夫、肖恩·华伦、大卫·格拉提、詹姆斯·奥吉弗和爱德华·斯万维克等。他们都是和帕迪年龄相仿的一群男孩子，有的也没有妈妈，有的没有爸爸，有的爸爸妈妈关系也不好，有的因患小儿麻痹症而腿残。他们这一群孩子好像没有一个家庭是美满幸福的，都有着各自的缺陷，可他们依然有着自己的童年的快乐。

他们的老师亨尼西（简称亨诺）老师，很讨厌詹姆斯·奥吉弗，经常抓他小辫子，也许是因为他没有爸爸，但对利亚姆却有着异常的耐心。他给他们放电影，每个人得交 3 便士的入场费。他们课间休息也不得随便走出校园，亨诺老师会盯着他们。亨诺老师教他们算数、拼写等，给他们改作业、排座位，是一位严格的老师。而帕迪后来在课堂上打瞌睡时,他并没有惩罚帕迪,而是把他送到自己办公室让他好好睡一觉,事后还独自留下帕迪,关心地问他是不是有什么事情,表现得很有爱心。可总体而言,亨诺老师很严厉,一旦发现学生犯了什么错,就会拿用醋浸过的教鞭打他们手板。

帕迪的生活离不开这些人,他和他们是一起的。他自己是个聪明的小男孩,很喜欢看书,知道很多其他同龄人都不知道的事情。他喜欢和凯文他们一起玩乐,尽情享受童年的欢愉。做恶作剧、出鬼点子往往少不了他。刚开始的时候他的家也很和美。他可以花一个下午坐在自家的大桌子下面自娱自乐,然后闻着厨房里飘出的香味,听到爸爸妈妈不约而同地哼起同一个小调。有一次妈妈在洗手间发现一只老鼠,全家人一起"出动",最后还是爸爸冲水赶走了老鼠。还有爸爸在圣诞节扮演圣诞老人,帕迪"无奈"只好配合,妈妈也在一边"表演",一起让辛巴德相信圣诞老人的存在。妈妈洗衣服和床单,帕迪在旁边帮忙,看着床单上五彩缤纷的泡沫,看着床单变得平整光滑,很温馨。然而不知不觉中,爸妈开始吵架,并逐渐升级。帕迪无能为力,以为自己整晚熬夜可以阻止他们,以致上课打瞌睡。爸妈关系的变坏也影响到帕迪和伙伴们的关系。他不再追随凯文,而是崇拜起平时很酷的查尔斯·立夫,学他抽烟、翘课、说话。最后他还和凯文打了一架,像他爸爸打妈妈时那样用力较劲。他从他们一群伙伴中脱离出来,因为他说他们都是小孩。这时他爸爸已离家出走,那一群男孩子嘲笑他,"帕迪·克拉克/没有爸/哈哈哈!"

《童年往事》可以让人很快回忆起自己的童年,那些场景仿佛自己也经历其中,但是看着看着会觉得很伤感。曾经的天真单纯、肆无忌惮,随着爸爸的出走,一切都回不来了。"我很好,谢谢",读着让人觉出帕迪爸爸的落魄，但更多的是 10 岁帕迪的坚强。帕迪以后也没有爸爸了，而巴里镇——或者都柏林，抑或爱尔兰——又有多少这样的家庭呢？虽然这部小说鲜有笔墨描写婚姻关系，可帕迪的遭遇却让这种关系的破坏以及对孩子造成的影响在读者心中更觉强烈。也许单从这方面讨论《童年往事》这部小说，会削弱其力度、深度和广度，因为该小说也关涉爱尔兰民族的独立性、战争、对印第安土著的追述以及宗教等"重大"问题，可婚姻、家庭和成长却离不开一个具有普世价值的字——爱。婚姻中爱的缺失最终导致了父爱的缺失，而没有父爱的成长是不完整的，这种痛会在帕迪心中埋下阴影。读完小说，恐怕大部分读者都会不胜唏嘘。除了其主题非常容易引人共鸣，道伊尔在描述整个故事时，非情节化的结构、碎片式的语言、无序的现实编排和缺乏时间感的叙述，都让人耳目一新。斩获布克奖，《童年往事》当之无愧。

译者

2011 年 10 月记于杭州

2018 年 5 月修订

RODDY DOYLE
PADDY CLARKE HA HA HA
Copyright：© RODDY DOYLE 1993
This edition arranged with CURTIS BROWN-U.K.
through Big Apple Agency, Inc., Labuan, Malaysia.
Simplified Chinese edition copyright：
2020 SHANGHAI TRANSLATION PUBLISHING HOUSE (STPH)
All rights reserved.

本书出版获得 Literature Ireland 资助，特此鸣谢。

LITERATURE IRELAND
Promoting and Translating Irish Writing

图字：09-2020-1007号

图书在版编目(CIP)数据

童年往事 /（爱尔兰）罗迪·道伊尔（Roddy Doyle）著；郭国良,彭真丹译.—上海：上海译文出版社，2020.11
书名原文：Paddy Clarke HA HA HA
ISBN 978-7-5327-8537-7

Ⅰ.①童… Ⅱ.①罗… ②郭… ③彭… Ⅲ.①长篇小说—爱尔兰—现代 Ⅳ.①I562.45

中国版本图书馆 CIP 数据核字（2020）第 213758 号

童年往事
罗迪·道伊尔　著　郭国良　彭真丹　译
责任编辑／杨懿晶　章诗沁　装帧设计／人马艺术设计　储平

上海译文出版社有限公司出版、发行
网址：www.yiwen.com.cn
200001　上海福建中路193号
上海信老印刷厂印刷

开本890×1240　1/32　印张10.00　插页2　字数151,000
2020年12月第1版　2020年12月第1次印刷
印数：0,001—5,000册

ISBN 978-7-5327-8537-7/I·5256
定价：69.00元

本书中文简体字专有出版权归本社独家所有,非经本社同意不得转载、摘编或复制
如有质量问题,请与承印厂质量科联系. T: 021-39907745